DER RHEINHESSEN-KRIMI

3

Dezember 2002

Walter Passian wurde 1949 in Kassel/Hessen geboren. Bis 1995 arbeitete der gelernte Kartograph bei der Deutschen Bundesbahn (später Deutsche Bahn AG), in Kassel, Frankfurt/Main und Mainz. Heute lebt er als freier Schriftsteller in Worms. Er veröffentlichte bisher zwei Musicals: *Bühnenträume und Tandaradei* (Musik von Alexander Talmon).
Ferner schrieb er die musikalischen Komödien: *Kopf hoch, Brust raus; Hemshof Express; Der Hemshofvampir* und *Der Pfälzer Wahnsinn* für das Theater Hemshofschachtel in Ludwigshafen, sowie die Kabarettprogramme: *Ein Tritt frei* und *Wir sind ein Volk und was für zwei.* Mit *E Lied fer die Palz* gewann er den dritten Preis beim Mundartwettbewerb der Stadt Frankenthal 1998.
Ab Ende September 2002 spielt das Kleine Theater der Volksbühne Worms seine neueste Komödie *Das singende Telegramm.*
Darüber hinaus schreibt er seit einigen Jahren die Bühnenfassungen für die alljährlich stattfindenden Märchenaufführungen der Volksbühne im Städtischen Spiel- und Festhaus in Worms (2002: *Schneewittchen).*
Seine ersten beiden Kriminalromane *Mord am Geiersberg* (2000) und *Tief im Rhein* ... (2001) erschienen ebenfalls im Verlag Stefan Kehl, Hamm. *Höhlengesänge* ist sein dritter Lui-Fischer-Roman in der Reihe »Der Rheinhessen-Krimi«. Weitere sollen folgen.

Walter Passian

Höhlengesänge

VERLAG STEFAN KEHL
HAMM / RHEINHESSEN

Impressum

Umschlagzeichnung
Renate Böhm-Schewe, Worms

Illustration, Seite 6
Walter Passian, Worms

Umschlaggestaltung
Renate Böhm-Schewe und Walter Passian, Worms

Lektorat
Christa Storf-Kitter, Gimbsheim

Gesamtherstellung
Druckerei Stefan Kehl, Hamm/Rheinhessen

Buchbinderische Verarbeitung
J. Schäffer GmbH & Co. KG, Grünstadt

ISBN 3-935651-03-1

Für Heike und Pia

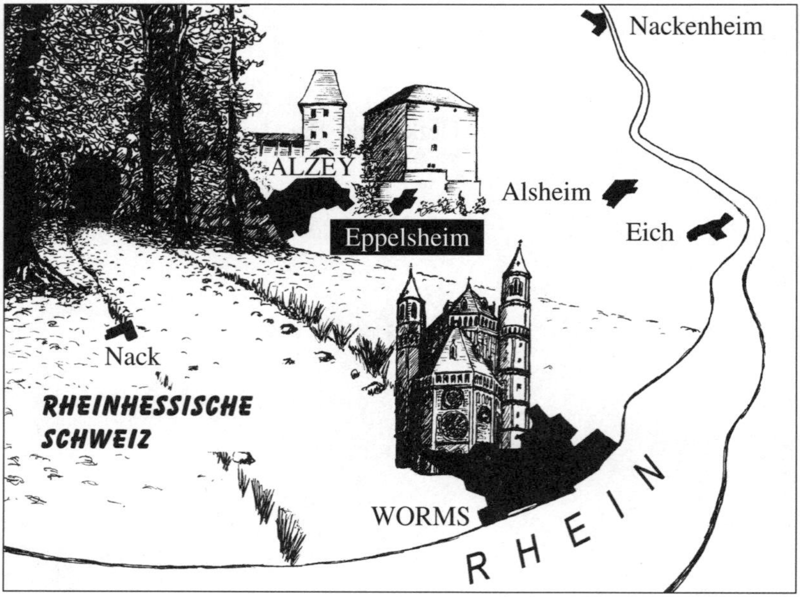

Der tiefste Ton, den die menschliche Stimme (Bass) erreichen kann, ist das *große E* (65 Hz).

Der höchste Ton (Sopran) ist das *dreigestrichene C* (1.035 Hz).

In der Musik werden Frequenzen zwischen 30 und 4.500 Hz verwendet.

Das menschliche Ohr ist in der Lage, Töne innerhalb eines Frequenzbereichs von 16 bis 20.000 Hz wahrzunehmen.

Prolog

Eine Höhle bei Nack

Ein fernes Geräusch schreckte den *Reisenden* auf. Er ließ den Leichnam behutsam auf den Höhlenboden sinken und blickte sich um. Der Lichtstrahl seiner am Helm befestigten Lampe erfasste zuerst die Höhlendecke, huschte dann in Vertiefungen und Mulden, bohrte sich in das Dunkel, aus dem der *Reisende* gekommen war, und verschmolz schließlich mit dem Dämmerlicht, das vom Ausgang her hereinschien.

Das Geräusch wiederholte sich nicht. Aber der *Reisende* war gewarnt. Als er den Kopf senkte, traf das Licht der Grubenlampe auf seinem Helm das tote Mädchen. Durch den Ruck entstand für Sekundenbruchteile der Eindruck, die Tote habe sich bewegt. Dieses flüchtige Gefühl kannte er. Aber er hatte keine Angst vor diesen Momenten. Es war eine beinahe angenehme Illusion, denn der Tod der Mädchen war zwar für das Endergebnis unausweichlich, aber es war nicht das, was der *Reisende* suchte. Er fand keine sexuelle Befriedigung beim Töten seiner Opfer. Er tat es auch nicht, um wie auch immer geartete Machtgelüste auszuleben. Wenn es einen Teil seiner Arbeit gab, auf den er ohne Bedauern verzichten konnte, dann war es der Tötungsakt selbst.

Natürlich sah das keiner von denen, die in den Medien über ihn berichteten, so wie er. Auch die Polizisten, die ihn jagten, hielten ihn für einen Mann, der um des Tötens willen mordete. Ahnungslose Ig-

noranten. Er schenkte der leblosen Sechzehnjährigen einen vorläufig letzten Blick, streifte mit dem Lampenlicht ihre geschlossenen Augen, die kleine silbrige Piercingkugel an ihrer Nase und die hochgeschlossene, weiße Bluse.
Nun wandte er sich wieder dem Höhlenausgang zu. Er ließ den Leichnam dort liegen, wo er ihn abgesetzt hatte und ging langsam, gebückt und so leise wie möglich auf das immer heller werdende dämmrige Licht zu.
Er hätte die Lage draußen ohnehin erst sondieren müssen, bevor er das Mädchen zum Wagen bringen konnte. Normalerweise legte er seine Opfer innen, knapp hinter dem Ausgang, ab, jetzt war der Weg halt etwas weiter. Das war nicht weiter schlimm und verzögerte seinen Zeitplan auch nur unwesentlich. Aber er machte sich Sorgen wegen des Geräusches. Er konnte es nicht richtig einordnen. Es hatte wie ein dumpfes Klatschen geklungen, so als würden ein nicht sehr hartes Material und Stein aufeinandertreffen. Er vermochte sich im Augenblick nicht vorzustellen, was das war.
Jetzt erreichte er den Ausgang. Auch draußen war es dämmrig. Höchste Zeit zurück nach Lampertheim zu fahren. Über Nack, Alzey und Worms würde er höchstwahrscheinlich eine ganze Stunde brauchen. Es war dringend nötig, dass er sein Operationsgebiet endgültig auf die rheinhessische Seite des Rheins verlegte. Nun, dies hier sollte sowieso seine letzte Fahrt nach Hessen werden.
Er wusste schon, woher er seine nächsten Opfer holen würde: zunächst im Juni aus Osthofen, bei Worms, und danach aus Eppelsheim, dem Ort der prähistorischen Funde, zwischen Alzey und Worms gelegen. Aber damit würde er sich Zeit bis zum Frühherbst lassen. Jetzt war es erst einmal seine vordringliche Aufgabe herauszufinden, wer oder was dieses Geräusch verursacht hatte.
Da war es wieder. Sehr nahe diesmal, praktisch unmittelbar vor der Höhle. Ein Platschen.
Ja, ein dumpfes Platschen!
Jetzt hörte er jemanden lachen.
Eine Mädchenstimme. Eine zweite!
»Caro, Wenn er reinfliegt ... also *ich* hole ihn nicht raus!«

»Angsthase!«
Der *Reisende* hielt den Atem an. Welches Schicksal spielte ihm hier zwei Mädchen in die Arme? Welches verdammte, ironische Schicksal?
»So, und noch einmal!«
»Caro! Warum wirfst du ihn immer so nahe an die Höhle?«
»Damit du ihn rausholen musst, wenn er reinfliegt!«
»Ich hab´ schon mal gesagt, ich *hole* ihn nicht raus!«
»Bitte, wie du willst, es ist *dein* Ball!«
Wie alt mochten sie sein? Acht, zehn? Oder älter? Zwölf war seine Untergrenze.
Aber Quatsch, Mädchen über zehn spielten heutzutage nicht mehr mit Bällen.
Die hier waren mit Sicherheit jünger, und dann kamen sie für ihn sowieso nicht in Frage.
Der *Reisende* rief sich zur Disziplin. Nun, sie konnten auch dann nicht in Frage kommen, wenn sie älter als zwölf waren. Es gab ein Gesetz, an das er sich immer gehalten hatte: keine Mädchen aus der näheren Umgebung des Versteckes. Polizisten, die zwei und zwei zusammenzählen konnten, und solche gab es durchaus, könnten rasch auf den Gedanken kommen, sich die Höhlen näher anzusehen.
Und was wäre mit seinem Prinzip, die Leichen wieder an dem Ort abzulegen, wo er sie entführt hatte?
Er konnte sie schlecht direkt vor dem Höhleneingang deponieren. Außerdem wusste er nicht, ob sie das wichtigste Kriterium erfüllten. Nein, ein Schnellschuss kam nicht in Frage. Er war es gewohnt zu planen, nachzuforschen. Natürlich traute er sich zu, im Notfall zu improvisieren, aber in ungeplanten Aktionen lauerten zu viele Fehlerquellen.
Das hier waren keine Opfer, das waren Störenfriede!
Der nächste Wurf endete in der Höhle. Der Ball flog im Abstand von höchstens einem Meter am Kopf des *Reisende*n vorbei und berührte den Boden in der Nähe der Leiche.
Weil die Höhle leicht abschüssig war, kullerte er sogar noch weiter ins Höhleninnere hinein. Wenn die Mädchen hier rein kamen, dann

waren sie nicht nur Störer sondern auch Zeugen. Obwohl, sie hatten mit hoher Wahrscheinlichkeit keine Laternen dabei.
Und ohne eine Lichtquelle konnten sie den Ball kaum finden, denn dort, wo er lag, herrschte, vom Eingang aus gesehen, tiefste Dunkelheit.
»Caro! Du blöde Zimtzicke. Jetzt ist er doch drin.«
»Ich wollte nicht, dass er ganz reinfliegt. Ehrlich, Lilli!«
»Und, wer holt ihn jetzt raus?«
»Keiner. Da drin ist es stockdunkel!«
»Bist du wahnsinnig? Wenn ich mit dem Ball nicht nach Hause komme, kriege ich drei Tage Fernsehverbot.«
»Hast du Streichhölzer?«
»Streichhölzer in Höhlen? Caro, du spinnst wohl. Ich habe gelesen, dass sich in einer Höhle Gase bilden. Da gehste mit Streichhölzern oder mit ´ner Kerze rein, und dann macht´s bumm!«
Jetzt erst nahm der *Reisende* den Helm ab und legte ihn rechts von sich auf den felsigen Boden, so dass der Lichtstrahl direkt auf die nächste Wand fiel. Aber die Mädchen dort draußen schienen ihn bisher ohnehin nicht bemerkt zu haben.
»Mein Bruder hat gesagt, dass die Gase erst viel weiter hinten sind. Fast einen Kilometer.«
»Einen Kilometer? So tief ist die Höhle doch gar nicht. Du spinnst wirklich, Caro.«
Aufgrund der Unterhaltung und der jugendlichen Stimmen kam der *Reisende* inzwischen zu dem Schluss, dass es sich eindeutig um Mädchen unter zehn handelte.
»Lilli!? Vielleicht ist noch einer von den Ausgräbern drin.«
»Archäologen heißen die. Nicht Ausgräber.«
»Aber sie graben doch was aus.«
»Caro, du bist dumm. Außerdem war hier seit Wochen keiner mehr von den Archäologen aus Mainz.«
»Und der Wagen da?«
Der *Reisende* erschrak. Natürlich parkte der gemietete Kombi nahe beim Eingang. Er hatte ja nicht damit rechnen können, dass diese Kinder ausgerechnet heute die Absperrung übersteigen würden und

glaubten, hier Ball spielen zu müssen.
Die Absperrung war im Grunde günstig. Er hatte sie einfach dort gelassen, wo sie war, nachdem er offiziell mit seinen Kollegen Ende April abgezogen war.
Natürlich musste er damit rechnen, dass Jugendliche der Umgebung in die Höhle vordrangen, aber das war normalerweise nicht weiter tragisch, denn sein Versteck war so gut getarnt, dass es selbst die erfahrenen Mitarbeiter aus Mainz nicht entdeckt hatten, als sie noch hier arbeiteten.
Die erste echte Gefahr ging jetzt von diesen jungen Mädchen aus, denn hier war ihr Ball, hier war er und hier war auch die Leiche.
»Du, Lilli, ich könnte meinen Bruder holen. Der hat eine Taschenlampe.«
»Was will ich mit deinem bescheuerten Bruder. Hol nur die Lampe, das reicht.«
»Okay, ich laufe los. Ich bin gleich wieder da.«
»Beeile dich! Hier ist mir unheimlich, allein.«
Der *Reisende* hörte das Mädchen namens Caro davonrennen. Er griff nach dem Helm und schlich zurück zur Leiche. Wieder war es ihm, als bewege sie sich, als der Lichtstrahl sie traf. Er schlich weiter und fand den Ball. Zurück zum Höhlenausgang.
Helm ab! Näher an den Ausgang.
Draußen war es still. So wie er die Stimme des verbleibenden Mädchens vernommen hatte, hielt es sich bestimmt nicht direkt vor der Höhle auf, sondern wartete in sicherer Entfernung auf die Rückkehr der Freundin.
Der *Reisende* machte noch einen vorsichtigen Schritt weiter nach vorn. Links neben der Absperrung, vielleicht zehn Meter entfernt, stand der weiße Kombi. Dazwischen, im Abstand von sechs oder sieben Metern, erblickte er eine Gestalt, das kleine Mädchen. Mit neugierigem, aber wachsamem Blick musterte es den Eingang zur Höhle.
Lilli! - Rotblonde Kurzhaarfrisur, insgesamt dicklich, auffallende Wangen, die ihr etwas Hamsterhaftes gaben, hellrote Latzhose, türkisfarbener Pulli.

Höchstens neun Jahre alt.
Der *Reisende* erschrak wieder. So ähnlich hatte seine Schwester ausgesehen, als sie neun war. Aber im Grunde sah sie heute, mit siebzehn, noch genauso aus.
Ein Grund mehr, diesem Mädchen nichts anzutun. Er fühlte sich sowieso nicht als Mörder. Und jemanden zu ermorden, nur um seine Taten zu verschleiern, eine Überlegung in diese Richtung verbot sich von selbst. Es war schon seltsam, aber bei all den Tötungen hatte er sich nie so in Gefahr gefühlt, dass er an die gewaltsame Beseitigung möglicher Zeugen gedacht hätte.
Das Töten seiner ausgewählten Opfer war eine Notwendigkeit, damit musste er sich abfinden. Aber wie er vorgehen sollte, wenn ihm jemand in die Quere kam, das hatte er sich nie überlegt. Ihm wurde jetzt schmerzlich bewusst, dass das Ignorieren dieser Möglichkeit einen Ausdruck von Arroganz darstellte. Er war immer davon ausgegangen, dass er klug genug war, sich nicht überraschen zu lassen. Dabei brauchte es nur zwei ballspielende Kinder, um ihn in die größte Krise zu stürzen.
Lilli kam näher. Mit vorsichtigen, tapsigen Schritten ging sie vorwärts, auf den Höhleneingang zu.
Warum tat sie das, zum Teufel? Sie musste doch auf ihre Freundin warten. Sie hatte doch Furcht vor der dunklen Höhle. Warum kam sie dann trotzdem immer näher heran? Das war doch unnatürlich. So hatte sich gefälligst kein Kind zu benehmen. Mit ihrem Verhalten stahl sie dem *Reisenden* die Zeit, die er dringend benötigte, um sich zu überlegen, wie er vorgehen sollte.
Einen grotesken Augenblick lang stellte er sich die Frage, wer größere Angst hatte, das Mädchen oder er.
Jetzt blieb Lilli stehen. Endlich! Etwa drei Meter vor dem Eingang. Der Oberkörper war leicht vorgebeugt, die Arme pendelten am Körper. Der *Reisende* sah das rundliche Gesicht Lillis jetzt deutlicher, die zu Schlitzen verengten Augen, mit denen sie versuchte die Finsternis in der Höhle zu durchdringen. Er war fasziniert von der jugendlichen Unfertigkeit ihres Gesichtes. Da gab es noch keine Falten und Runzeln, nichts, was man gemeinhin zur Charakterisierung

eines Menschen heranziehen konnte. Und dennoch gewann er ein klares Bild von dem Mädchen, das im Begriff stand Zeugin zu werden. Er dachte wieder an seine Schwester.
Auch sie hatte manchmal diesen Ausdruck im Gesicht, der einen sturen Willen signalisierte. Natürlich hatte sie ihre Ängste. Aber wenn sie sich etwas in den Kopf setzte, konnte sie über sich selbst hinauswachsen.
Der *Reisende* wünschte sich und Lilli, dass diese nicht über sich hinauswachsen würde.
Er konnte den Ball nicht einfach hinauskullern lassen. Wenn er das tat, würde Lilli mit ihrer Freundin Caro, wenn sie erst einmal in Besitz einer Lampe waren, erst recht hereinkommen. Die Neugier, herauszufinden, wieso der Ball von allein zurückkam, würde ihre Furcht besiegen. Licht in Kombination mit Forscherdrang macht mutig!
Es war auch nicht daran zu denken, dass er hinausging und dem Mädchen den Ball gab. Er konnte nicht einmal den kleinen Nebeneinstieg benutzen, um dann draußen, hinter Lilli, aufzutauchen und sich anzubieten, den Ball zu holen. Wenn er hier offiziell in Erscheinung trat, konnte er gleich zum nächsten Polizeirevier gehen und sich stellen.
Das Mädchen machte einen weiteren Schritt nach vorn. Der *Reisende* hielt den Atem an. Der Schatten des Höhleneingangs streifte jetzt über Lillis Gesicht, und zusammen mit der immer stärker werdenden Dämmerung verwischte er ihren Anblick. Eine plötzliche Windböe erfasste das Mädchen, wirbelte die Spitzen ihres kurzen Haares ganz in die Höhe. Eine Art Schauer schüttelte ihren Körper. Dieser Schauer, vom Wind hervorgerufen und wahrscheinlich von der Angst begünstigt, schien Lilli endlich zum Rückzug zu veranlassen.
Sie wandte zunächst nur den Kopf um, sah in die Richtung, aus der sie die Rückkehr ihrer Freundin erwartete, dann drehte sie sich um und ging einige Schritte zurück. Dort blieb sie stehen, blickte noch einmal zur Höhle, dann sah der *Reisende* nur noch ihre Rückseite. Lilli stand starr wie ein kleines, rundes Monument.
Und wenn er den Ball doch hinausrollen ließ? Jetzt wäre es günstig.

Aber nein, den Gedanken hatte er doch bereits verworfen.
Es gab nur eine Möglichkeit. Die Mädchen mussten den Ball selbst finden. Aber das bedeutete auch: weg mit der Leiche!
Der *Reisende* war froh, dass er aktiv werden konnte. Er legte den Ball etwa zwei Meter vor dem Ausgang ab, griff nach dem Helm auf dem Höhlenboden, der sein Licht, von außerhalb nicht sichtbar, die ganze Zeit an eine Seitenwand geworfen hatte, setzte ihn auf und huschte, so rasch und geräuschlos es ging, zu dem Leichnam. Dann blickte er noch einmal zum Höhlenausgang, doch dort war keine Veränderung zu bemerken.
Die Getötete kam ihm schwerer vor als auf dem Hinweg. Er lief los, sie mit beiden Armen vor sich haltend, tiefer in die Höhle hinein. Der Boden war uneben, der *Reisende* bemühte sich, nicht zu stolpern. Es war unbequem, die Tote so zu tragen, aber es widerstrebte ihm, sie sich wie einen Kartoffelsack über die Schulter zu werfen.
Er drang immer tiefer in die Höhle ein und kam seinem Versteck dabei mit jedem Schritt näher. War es notwendig, das tote Mädchen bis dahin zu bringen?
Er dachte an die Anstrengung, die es bedeutete, wenn er später wieder zurückmusste. Da konnte jeder Meter zur Qual werden.
Er kam jetzt an eine Stelle, wo sich die Höhle erweiterte und zu einer kleinen Halle wurde. Die Decke wich nach oben zurück, und im Licht der Helmlampe zuckten Dutzende kleiner Tierkörper auf.
Er hatte die Furcht vieler Menschen vor Fledermäusen nie verstanden. Für ihn waren sie Freunde und Wächter seines Reiches.
Er durchquerte die Halle. Seine Lungen begannen zu schmerzen. Doch jetzt war es nicht mehr weit bis zum Versteck.
Also gut, er würde den Leichnam doch bis dorthin bringen. Das war sicherer. Und so lange die Gefahr durch die Mädchen andauerte, musste er eben warten.
Eine Sekunde lang dachte er daran, diese Leiche hierzubehalten. Aber als ihm klar wurde, dass der Gedanke nur aus Bequemlichkeit entstanden war, verwarf er ihn wieder. Noch in dieser Nacht würde er sie zurück nach Lampertheim bringen. Er durfte nicht beginnen, sein Schema zu ändern.

Nach der Halle wurde es wieder eng, enger als zuvor. Er war gezwungen sich zu bücken. Die Last auf seinen Armen wurde beinahe unerträglich. Immerhin hatte er sie heute schon einmal durch die ganze Höhle geschleppt. Und von gestern Abend, als er sie hierher gebracht hatte, hatte er sowieso noch Muskelkater.
Die Beine der Toten schrammten an die rechte Höhlenwand. Verdammt, das gab Kratzer, auf die sich die Gerichtsmediziner stürzen würden.
Der *Reisende* fühlte sich in seiner Grundordnung erschüttert. Er war stets darauf stolz gewesen, dass er ruhig und besonnen vorging. Aber jetzt hetzte er keuchend mit seiner schweren Last durch sein eigenes Reich, auf der Flucht vor zwei Kindern, die einen Ball suchten. Das war unwürdig. Bis jetzt hatte er keine Panik in sich aufkommen lassen. Damit durfte er jetzt nicht beginnen, denn das wäre der Anfang vom Ende. Er war noch lange nicht fertig mit seiner Aufgabe. Es gab noch so viel zu tun. Und der Triumph, der ihn zum großen Finale erwartete, lag noch in weiter Ferne.
Jetzt bloß keinen Fehler begehen.
In diesem Augenblick stieß sein rechter Fuß an einen größeren Stein. Der *Reisende* versuchte sich abzufangen, aber dabei entglitt ihm die Leiche. Sie rutschte von seinen Armen und krachte auf den felsigen Boden. Er selbst knickte auf das rechte Knie, sein linkes Bein grätschte nach hinten. Er blickte zu der Toten...wieder sah es aus, als würde sie sich bewegen. Aber das war eine optische Täuschung, das wusste er, das passierte ja hin und wieder...das war ja auch vorhin wieder passiert, als er ...
Das Mädchen stöhnte.
Nein, nein, das war er selbst. Immerhin verspürte er einen höllischen Schmerz am Knie.
Eine stöhnende Leiche. Lächerlich! Überreizung der Nerven.
Doch, verdammt noch mal, das Mädchen stöhnte.
Und es bewegte sich. Der Piercingring an der Nase schien plötzlich zu tanzen.
Zwei, drei heftige Bewegungen.
Das Stöhnen kam ganz tief aus ihrer Kehle.

Und er war so sicher gewesen, dass er ihre Stimme nie wieder hören würde, jedenfalls nicht auf diese Weise.
Dieser Tag veränderte vieles. Der *Reisende* würde seine verdammte Selbstsicherheit verlieren und vorsichtiger werden Noch gründlicher arbeiten ... und vielleicht musste er sich doch früher auf das Finale vorbereiten. Nur ... das konnte er nicht allein. Dazu brauchte er Hilfe.
Das Stöhnen des Mädchens wurde zu einem Wimmern, zu einem lang gezogenen Klagelaut.
Der Schall in der Höhle würde diesen Laut nicht bis zum Eingang tragen. Sicher nicht ... oder?
Nun, jetzt war es soweit. Der *Reisende* wusste jetzt, dass er den Gedanken von eben noch einmal modifizieren musste. Er musste das Wort *vielleicht* streichen.
Es war nötig, das Finale all seiner Operationen schneller einzuläuten als geplant. Es blieb keine Zeit bis zum Jahresende. Er setzte sich ad hoc ein neues Datum. Der 16. Oktober. Eigentlich war das noch logischer als der ursprünglich geplante Silvestertag. Nur, bis dahin musste er seinen Henker finden.
Er nahm beide Hände und legte sie um den Hals des Mädchens. Er seufzte.
Dann tötete er sie zum zweiten Mal. Und erst jetzt fühlte er sich als Mörder!

1
Worms
3. Juni, vormittags

Er hatte keine Freunde! Diese Erkenntnis überfiel Fischer zum denkbar ungünstigsten Zeitpunkt. Denn angesichts einer Revolvermündung, die genau den Punkt zwischen seinen Augen anvisierte, sollte sich kein Mensch Gedanken über seine sozialen Kontakte machen, ein Privatdetektiv schon gar nicht. Wenn er darüber hinaus vom Becken an abwärts bewegungsunfähig war, durfte er sich, streng genommen, ausschließlich Fragen nach dem Überleben der nächsten Sekunden stellen.

»Gibt es irgend jemanden, der nach dir sucht, Schweinefresse?«, fragte Alfons Koop, während er die silbrig glänzende Waffe mit zitternder Hand leicht anhob und sie schließlich auf Fischers Stirn drückte. Komisch, erst dachte Fischer an fehlende Freundschaften, dann zielte Koops Frage in die gleiche Richtung. ›Nein‹, dachte der Privatdetektiv, ›es gibt keinen, der nach mir sucht, außer vielleicht Dr. Brüll, mein Auftraggeber, aber der ist weniger an mir interessiert als an dem Ergebnis meiner Observation.‹ Sein Neffe Edgar und Susanne, dessen frisch angetraute Ehefrau, die einzigen Menschen, die Fischer familiär nahe standen, hatte er am Vortag zum Frankfurter Flughafen gebracht. Die machten ihre Hochzeitsreise nach Schottland und fielen dementsprechend als Suchende aus. Ja, und sonst gab es niemanden, der ihn vermissen würde, jedenfalls fiel ihm keiner ein.

»Ich will wissen, ob dich jemand sucht. Mach Dein verdammtes Maul auf!«
»Koop«, Fischer sprach langsam, und er merkte, wie kraftlos seine Stimme klang, »ich weiß nicht, ob ich gesucht werde. Aber das spielt auch keine Rolle. Bis jetzt haben Sie sich nicht viel zu Schulden kommen lassen ...,wenn Sie mir hier raushelfen, können wir in Ruhe miteinander reden ...«
»Schnauze!« Koop presste die Mündung noch fester gegen Fischers Stirn. Der Druck war aber nicht hart genug, um Fischer von den Schmerzen im rechten Bein abzulenken. Er lag, auf die Unterarme gestützt, auf dem Rücken und schielte am Revolverlauf vorbei in das verzerrte Gesicht seines Gegners. »Legen Sie das Ding weg und helfen Sie mir hier raus«, forderte Fischer. »Bitte!«
»Du sollst deine verfluchte Klappe halten«, brüllte Koop, und seine Stimme überschlug sich, kippte sogar bei einigen Silben in eine Art Falsett. Trotzdem verringerte er den Druck des Revolvers auf Fischers Stirn. Plötzlich zog er die Waffe ganz zurück, richtete sich rasch aus seiner vorgebeugten Haltung auf und blickte jetzt als turmhoher Riese, schwer atmend, auf sein Opfer hinunter.
Fischer nahm zum ersten Mal bewusst den Aktenschrank wahr, der über ihm lag. Unwillkürlich versuchte er sein rechtes Bein zu verlagern. Diese Bewegung tat weniger weh, als er erwartet hatte.
»Was soll ich mit dir machen?« , fragte Koop, und in seiner Stimme schwang das ganze Dilemma mit, in das er sich hineinmanövriert hatte. Er hustete kurz und trocken auf.
»Ich hab´s schon gesagt«, stöhnte Fischer, »helfen Sie mir raus und wir reden.«
»Du bist ein Schnüffler!«
»Das ist mir nicht neu!«
»Schämst du dich nicht, harmlosen Leuten hinterher zu spionieren?«
»Harmlose Leute schleppen keine Waffen mit sich rum!«
»Das konntest du nicht wissen, als du angefangen hast, hinter mir her zu schnüffeln.« Er machte eine Pause, bevor er weitersprach. »Ich habe sie noch nie benutzt.«
Fischer überlegte sich den Ton genau, in dem er antworten wollte.

Dann holte er tief Luft und gab seiner Stimme einen möglichst leichten, beinahe heiteren Klang. »Dann würde ich nicht ausgerechnet heute damit anfangen«, sagte er schließlich. Koop wischte sich mit dem Rücken der Hand, in der er den Revolver hielt, über die Nase. »Ich weiß, wer dich geschickt hat.« Fischer zweifelte keinen Augenblick daran. Der klassische Detektivauftrag. ›Finden Sie heraus, mit wem mich meine Frau betrügt!‹ »Vielleicht sollte ich nicht dich umbringen, sondern ihn«, überlegte Koop.
»Sie sollten möglichst niemanden umbringen und auch keinen verbluten lassen. Helfen Sie mir endlich!«
Der große kräftige Mann zog geräuschvoll den Inhalt seiner Nase hoch, sicherte den Revolver und steckte ihn dann in den Gürtel seiner Jeans. Es stellte für Alfons Koop keine unlösbare Aufgabe dar, das Regal hochzustemmen. Dabei fielen die letzten Bücher zu Boden, die noch nicht im Raum verstreut lagen.
»Wo bluten Sie denn?«, fragte er fast enttäuscht, als er Fischers Beine betrachtete.
»Sie bluten ja gar nicht!«
Fischer verzerrte sein Gesicht um eine Nuance mehr, als es sein Schmerz erforderte. »Darüber sollten wir beide froh sein. Vielleicht kommen Sie sogar um die Anzeige wegen Körperverletzung herum.« Fischer warf einen Rundblick über sein Büro. Es sah so angeschlagen aus, wie auch er sich fühlte, aber es war keineswegs zerstört, wie er befürchtet hatte. Neben den Büchern und dem Regal, welchem zwei Bretter fehlten, lagen nur noch ein Aktenordner und das Handy auf dem Boden. Die weiße Wand wies, neben dem Fenster zur Straße, einen hässlichen schwarzen Striemen auf, den er selbst, beim Hinstürzen mit seinem Schuh verursacht hatte. Das Büro der Detektei Ludwig Fischer wirkte darüber hinaus genauso kühl wie immer. ›Gott sei Dank.‹
»Aufstehen können Sie ja wohl alleine!« Koop unterstrich seine mangelnde Hilfsbereitschaft dadurch, dass er sich schwerfällig in den beigen Besuchersessel fallen ließ. Der Detektiv versuchte sich aufzusetzen, was einigermaßen gelang. Seinen Beinen, besonders dem rechten, traute er noch nicht. Er schielte hinüber zu Koop, der

die Waffe aus dem Hosengürtel gezogen und sie auf seinen Schoß gelegt hatte, ohne sie momentan mit den Händen zu berühren. Die unmittelbare Gefahr schien also abgewendet zu sein.

»Mann, ich hätte Sie eben fast abgemurkst!«

»Begießen wir das *fast!«*

»Womit?«

»Im Kühlschrank ist Bier!«

»Nix anderes?«

»Kein Schnaps, kein Cognac, schon gar kein Wein, nur Bier, aber davon genug!«

Koop nahm die Waffe in die Rechte, ächzte beim Aufstehen und ging hinüber in den kleinen, durch einen offenen Durchgang erreichbaren Raum, in dem Fischer seinen Schreibtisch stehen hatte.

»Keine Dummheiten«, brummte er, »ich habe die Knarre immer noch. Und Ruckzuck ist die Fresse dick.«

Fischer war fasziniert, wie viele Kraftausdrücke Koop für den menschlichen Mund verwendete. Seit dem kurzen Kampf, der für Fischer so unbefriedigend ausgegangen war, hatte Koop mindestens vier verschiedene Varianten des Wortes benutzt.

Das Handy läutete. Das heißt, es spielte eine Melodie. »Summertime.« Lange Zeit war die französische Nationalhymne bei einem Anruf erklungen, aber seit die Französin Susanne von Fischers Neffen Edgar schwanger geworden war, hatte er die Melodie geändert. Außerdem passte sie besser zur kommenden Jahreszeit.

Koops Kopf lugte blitzschnell hinter der Ecke des Durchgangs hervor. »Geh ran!«, befahl er.

Fischer zögerte. Hoffentlich war es nicht sein Auftraggeber Dr. Brüll. Koop rief: »Los, geh ran. Vielleicht ist es ja das Schwein!«

»Und was, wenn er es ist? Schießen Sie ihn dann durch´s Handy tot?«

»Quatsch nicht so blöd, geh ran.« Das Gerät lag nicht in Fischers unmittelbarer Reichweite. Er musste den linken Arm sehr weit ausstrecken, um heranzukommen. Dabei verlagerte er unter anderem auch wieder das rechte Bein, doch diesmal durchzuckte ein Schmerz sein Knie, als hätte ihm jemand ein Messer hineingerammt. Er stieß

unwillkürlich einen heiseren Schrei aus. Koop kam wieder zurück in den Raum. »He, Weichei, du sollst hier nicht rumblöken, sondern das verdammte Telefon nehmen.« Er richtete den Revolver erneut auf sein Opfer. Das aber hatte genug. »Wenn Sie wollen, dass ich ans Telefon gehe, müssen Sie es mir bringen. Und ich sage nicht mal meinen Namen, bevor Sie nicht die Waffe weggelegt haben!«
Diese Rede schien Koop zu beeindrucken. Er legte den Revolver zwar nicht weg, aber er steckte ihn, nach sehr kurzem Zögern, wieder in den Jeansgürtel. Dann ging er zu der Stelle, an der das Handy lag, bückte sich, mit erneutem Ächzen, und reichte es dem Detektiv. Der drückte die Telefontaste: »Ja? !« Er hatte keine Lust für eine formvollendete Meldung. Dafür tat ihm sein Bein zu weh. Er musste an die Meniskusoperation denken, die er vor einiger Zeit über sich hatte ergehen lassen müssen. Hoffentlich war da jetzt nicht wieder was passiert.
»Brüll!«
Im ersten Moment erschrak Fischer bei der Nennung des Namens, aber dann atmete er tief durch. Es war eine Frauenstimme. Ehe er etwas sagen konnte, sprach sie weiter: »Ist er bei Ihnen?«
»Wer?«
»Wer ist das?«, brüllte Koop dazwischen. Die Stimme aus dem Handy seufzte.
»Ach ja, ich höre ihn. Er ist immer so unbeherrscht.«
Fischer nickte, bis ihm einfiel, dass Frau Brüll ihn nicht sehen konnte. »Wem sagen Sie das!?«
»Hat er schon was angestellt?«
»Das würde ich so bestätigen!«
»Ist irgendwas kaputt, was man ersetzen muss?«
»Das und ein paar Knochen, die man schwer ersetzen kann ... Frau Brüll!«
Fischer blickte, während er den Namen nannte, blitzschnell hoch in Koops Gesicht. Darin ging eine beinahe unheimliche Wandlung vor sich. Die harten, tief eingegrabenen Linien um Mund, Augen und Stirn schienen zu verschwimmen, das grobe Gesicht des Mannes wirkte plötzlich, als sei es mit einem Weichzeichner fotografiert wor-

den. »Angela!«
»Kann ich ihn sprechen?«
Fischer blickte in die verschleierten Augen seines Kontrahenten.
»Kann sie Sie sprechen?« Koop griff gierig zum Handy, riss es dem Detektiv aus der Hand.
»Angie! Nein, er ist nicht verletzt.« Fischer stöhnte protestierend.
»Jedenfalls nicht sehr. Er hat gesagt, wir könnten über alles reden, und da hab ich ihn losgelassen. Nein, nein, es ist wirklich nicht so wild.«
Fischer unternahm einen neuen Versuch aufzustehen. Das Stöhnen vermochte er diesmal zu unterdrücken, aber es blieb bei dem Versuch. Schließlich ließ er sich wieder auf die Unterarme zurücksacken.
»Aber wie geht es dir? Das ist viel wichtiger. Du, du hast es ihm gesagt? Du hast es ihm wirklich gesagt? Und ... wie hat er ...« Koop lauschte voller Hingabe der Stimme seiner Geliebten. Er setzte sich dabei, wie in Trance, wieder in den beigen Ledersessel, schien nicht einmal zu bemerken, dass ihm dabei der Revolver aus dem Gürtel rutschte und zu Boden plumpste, und sein Gesicht veränderte sich noch einmal. Er strahlte.
Fischer hatte sich unterdessen am Fensterbrett hochgezogen. Er stand nun wackelig im Raum und wartete auf einen weiteren stechenden Schmerz im Knie. Das Bein tat zwar insgesamt weh, aber so schlimm wie eben im Liegen war es nicht mehr. Koop hatte keinen noch so flüchtigen Blick für ihn.
»Aber er gibt dich doch nicht einfach so auf, ohne Bedingungen.«
Fischer versuchte vorwärts zu kommen, Schrittchen für Schrittchen, wie ein Hundertjähriger auf dem Weg zum Briefkasten.
»Der mietet sich doch nicht für teures Geld einen Privatdetektiv, um dich dann einfach so freizugeben. An der Sache ist doch ein Haken.«
Fischer hatte es bis zum Durchgang geschafft. Er konnte den Kühlschrank sehen. Darauf lag die Tageszeitung, die er bisher noch nicht gelesen hatte, weil ihm Koop dazwischen gekommen war.
»Angie, Liebling, da *muss* ein Haken dran sein. Der hat irgendeine Sauerei vor.«
Fischer stand jetzt vor seinem Kühlschrank und bückte sich, um ihn

zu öffnen. Und während er im Knie wieder den scharfen Schmerz spürte, fiel sein Blick auf die Schlagzeile der Wormser Zeitung: ›Osthofen, Mord an jungem Mädchen.‹

Seine Hand ruckte mechanisch am Türhebel, aber seine Augen blieben an der Zeitung hängen, sahen das dick Gedruckte unter der Schlagzeile: ›Hat der *Reisende* wieder zugeschlagen?‹

Fischer widerstand dem Impuls, noch weiter zu lesen, obwohl er die Berichte über diese Mordserie sehr genau studiert hatte, seit sie im September vergangenen Jahres begonnen hatte. Das war jetzt der fünfte Mord. Angefangen hatte es in Eich, Rheinhessen, dann kamen Gernsheim, Biblis und Lampertheim, drüben in Hessen. Aber jetzt war der Mörder wieder über den Rhein zurückgekommen, nach Osthofen.

»Wie, er will mit *mir* sprechen? Dem schlage ich die Hörner ein.«

Fischer konzentrierte sich wieder auf Koops Geschwätz, öffnete endgültig den Kühlschrank und holte zwei Flaschen Veltins raus. Der Schmerz war wieder vorbei.

»Hier, bei dem Schnüff ... bei dem Privatdetektiv? Jetzt? Was heißt jetzt?«

Fischer machte sich auf den Weg zurück ins Hauptzimmer seines Büros. Es ging jetzt schon besser als vorhin. »Du auch? Der hat doch was vor. Ich rieche, dass der was vor hat. Bleibe lieber weg. Wenn es hier Mord und Totschlag ...« Koop brach ab. Er lauschte eine Weile erregt und ergriffen, dann blickte er zu Fischer auf, der vor ihm stand und ihm eine Flasche Bier reichte. Er nahm die Flasche vollkommen automatisch an und öffnete sie mit einem Wegwerffeuerzeug, während er das Handy zwischen Kinn und Schulter eingeklemmt hielt. Dann widmete er sich wieder ausschließlich der Stimme seiner Geliebten.

›Ich habe nicht nur keine Freunde‹, dachte Fischer, ›ich habe auch keine Freundin. Jedenfalls keine, die hier ist und nach mir suchen würde.‹

»Du bist wo? Hier, vor dem Haus?« Koop sprang auf und rannte zu dem Fenster, das nach draußen zur Obergasse führte. Fischer bückte sich und hob den Revolver vom Boden auf. Erst als er wieder oben war, bemerkte er, dass dies schmerzfrei vonstatten ging. Er öffnete seine Bierflasche mit dem Korn über der Mündung, am Ende des Revolverlaufes, dann trank er mit der linken Hand und visierte mit der rechten Koops Rücken an. »Ich lasse dich rein, Liebling«, rief Koop und drehte sich um. »Peng«, sagte Fischer. Koop ließ das Handy fallen. »Wiederholte Sachbeschädigung, und aus der Körperverletzung wird eventuell doch noch was.« Fischer genoss diesen Augenblick.

»Ich muss Angie reinlassen!« Koop schien die Bedrohung mit seiner Waffe nach dem ersten Schreck nicht sehr ernst zu nehmen. Jedenfalls war ihm seine Geliebte wichtiger. »Zuerst heben Sie das Handy auf, schalten es aus und legen es dort in den Sessel«, befahl Fischer. Koop sandte ihm einen wilden Blick zu, seufzte und tat dann, wie ihm geheißen. »Kann ich jetzt?« »Ja, gehen Sie schon!« Fischer, der den Revolver ohnehin nicht entsichert hatte, steckte die Waffe in seinen eigenen Gürtel. Koop stürmte zur Tür, riss sie auf und dann erblickte Fischer, wie sich Leidenschaft manifestieren konnte.

Angela Brüll und Alfons Koop fielen übereinander her wie Wüstenwanderer, die seit Tagen nichts mehr getrunken hatten und nun den jeweils Anderen zur Oase erklärten. Die Küsse, die in der offenen Tür der Detektei ausgetauscht wurden, waren so überschwenglich, dass Fischer glaubte, um seinen guten Ruf fürchten zu müssen. ›Das sind keine Küsse‹, dachte er, ›das sind Bisse.‹

Er machte ein paar vorsichtige, erfreulich schmerzarme Schritte auf die Beiden zu, und konnte seinen Blick nicht von ihnen lösen. Wenn Susanne und Edgar sich geküsst hatten, waren seine Augen stets diskret ausgewichen, aber diese Urgewalt zog ihn magisch an. Er war sich gar nicht bewusst, dass er sie anstarrte wie ein Knabe sein erstes Pornofoto im Internet.

Angela Brüll bemerkte als erste Fischers Blick und löste sich langsam von Koop. »Liebling, wir sind nicht alleine«, keuchte sie. »Na und, der hat uns schon öfter beobachtet.« Mit dieser zwingenden Logik nahm Koop Frau Brülls Kopf in beide Hände und verbiss sich erneut in ihre Lippen. Jetzt verstand der Detektiv, warum Koop so

besessen von Mündern und ihren verschiedenen Vulgärbezeichnungen war.
Endlich löste sich Angela Brüll von Koop, schloss die Türe hinter sich und lächelte Fischer mit seitlich geneigtem Kopf und verschmiertem Lippenstift schräg an. »Herr Fischer? Ich hatte noch nicht das Vergnügen. Sie ja wohl schon.« Die letzte Bemerkung versetzte Fischer wieder in seine frustrierte Gedankenwelt über fehlende Liebe und fehlende Freundschaft, und obendrein hatte er offensichtlich auch noch den falschen Beruf. Koop mochte Recht gehabt haben vorhin, als er fragte, ob sich Fischer nicht schämte, anderen Leuten nachzuspionieren. Die freundliche Ironie dieser Frau traf ihn aber wesentlich tiefer als das Geschrei ihres Geliebten.
»Nehmen Sie Platz, Frau Brüll!« Mehr fiel Fischer im Moment nicht ein.
»Danke ... übrigens, mein Mann wird jeden Moment hier erscheinen. Er wollte Sie als Zeuge haben, für die Vereinbarung zwischen ihm und mir.«
»Zeuge? Ich bin Privatdetektiv, kein Notar.«
»Ihren letzten Scheck wird er wohl auch mitbringen.« Die Arztgattin blickte in einen Taschenspiegel, wischte sich die Lippen sauber und zog sie anschließend nach. »Ich weiß, dass es kussfeste Lippenstifte gibt«, erläuterte sie dabei, »aber so macht es mehr Spaß. Man saut sie so schön zu. Meinen Sie nicht auch, dass zur Liebe manchmal eine gesunde Portion Verunreinigung gehört?«
Draußen bremste ein Wagen, und Fischer war froh, zu Frau Brülls Frage keinen Kommentar abgeben zu müssen.
Angela machte ihrem Gatten selbst die Tür auf. Doktor Brüll, ein hagerer Oberlippenbartträger mittleren Alters, der nicht viel größer war als seine eher kleinwüchsige Frau, trat ein. Fischer verglich ihn kurz mit Alfons Koops großem, beinahe massigen Körper, in dem Fett und Muskeln eine Einheit bildeten. Dann fixierte er die zierliche, dunkelblonde Frau mit den schmalen, aber sehr lebendigen Augen und glaubte zu wissen, dass, egal was jetzt und hier vereinbart und beschlossen wurde, am Ende die Ehe den Sieg davontragen würde. Nicht die Liebe oder die Leidenschaft oder irgendwelche

verwandten Gefühle, nein, die Institution Ehe. Ganz kurz dachte Fischer dabei auch an die Flitterwöchner Edgar und Susanne im fernen Schottland.
Zwei Stunden später verließen alle drei das Detektivbüro. Nacheinander. Koop ging als Letzter. »Okay«, sagte er, »ich bin ausgerastet. Sorry, Meister! Ich komme morgen vorbei und baue Ihnen das Regal wieder zusammen. Und der Doktor kümmert sich um Ihr Bein. Sie müssen nur nachher rüber nach Lampertheim in seine Klinik fahren. Ich würde Sie ja auf der Harley mitnehmen, aber Sie müssen ja auch wieder zurück. Äh, hat er Sie wenigstens anständig bezahlt für die Schnüffelei?«
»Mein übliches Honorar und noch eine Prämie. Obwohl er seine Frau verloren hat.«
»Ja, Angie zieht jetzt zu mir in die Werkstatt.« ›Bis auf weiteres‹, dachte Fischer gehässig. Koop sprach weiter: »Ich hätte nie gedacht, dass das so einfach über die Bühne gehen würde. Ob da doch noch ein Haken dran ist?«
›Der Haken ist der‹, dachte Fischer, ›er hat das Geld, und er hat den längeren Atem. Er wartet einfach das natürliche Ende eurer Affäre ab. Und du hast nur deine Leidenschaft. Das mag genügen, für den Anfang, aber ...‹
Als Koop längst gegangen war und Fischer mit leicht schmerzendem Knie vor seiner Tageszeitung am Schreibtisch saß, fielen ihm zwei Dinge auf. Erstens, dass er Koop den Revolver nicht zurückgegeben hatte, und zweitens, dass er, vergänglich hin, vergänglich her, neidisch auf die Leidenschaft dieses Paares war.

2
Eppelsheim
6. September, spät abends

Gilla saß allein auf der breiten Rückbank des Mercedes. Die nackten Unterarme lagen auf den dünnen Oberschenkeln, die schmalen, fast knochigen Finger krampften sich um den Gummizug des lila-farbenen Turnbeutels. Es war warm im Wagen, aber nicht so sehr, dass man schwitzen musste. Gilla schwitzte trotzdem. Sie empfand eine Angst, die auch die Nähe ihres Mitschülers Torsten Mai und dessen Vaters, der am Steuer saß, nicht mildern konnte.
Dieses unbestimmte, lähmende Angstgefühl hatte sie schon befallen, seit sie die Turnhalle in Westhofen verlassen hatten. Gilla starrte geradeaus, an Herrn Mais Schulter vorbei, auf das von den Scheinwerfern zitternd beleuchtete Band der Donnersberger Straße. Gerade ließen sie auf der linken Seite Gundersheim hinter sich. Gilla nahm aus den Augenwinkeln, auf der Böschung rechts oben, die zuckenden Lichter der Autos wahr, die auf der A 61, aus Richtung Alzey kommend, an ihr vorbei gen Süden, nach Worms oder weiter nach Ludwigshafen zogen.
Das Mädchen blies sich nervös eine blonde Haarsträhne vom Auge. Aber warum war Gilla so nervös? Herr Mai war ein guter Fahrer, der ihr immer Vertrauen eingeflößt hatte. An einen möglichen Unfall hatte sie bei seiner Fahrweise niemals gedacht. Auch heute konnte sie die Furcht vor einer Karambolage ausschließen. Es musste etwas anderes sein.

Herr Mai lenkte den Wagen jetzt nach rechts, fuhr unter der Autobahn durch, gleich wieder nach links, in Richtung Eppelsheim, den Ort, in dem Gilla wohnte. Er würde sie nach Hause fahren wie immer. Was sollte da schon passieren? Halt, nein, heute nicht. Heute würde er sie am Kerweplatz absetzen. Gillas Mutter hatte gesagt, sie würde sich freuen, ihre Tochter auf der Kerwe zu sehen. Nun, sie würde Gillas Unterstützung wahrscheinlich benötigen. Die Kerwe war der einzige Anlass, an dem sie sich gehen ließ, wo sie den ganzen, drei Jahre lang aufgestauten Frust über ihr kaputtes Bein und ihr männerloses Dasein mit Alkohol zu ertränken versuchte. Meistens hatte sie Gilla nicht dabei haben wollen, heute aber hatte sie erwähnt, dass es ihr sehr recht wäre, abgeholt zu werden. Es war zwar kein mütterlicher Befehl gewesen, eher ein Wunsch, aber für das Mädchen war er bindend.
Gilla wollte sich über den Grund ihrer Angst klar werden. Warum konnte sie der Gedanke daran, dass Herr Mai sie zu Hause absetzen wollte, nicht trösten? Ebenso wenig konnte sie der Gedanke an den Kerweplatz beruhigen. Dabei verhießen beide Orte doch Sicherheit und Vertrautheit.
Ein Blick auf ihre Pokemonuhr zeigte ihr, dass es schon zehn Uhr war. Auf dem Kerweplatz hatte man die laute Musik der Fahrgeschäfte bestimmt schon abgeschaltet. Torsten, der vorn neben seinem Vater saß, unternahm einen Versuch, das Autoradio einzuschalten. Ein Seitenblick von Herrn Mai ließ ihn aber die Hand vom Knopf nehmen. Gilla wusste von den vielen gemeinsamen Fahrten, dass Torstens Vater keine Musik duldete, wenn er seinen Wagen lenkte. Das Gleiche galt auch für Gespräche.
So blieb es im Wagen ruhig, bis auf das gleichmäßige Brummen des Mercedes-Motors.
Und genau deshalb fiel Gilla auch das Geräusch auf, das sich von hinten näherte, erst leise, dann schnell lauter werdend. Ein Motorrad. Gilla blickte instinktiv an Torsten vorbei auf den rechten Außenspiegel, aber seine Schulter war im Weg. Eigentlich wollte sie sich nicht umdrehen, aber es war, als nähme jemand ihren Kopf in beide Hände und zwänge sie, sich umzuwenden. Gilla sah nun durch

die Heckscheibe nach draußen, kniff ihre Augen zusammen und strengte sich an, etwas zu erkennen. Da tanzte, unmittelbar hinter ihr, ein Scheinwerfer auf und ab. Im sich ständig bewegenden Licht des Motorrades tauchte immer wieder ein Helm auf. Der Fahrer hielt den Kopf ziemlich stark gesenkt, so dass Gilla den Helm ganz deutlich erkennen konnte. Er war rot und mit einer Teufelsfratze verziert. Sie erschrak, musste sich abwenden, atmete plötzlich stoßweise.
Wenige Zentimeter vor ihr saßen zwei Menschen, sie war nicht allein, und die Nähe Torstens und seines Vaters hätte sie beruhigen müssen. Aber das war nicht der Fall, ganz im Gegenteil, ihre Angst wuchs.
Gilla riss den Turnbeutel auf. Wo waren die Papiertaschentücher? Sie schwitzte, als säße sie im Pelzmantel in der Sauna. Sie kramte, wurde dabei immer hektischer. Welch eine Unordnung! Ihre Mutter hatte recht, sie würde nicht mal ihren kleinen Hintern finden, wenn er nicht angewachsen wäre. Wo zum Teufel waren die verdammten Tücher?
Verdammt, Teufel! Das war doch kein Zufall, dass ihr gerade diese beiden Worte einfielen. Gilla zitterte. Wieder war es, als drehten unsichtbare Hände ihren Kopf brutal nach rückwärts. Das Motorrad fuhr immer noch hinter dem Mercedes her, genauso nah, genauso bedrohlich wie eben. Die Teufelsfratze war schrecklich. Das war keines von diesen Heavy-Metal-Abziehbildchen, wie sie jeder zweite in ihrer Schule in Westhofen an Aktenmappe, Moped oder Helm kleben hatte. Diese Fratze hier war nicht einfach verzerrt. Das war kein Monster, wie es in amerikanischen Teenie-Horror-Fernsehserien auftauchte, um von taffen jungen Mädchen in die Hölle zurückgeschickt zu werden. Dieses Wesen war so täuschend echt gemalt, dass man den Eindruck haben konnte, es lebe. Nicht rot, schwarz, gelb, scharfkantig und knallig wie üblich, nein, zart, fast wie ein Aquarell in bläulich-grünlichen Tönen auf dem roten Untergrund. Grinsend zwar, aber nicht Zähne bleckend, listige Augen, eher verschlagen als offen feindselig. Und es war Gilla, als wollten diese Augen sie dazu verführen, tief in sie hineinzusehen, so als wolle dieser Teufel sie vom Gesicht des Fahrers ablenken.

Sie hatten inzwischen das Ortsschild von Eppelsheim passiert, befanden sich jetzt auf der Wormser Straße, und Herr Mai setzte den Blinker, um rechts an der Ecke zur Bahnhofstraße anzuhalten. Das Motorrad röhrte noch einmal ganz laut auf, wie eines der Urwelttiere im Eppelsheimer Museum zu Lebzeiten getönt haben mochte, überholte dann den langsamer werdenden Mercedes, donnerte mit aufgeblendetem Scheinwerfer vorbei und bog an der Bahnhofstraße links ab. Die Maschine war genauso rot wie der Helm. Der Körper des Fahrers steckte in einem dunkelgrauen Lederanzug mit roten Schulterteilen. Das Aufblenden erschien Gilla wie ein unheilvoller Gruß aus der Hölle. Aber dann war das Motorrad auch schon verschwunden, und Herr Mai stoppte den Wagen an der Ecke Wormser Straße-Bahnhofstraße. Hier begann bereits die Absperrung zum Festplatz.

Gilla hatte die Tücher gefunden, wischte sich den Schweiß von Stirn und Armen und stopfte die nassen Tücher zurück in den Turnbeutel zu ihren ebenfalls nassen Sportsachen. Ihre Mutter würde wieder mit ihr schimpfen, weil sie keine Plastiktüte für die benutzten Turnutensilien mitgenommen hatte.

Ja, ihre Mutter war wesentlich strenger geworden, seit sie den Unfall gehabt hatte. Es war sicherlich nicht leicht, als Alleinerziehende mit einer Beinprothese durch´s Leben zu hinken. Allerdings empfand sich Gilla keineswegs als Strafe für ihre Mutter. Mit ihren vierzehn Jahren war sie eine mittelmäßige bis fast gute Schülerin. Ihre Lieblingsfächer waren Deutsch, Englisch und Kunsterziehung. Sie kiffte nicht, nahm auch sonst keine Drogen und war über dreieinhalb ausgedehnte Fummelversuche noch nicht hinausgekommen. Über Letzteres hatte sie mit ihrer Mutter sogar gesprochen, was für ein Mädchen ihres Alters eher ungewöhnlich war. Eigentlich waren das Gründe genug für Gillas Mutter, ein bisschen stolz auf sie zu sein. Aber seit der Geschichte mit dem Bein konnte man ihr nichts mehr recht machen.

Über den Gedanken an ihre Mutter hatte das Gefühl der Angst nachgelassen. Gott sei Dank. Es war wohl ausschließlich von diesem Motorrad ausgegangen. Als habe Gilla sein Herannahen lange vor-

ausgeahnt und als könne sie nun, da es sich nicht mehr in ihrer Nähe befand, zur Tagesordnung übergehen.
»Könntest du vielleicht deine Sportsachen zu Hause sortieren? Wir wollen weiter.« Herr Mai riss sie aus ihren Gedanken.
Jetzt nahm sie auch bewusst das Transparent quer über der Straße zur Kenntnis. *Eppelsheimer Kerwe, 6.-9. September.*
Inzwischen war es fast halb elf geworden. Sie waren nicht mehr weit vom Festgelände entfernt. Die übliche Rummelplatzmusik dröhnte durch den späten Abend. Um zehn musste normalerweise Schluss sein, aber wahrscheinlich lagen bereits alle, die für Ordnung zu sorgen hatten, unter den Biertischen im Zelt. »Ist doch richtig, heute nicht nach Hause sondern am Kerweplatz, oder?«, fragte Herr Mai, obwohl er das schon dreimal gefragt hatte.
Eine Minute später stand sie am Rand des Festplatzes und winkte mit einer fahrigen Routinebewegung dem sich entfernenden Mercedes nach. Sie tat das immer, ohne dass Torsten jemals zurückgewinkt hätte.

3
Alzey
6. September, zur gleichen Zeit

Einsamer konnte man sich nicht einmal am Polarkreis, unmittelbar nach Abfahrt des Versorgungsschiffes, fühlen. Fischer schleppte dieses Gefühl nun schon seit Monaten mit sich herum, und es hatte sich auch nicht gebessert, als Edgar und Susanne von ihren Flitterwochen zurückgekommen waren.
Er hockte in einem Restaurant in der Alzeyer Innenstadt und trank sein viertes Pils. Das Lokal war so gut gefüllt wie sein Glas, und der Lärmpegel war beträchtlich. An Fischers Tisch saß ein Pärchen, das sich ausschließlich mit sich selbst beschäftigte.
Da waren Menschen um ihn herum, es roch nach Essen, die Musikbox spielte, und die junge weibliche Bedienung hatte bei jedem neuen Bier einen freundlich-flapsigen Spruch parat, und trotzdem fühlte Fischer sich einsam. Edgar und Susanne hatten ihm heute Nachmittag in ihrem Alzeyer Haus die Bilanzen der Werbeagentur vorgelegt, an der er immer noch beteiligt war, und hatten ihm sogar ein schönes Sümmchen aus dem Ertrag in Aussicht gestellt. Susanne war so zutraulich gewesen, ihn sein Ohr an ihren Bauch halten zu lassen. Selbst ihr frischgebackener Ehemann Edgar, Fischers Neffe, und seit Anfang des Jahres zur Eifersucht neigend, hatte gute Miene zu diesem Spiel gemacht. Sechster Monat. Es sollte ein Junge werden.
Eine eigene Familie, Ehefrau, Kinder?! Dieser Zug war für ihn abgefahren. Früher mal, mit Gerhild, seiner großen Liebe, als er noch

bei der Mainzer Polizei war und sein Aufstieg zum Kriminalbeamten unmittelbar bevorstand, ja, da gab es Pläne in diese Richtung. Aber dann kam das mit der Sekte, Gerhild in Gefahr, Fischers gewaltsame Befreiungsaktion, Waffenmissbrauch, Amtsanmaßung, Körperverletzung, Freiheitsberaubung und, daraus resultierend, der Rauswurf bei der Polizei. Seine Freundin hatte sich von der Gehirnwäsche bei der Sekte lange nicht erholt und musste mehrere Jahre in einer Klinik in Husum verbringen. Jetzt wohnte sie in einer Wohngemeinschaft, immer noch in dieser Stadt, und er besuchte sie hin und wieder. Aber an ein Liebesverhältnis oder ein gemeinsames Leben wie früher war nicht mehr zu denken.

Familie, Liebesverhältnis! Das waren fromme Wünsche. Er hatte ja noch nicht einmal Freunde. Außer Edgar und Susanne gab es hier niemanden, der ihm nahe stand, und auch dieses Verhältnis war nicht mehr so unbeschwert wie vor seinem Neueinstieg ins Kriminalistische. Er hatte bei ihnen in Alzey gewohnt, bevor er durch Zufall in einen Mord auf dem Bechtheimer Geiersberg geraten war. Es ging ausgerechnet um einen Sektenführer, und Fischer hatte der Polizei geholfen, das Verbrechen aufzuklären und viele Sektenmitglieder vor einem Massensuizid in den Höhlen unter Oppenheim zu bewahren.

Daraus war sein Wunsch entstanden, Privatdetektiv zu werden. Das hatte er auch geschafft, hatte seine eigene kleine Detektei in Worms eröffnet und war prompt in einen Fall gerasselt, der ihm außer Ärger mit Edgar und Susanne und einer gelungenen Festnahme nichts eingebracht hatte.

Seither waren ein paar Monate vergangen, und Fischer hatte sich mit dem üblichen detektivischen Kleinkram herumschlagen müssen. Meistens ging es, wie im Fall von Doktor Brüll und seiner Gattin Angela, darum, fremdgehende Eheleute zu beschatten. Einmal hatte er als Aushilfsfahrer bei einem Geldtransportunternehmen gearbeitet, bis der erkrankte Fahrer wieder einsatzbereit war. Er war Babysitter bei der halbwüchsigen Tochter eines Bankdirektors gewesen, der Drohungen gegen seine Familie erhalten hatte. Außerdem hatte er einmal den Auftrag, einen Wirtschaftsmagnaten vom Wormser

Flugplatz abzuholen, ein Job, den auch jeder Taxi- oder Minicar-Fahrer hätte erledigen können.
Der finanziell bisher dankbarste Auftrag aber kam von einer der Hauptdarstellerinnen der Nibelungenfestspiele in Worms, die von einem aufdringlichen Verehrer bedrängt wurde. Fischer musste eine Woche lang nach außen hin den Liebhaber der Dame spielen und sich bei verschiedenen offiziellen Anlässen mit ihr sehen lassen. Außer einem ansehnlichen Scheck und einem abschließenden Wangenküsschen bekam er von ihr nichts, aber er konnte die Schauspielerin sowieso nicht leiden. Sie ihn übrigens auch nicht.
Im Augenblick war er ohne Auftrag. Seine Geldbörse schmerzte das weniger, wegen der schon erwähnten Beteiligung an Edgars gut florierender Werbeagentur. Aber er hatte zu viel Zeit zum Nachdenken. Er unternahm Versuche, sich mit Sport abzulenken, Bodybuilding in Rheindürkheim, Tennis in Hochheim, Radfahren im Odenwald.
Nichts half. Nicht mal Biertrinken in Alzey am Rossmarkt. Das knutschende Pärchen brachte die Nadel seines Lebenslusttachometers unter die 0-Marke. Er erwog gerade, das fünfte Bier zu bestellen und die Nacht in Alzey in einem Hotel zu verbringen, da ertönte die Melodie des Handys aus der Seitentasche seiner schwarzen Lederjacke, *Yesterday* von den Beatles. Er hatte die Signalmelodie seines Handys in der letzten Zeit oft gewechselt. Von der *Marseillaise* über *Summertime,* Anfang Juni, später *Knockin´ on heavens door* und den *River Kwai Marsch* bis zu *Painted Black* von den Rolling Stones oder jetzt *Yesterday* von den Beatles. Diese ständige Suche nach einer simplen Lieblingsmelodie für ein simples Handy symbolisierte haargenau sein Leben, wie er es zur Zeit führte.
Er angelte das Handy aus der Tasche und meldete sich mit seinem Namen. Eine leise, zaghafte Stimme meldete sich: »Sind Sie der Privatdetektiv aus Worms, der damals an der Sache mit den *Wingertschützen* beteiligt war ... in den Gewölben von Oppenheim?«
»Ja, bin ich. Könnten Sie vielleicht etwas lauter sprechen? Um mich herum pulst das pralle Leben ... und ich habe schon ein bisschen was getrunken, da funktioniert mein Gehör nicht mehr hundertprozentig.«

Die Stimme wurde tatsächlich etwas lauter. Fischer vermochte nicht genau zu sagen, ob sie männlich oder weiblich war.
»Entschuldigen Sie die Störung. Sie haben jetzt sicher keine Dienstzeit. Es ist schon halb elf. Entschuldigen ...«
Fischer unterbrach den Anrufer oder die Anruferin und merkte dabei, dass er anfing zu lallen. »Ein Detektiv ist immer im Dienst. Wenn Sie was auf dem Herzen haben, legen Sie los.«
Der weibliche Teil des Pärchens an Fischers Tisch hatte in einer Pause zwischen ihren Küssen gerade einen Schluck Wein genossen und mitbekommen, was Fischer gesagt hatte. Jetzt flüsterte die junge Frau mit ihrem Freund.
Die Stimme aus dem Handy wurde etwas lauter: »Ich weiß auch nicht, ob das ein Auftrag für Sie wird, entschuldigen Sie vielmals, es ist eigentlich nur eine Frage ...«
»Schießen Sie los, aber halt, ich wüsste doch erst mal gern, mit wem ich das Vergnügen habe.«
»Ich kenne Sie.«
»Damit sind Sie klar im Vorteil. Kenne ich Sie auch?«
Die Stimme wurde wieder leiser. »Ja, wir haben bereits miteinander gesprochen.«
Fischer versuchte sein benebeltes Hirn klar zu stellen. »Wir reden von dem Tag, an dem die *Wingertschützen* ihren Massenselbstmord geplant hatten?«
»Genau! Sie waren mit der Polizei unten in den Höhlen.«
»Und Sie sind ein Sektenmitglied?«
Die Stimme antwortete nicht gleich, dann kam ein noch leiseres: »Ich *war* eins ... es gibt die *Wingertschützen* ja nicht mehr.«
»Darüber herrscht Freude in den Himmeln!« Fischer fand sich selbst albern. »Würden Sie mir trotzdem Ihren werten Namen nennen?«
»Claudia.« Also eine Frau!
»Claudia Schiffer?« Der Detektiv hasste sich samt seiner vier Biere. Die Anruferin aber ging auf seine Witze nicht ein. »Also, entschuldigen Sie noch mal, darf ich Ihnen meine Frage stellen?«
»Nur zu, Claudia!« Es ging auch ohne scherzhafte Bemerkung.

»Sie sind mit der Polizei mitgegangen, bis dorthin, wo die Gefangenen eingesperrt waren?«
Fischers Erinnerung kam zurück, als Claudia von den Gefangenen sprach. Irgendetwas in seinem Kopf wischte den Alkoholeinfluss und die Flapsigkeit weg, wie ein Scheibenwischer den Fliegendreck von der Windschutzscheibe.
»Ja, ich war dabei.« »Sie und die Polizisten haben mich gerettet.« Die Stimme war etwas lauter geworden, und jetzt erkannte Fischer sie. Er erschrak, als die junge Frau vor seinem geistigen Auge erstand. Es war ihm beinahe unmöglich, diese Stimme mit dem Bild, das er von ihr hatte, in Verbindung zu bringen. Da war die überzeugte Unterführerin einer Sekte, fanatisch, aber in den entscheidenden Momenten mit einer gewissen Vernunft ausgestattet, attraktiv und durchsetzungsfähig.
Aber die Frau, die hier mit ihm sprach, schien gebrochen. Fischer hatte durch den Umgang mit Gerhild ein feines Gespür dafür entwickelt, wann jemand mit seinen Nerven am Ende war. Der Klang und die Lautstärke der Stimme, die Wortwahl, das ständige Entschuldigen ...
»Claudia«, sagte er, und es floss mehr Wärme in seine Stimme, als er selbst bei sich vermutet hätte. »Jetzt erinnere ich mich genau. Komisch, ich habe Ihren Nachnamen nie erfahren. Würden Sie ihn mir nennen?«
»Müller, ein ganz gewöhnlicher Name!«
»Das ist Fischer auch! Wie geht es Ihnen, Claudia Müller?« Er erinnerte sich, dass sie sich damals in sektenüblicher Weise geduzt hatten, aber er wollte davon jetzt keinen Gebrauch machen.
»Wollen Sie die offizielle Fassung oder die Wahrheit, Herr Fischer?«
Fischer musste lächeln. »Die Version, auf die ich nicht mit *›Fein, mir auch‹* antworten kann.«
»Mir geht es nicht gut!«, sagte sie daraufhin schlicht.
»Jetzt muss ich doch mit *mir auch* antworten, wenn auch ohne *fein.«*
Beide schwiegen einen langen Augenblick, dann fragte Fischer: »Wie ist es Ihnen ergangen, nachdem die Sekte aufgeflogen ist?«
»Ich bin mit einer Bewährungsstrafe davongekommen. Ich hätte so-

gar in meinem alten Beruf als Kindergärtnerin wieder arbeiten können, aber plötzlich haben meine Nerven nicht mehr mitgespielt.« Von Wort zu Wort wurde ihre Stimme stabiler. »Mein Psychotherapeut sagt, mir fehle die feste Struktur der Gruppe. Auch wenn ich am Ende nicht mehr dahinter stand ... aber er hat recht. Ich glaube, dass er recht hat.«
»Haben Sie keine Kontakte mehr zu ehemaligen Mitgliedern?«
»Zu niemandem. Das hat mir der Therapeut als Erstes verboten. Ich bin einer Bibelgruppe der evangelischen Kirche beigetreten, aber die sind so bürgerlich, dass sie nicht einmal den spirituellen Hintergrund ihres eigenen Glaubens begreifen, geschweige denn den, aus dem ich komme.«
Fischer verspürte eine Art leichter Freude darüber, dass Claudia Müller so offen zu ihm sprach und dass sich ihre Stimme immer kräftiger anhörte. Gleichzeitig kroch wieder die alte Wut in ihm hoch, die sich stets meldete, wenn er von jungen Menschen hörte, die an Sekten zerbrachen, egal ob während ihrer Mitgliedschaft oder hinterher. Gerhild stand wieder dicht vor seinen Augen.
»Haben Sie jemanden, der sich um Sie kümmert, außer dem Psychodoktor?« fragte er.
»Ja, die Schwestern auch!«
»Sagen Sie bloß, Sie sind in einer Klinik!«
»Ja, eine Privatklinik in Bingen. Aber lassen Sie uns bitte über meine Frage sprechen, bevor ich Sie anflehe, mich zu besuchen. Ich hasse es, was aus mir geworden ist. Ich bin ein Bündel Unglück, das nach Aufmerksamkeit lechzt, egal, aus welcher Ecke sie kommt.«
Fischer schwieg, blickte zu dem turtelnden Paar hinüber, das ihn jetzt öfter verstohlen musterte. »Über den Besuch reden wir noch«, antwortete er dann kategorisch, »aber gut, stellen Sie mir Ihre Frage!«
»Entschuldigen Sie ...« Jetzt wurde Claudias Stimme wieder merklich leiser.
Fischer sagte: »Ich entschuldige alles, nur nicht, wenn Sie sich pausenlos entschuldigen.« Er wusste nicht, ob er die richtige Methode gewählt hatte, aber ihm war danach. Ein Glucksen war zu hören, das sowohl als Schluchzen interpretierbar war, als auch ein verstecktes,

leises Lachen sein konnte. Claudias Antwort ließ ihn Letzteres annehmen, und er war froh darüber. »So habe ich mit Mitgliedern der *Wingertschützen* gesprochen, die verzagt waren und sich nicht offen äußern konnten. Danke für die Lektion.«
Wieder schwiegen sie. Es kam Fischer vor, als müsse sich seine Gesprächspartnerin erst sammeln, bevor sie weitersprach. Als sie es dann tat, glaubte er zum ersten Mal seit Beginn des Telefonates, *die* Claudia zu hören, die er damals kurz kennen gelernt hatte.
»Es geht um die Gewölbe von Oppenheim«, begann sie, »und um etwas, was ich hier in der Klinik gehört habe.«
»Hm!«
»Es gab Teile des Tunnelsystems unter dem Ort, die schon länger erschlossen waren«, fuhr sie fort, »mit Führungen und Restauration und allem. Aber Bruder Magnus ... Ralph Magnusberger, der uns alle in die Luft sprengen wollte ... der war doch Tiefbauingenieur.«
»Ich weiß!«
»Er hat damals neue Teilstücke der Untertunnelung gefunden, auch tiefere, und nur die Sekte hat etwas davon gewusst.«
»Hm! Das war da, wo wir euch gefunden haben!«
»Ja, und nachdem alles vorbei war, wurden auch diese Höhlen erforscht.«
»Von wem?«
»Von einem Team der Mainzer Uni!«
»Ja, doch, ich glaube, ich habe etwas darüber gelesen.«
Fischer merkte erst jetzt, wie wenig er sich um die Folgen dieses Falles gekümmert hatte. All die Menschen, die darin verwickelt waren, seien es direkt Betroffene oder auch Polizeibeamte gewesen, mit denen er zu tun gehabt hatte, nach keinem hatte er sich je erkundigt. Einige der anschließenden Prozesse hatte er zwar am Fernsehschirm oder auch in den Zeitungen verfolgt, aber dem persönlichen, menschlichen Aspekt hatte er sich nicht mehr gewidmet. Er wusste nicht einmal, wie es Hauptkommissar Hering ergangen war, dem im Zuge der Ermittlungen eine Explosion den linken Unterarm abgerissen hatte. ›Und bei diesem Desinteresse am Schicksal anderer, wunderst du dich darüber, dass sich keiner für *dich* interessiert?‹ dachte er.

Claudia Müller sprach weiter: »Es gibt hier in meiner Abteilung eine junge Frau, die sich sehr gut auskennt, was Gewölbe und Tunnel und Höhlen betrifft.«
»Eine Schwester?«
»Nein, eine Bekloppte, wie ich!«
»Claudia!«
»Eine Mitpatientin, wenn Ihnen das lieber ist!«
»Okay, weiter, bitte!«
»Veronica Delling. Sie ist ein ganz erstaunliches Mädchen von siebzehn Jahren. Sie hat eine Stimme ... also sie kann singen, wie keine, die ich kenne. Ihr Bruder ist Archäologe in Mainz. Dr. Stephan Delling. Der war dabei, als die unterirdischen Gänge der *Wingertschützen* erforscht wurden.«
»Diesen Namen habe ich auch schon mal gelesen. Aber ich glaube« Fischer musste etwas in seinem Gedächtnis kramen, »ich glaube, das war im Frühjahr, und da ging es nicht um die Oppenheimer Gänge sondern um die Höhlen in der rheinhessischen Schweiz. Nack, Teufelsrutsch, diese Gegend ...« Er brach ab. Dann fragte er: »Aber was wollten Sie mich fragen, Claudia?«
»Wenn Sie jemanden beschatten sollen, was verlangen Sie dann, Herr Fischer?«
»Beschatten? Sie meinen ...«
»Wenn Sie jemandem nachschnüffeln sollen, herauskriegen, was er so macht. Sich vielleicht sogar an ihn rangraben, sich mit ihm anfreunden, um rauszukriegen, was er für einer ist.«
»Sie werden mir doch keinen Auftrag erteilen wollen, Claudia?!« Fischer hörte durch das Handy, wie sie tief durchatmete. »Nein, ich nicht, aber Veronica Delling!«
»Ihre Mitpatientin? Und an wen soll ich mich ... *rangraben?«*
»An ihren Bruder. Sie behauptet, dass etwas nicht mit ihm stimmt, und sie will herauskriegen, was.«
»Frau Delling ist siebzehn und ist Patientin in einer Nervenklinik?«
»Ja!«
»Hat ihr Bruder sie einliefern lassen?«
»Nein, das war ihre Mutter.«

»Ist die wohlhabend?«
»Sie hat eine Tanzschule in Bad Kreuznach. Wenn Sie das wohlhabend nennen, ist sie es ...«
»Und ihre Tochter ist noch nicht achtzehn. Wie will diese Veronica einen Privatdetektiv bezahlen? Entschuldigung, aber ich muss das erwähnen ...«
Das Glucksen aus dem Handy klang jetzt eindeutig amüsiert. »Ich entschuldige nur, wenn Sie sich nicht entschuldigen. Wie ich am Anfang schon gesagt habe, ich weiß nicht, ob überhaupt ein Auftrag daraus wird ... also, was kosten Sie?«
Fischer ahnte vage, dass aus dieser Angelegenheit wirklich kein Auftrag werden konnte, aber er wollte sich den Kontakt mit Claudia Müller nicht verscherzen. Es ging ihm wie ihr: Er lechzte nach Aufmerksamkeit und menschlicher Nähe, ganz egal aus welcher Ecke sie kam. »Das kommt ganz auf den Umfang an, wie viel Zeit ich investiere, wie viel Benzin mich das kostet, ob ich fotografieren oder filmen soll, ob ich neue Anschaffungen machen muss und so weiter und so weiter.«
»Kriegt man Sie unter tausend Euro?«
»Für eine längere Observation nicht!«
»Gut, ich sage es ihr.«
»Tun Sie das, Claudia! Aber so wie es aussieht, kann sie mich nicht bezahlen. Außerdem darf ich weder den Auftrag einer Person annehmen, die noch nicht voll geschäftsfähig ist, noch den einer Person, die sich in psychiatrischer Behandlung befindet, und beides trifft auf Ihre Veronica zu.«
»Ich habe mir gedacht, dass Sie das sagen. Aber Veronica ist sich sicher, dass sie ihre Mutter dazu kriegen wird, Ihr Honorar zu bezahlen.«
Fischer blieb still. Das hörte sich nicht sehr gut an.
Das klang nach Frust und unbezahlten Rechnungen. So etwas hatte er erst vor kurzem erlebt. Das brauchte er nicht noch mal. Aber die Chance, über einen längeren Zeitraum mit Claudia zu kommunizieren, ließ ihn alle Bedenken beiseite schieben. »Ich glaube, ich besuche Sie doch mal in Bingen.«
»Das freut mich. Lassen Sie uns gleich einen Termin ausmachen.

Ich muss dann zwar noch mit meinem Arzt reden, aber das wird schon klappen. Ich darf ja auch raus, im Gegensatz zu Veronica.«
»Gut, dann werde ich Sie zum Essen einladen.«
Als er das Gespräch fünf Minuten später beendete und das Handy zurück in die Seitentasche seiner schwarzen Lederjacke steckte, fragte der junge Mann, der an seinem Tisch saß, zwischen zwei Küssen: »Sind Sie so was wie Humphrey Bogart in den alten Filmen?«
Fischer kramte das Geld für seine Zeche aus dem Geldbeutel und legte es auf den Tisch. Er winkte, ohne sein viertes Bier auszutrinken, der Bedienung zu und sah dem jungen Mann in die Augen: »Ich bin so was wie Lui Fischer, und ich bin real!« Obwohl er sich da gar nicht so sicher war.

4

Eppelsheim

6. September, etwas später

Gilla Herbigs Mutter stand am Tresen im Festzelt und sah ihre Tochter aus glasigen Augen an. Anna Herbig war eine schöne Frau. Gilla hatte schon immer gehofft, dass sie als Erwachsene einmal so aussehen würde wie ihre Mutter. Jetzt, auf der Vorstufe des Erwachsenwerdens, als magere Vierzehnjährige, fühlte sie sich diesem Ziel weiter entfernt denn je. Aber Gilla gab die Hoffnung nicht auf, zumal einige männliche Mitschüler sie für hübsch hielten und ihr das auch gelegentlich sagten.

Allerdings hatte sie der tägliche Umgang mit ihrer Mutter gelehrt, wie wenig einem Menschen äußere Schönheit nutzt, wenn er verbittert ist.

Die Tatsache, dass Anna auf eine Unterschenkelprothese am rechten Bein angewiesen war, machte sie für ihre Mitmenschen nicht unansehnlicher als vor dem Unfall. Sie konnte Hosen tragen, waden- oder bodenlange Kleider und Röcke ... ihr Erscheinungsbild war noch immer das einer schönen Frau, mit Proportionen, die einen Modefotografen erfreuen konnten. Kleinere Wege vermochte sie ohne zusätzliche Gehhilfe zu bewältigen, und wenn sie, leicht hinkend, mit ihrem Stock im Dorf unterwegs war, blickten ihr viele auf der Straße bewundernd nach. Nicht nur Männer!

Sie pflegte sich sehr, achtete auf ein dezentes Make up, und ihr kastanienbraunes Haar wirkte immer so, als habe ein Friseur es noch

vor Sekunden bearbeitet. Ihre Augen waren groß und dunkel, und die Formen ihrer Lippen lagen perfekt auf der Marilyn - Monroe-Linie. Anna brachte es durchaus fertig, ihr Lächeln unbeschwert wirken zu lassen. Das geschah zwar immer seltener, aber die Dorfgemeinschaft ließ sich gerne täuschen. Jedenfalls diejenigen, die sie nicht näher kannten. Das waren ohnehin nicht viele, denn sie ließ kaum jemanden bis zu ihrer Schmerzgrenze vordringen. Nur wer sie, einmal im Jahr, hier auf der Kerwe erlebte, mochte ahnen, was in ihr vorging. Da wirkte ihre Fröhlichkeit plötzlich aufgesetzt, wurde das Lachen laut, falsch und nervig, und am Ende kam der heulende Katzenjammer. Aber der kam bei vielen anderen auch, so dass es nicht besonders auffiel. »Schlimm, das mit dem Bein«, sagten die Leute dann, oder: »So einfach steckt die das auch nicht weg.«
Gilla wusste, dass ihre Mutter die Behinderung gar nicht wegsteckte, dass sie sich als Krüppel fühlte, als Mensch dritter Klasse. Kein Arzt, kein Psychologe und erst recht keine Bekannten oder Verwandten konnten sie von dieser Meinung abbringen. Auch Gilla hatte es aufgegeben. Seitdem versuchte sie lediglich, eine nicht zu anstrengende Tochter zu sein, obwohl sie den Eindruck hatte, dass ihre Mutter das überhaupt nicht bemerkte.
»Schatz, du willst mich doch nicht etwa schon abholen?«, fragte Anna Herbig, schon ein wenig lallend, während sie ihrer Tochter die Hand zur Begrüßung übertrieben lange schüttelte. Das tat sie sonst nie, und Gilla hatte das Gefühl, einer fremden Frau gegenüber zu stehen. Die Weinfahne roch zwar nicht so unangenehm wie die gelegentlichen Bierausdünstungen ihres Sportlehrers, aber Gilla wünschte sich dennoch augenblicklich aus dem Kerwezelt fort.
»Du hast gesagt, dass ich nach dem Sport kommen soll«, stellte sie lapidar fest. »Ich hab mich schon gewundert, weil du doch letztes Jahr nicht wolltest, dass ich komme, aber ...«
»Mein Wunsch war dir Befehl, nicht wahr, mein Schatz?« Anna ließ Gillas Hand los und versuchte ihr mit einer fahrigen Bewegung über die Stirn zu streicheln. Gilla war das peinlich. Sie nahm den Kopf unwillkürlich zurück, weg aus der Reichweite der Hand ihrer Mutter. Anna stand an der Theke und stützte sich mit der anderen Hand

auf einen Barhocker auf.
»Ich weiß auch nicht, warum ich das gesagt habe. Ich komme gut zurecht, und die Adlers fahren mich nachher heim. Mach dir keine Sorgen, mein Schatz!«
Die Adlers, ein Ehepaar aus der unmittelbaren Nachbarschaft, grinsten unisono über ihre Weinkelche hinweg in Gillas Richtung. »Mein Mann trinkt nur das eine Glas«, glaubte Frau Adler erklären zu müssen.
»Also, dann brauche ich gar nicht hier zu bleiben?«, fragte Gilla. Einerseits war sie froh, wenn sie nach Hause gehen konnte, aber andererseits ärgerte sie sich, denn wenn sie das früher gewusst hätte, wäre es für Torstens Vater ein Leichtes gewesen, sie wie üblich heim zu fahren.
»Du willst also noch bleiben, Mutti?«
»Bleiben, bleiben, bleiben! Es ist so ... angenehm hier.«
»Kann ich gehen?«
»Ja, mein Schatz, geh du nur. Geh nur! Komisch, komisch, ich habe keinen blassen Schimmer, warum ich gesagt habe, dass du mich abholen sollst.«
Gilla presste ihre Tasche an sich. »Wenn was ist, kannst du mich ja zu Hause anrufen.«
»Wenn was ist, rufe ich meinen Schatz zu Hause an. Mach ich, mach ich!«
»Das geht alles in Ordnung, Gilla!«, sagte Herr Adler, »ich trinke ja kaum was!«
Mit diesen Worten prostete er dem Mädchen zu.
»Schönen Abend noch«, wünschte Gilla mit finsterem Gesicht, dann ging sie, vorbei an Tischen mit lärmenden Menschen, zum Ausgang des Zeltes.
Nach dem Dunst, den sie eben hatte einatmen müssen, genoss sie die Nachtluft. Nach dem sehr warmen Tag hatte es jetzt doch merklich abgekühlt.
Sie blickte, vorbei an Buden, Fahrgeschäften und dem Zelt, zur Blaugasse zurück, zum Kindergarten, und zu der Bushaltestelle mit der Telefonzelle, an der sich immer die Dorfjugend traf. Dann ging

sie in die entgegengesetzte Richtung, passierte die Absperrung des Kerweplatzes und schritt, leicht bergauf, die Hauptstraße entlang. Überall lagen Papp- und Plastikbecher herum. An einer Häuserwand sah Gilla, gerade noch rechtzeitig, um nicht hineinzutreten, die Lache von hellem Erbrochenen.

Gilla ärgerte sich über ihre Mutter. Die hätte sie doch gar nicht erst herbestellen brauchen. Ließ sie einfach um diese späte Zeit allein nach Hause laufen. Sonst stellte sie sich immer an. ›Dass du mir ja um neun daheim bist. Und lass dich fahren, oder schließe dich einer Gruppe an‹, und heute, wo die gnädige Frau sich dem Alkohol hingab, durfte Töchterlein einsam durch die Dunkelheit stapfen.

Nun, Gilla wollte nicht ungerecht sein. Erstens war es keine normale Nacht in Eppelsheim, und so ganz dunkel war es auch nicht. Überall zwischen den alten Häusern liefen oder standen noch Menschen herum, Pärchen, Grüppchen, leise und weniger leise. Es war Kerwe, Ausnahmezustand im Dorf, von echter Einsamkeit konnte also keine Rede sein, obwohl die Bevölkerungsdichte auf der Hauptstraße mit jedem Schritt, den Gilla machte, abnahm. Hinter ihr wehte der Wind ein Trinklied aus dem Zelt an ihre Ohren. »Warum ist es am Rhein so schön, warum ist es am Rhein so schön, am Rheiiiin soooo schöööön!«

Gilla musste unwillkürlich daran denken, dass der Rhein früher tatsächlich einmal quer durch das heutige Rheinhessen, von Worms aus bis hoch nach Bingen, geflossen war. Als sie dieses Thema in der Schule durchgenommen hatten, war Gilla fasziniert gewesen. Der Urrhein! Zehneinhalb Millionen Jahre war das her.

Eine unglaublich lange Zeit. Gilla schauderte es schon, wenn sie sich einen Zeitraum von tausend Jahren vorstellen sollte. Aber tausend Jahre mit zehntausendfünfhundert multipliziert? Das war fast so schwer vorstellbar, als würde sie versuchen, die Ewigkeit zu begreifen. Irgendwie gruselig.

Apropos gruselig, Gilla würde in den nächsten Minuten eine Entscheidung treffen müssen.

Die Eppelsheimer Hauptstraße führte in einer weit gezogenen Rechtskurve auf eine Brücke zu. Kurz bevor sie die erreicht hatte, drehte sich Gilla um. Sie sah nichts mehr von der Kerwe, aber sie hörte noch, sehr leise, eine weitere Zeile des Rheinliedes. »Weil die Mädchen so lustig und die Burschen so durstig ...«

Kurz vor der Brücke stand rechts ein relativ modernes, weißes Haus mit einer kurzen Außentreppe, an deren Geländer sich zwei lachende Pärchen unterhielten. Gilla kannte eines der Mädchen und winkte ihm zu, aber das war so mit seinem Freund beschäftigt, dass es Gilla nicht einmal bemerkte.

Jetzt war, unmittelbar vor ihr, die Brücke mit ihrer hüfthohen Natursteinmauer. Rechts, am Garagenanbau des weißen Hauses, stand eine grün angestrichene *Kelter,* und von dort aus führte der Dorfgraben in die Richtung, in der das Haus lag, in dem Gilla mit ihrer Mutter lebte.

Nun musste sie sich entscheiden. Wollte sie weiter geradeaus gehen, bis die Hauptstraße zur Jahnstraße wurde und sie von dort aus rechts abbiegen konnte? Dort war der Weg breit und beleuchtet. Oder wählte sie die zweite Möglichkeit, hier am Dorfgraben einzubiegen und den eher dunklen, schmalen Pfad am Graben entlang, Richtung Dahlberger Turm zu gehen? Dieser Weg war kürzer, aber Gilla benutzte ihn normalerweise nur tagsüber, denn hier gab es bis kurz vor Ende des Weges keine Laternen.

Sie warf einen prüfenden Blick auf den Vollmond am Himmel, der die Szenerie in ein milchig-bleiches Licht tauchte. Von den angrenzenden Grundstücken schienen ebenfalls Lichter auf den Weg. Trotzdem hätte ihn Gilla an einem gewöhnlichen Abend nicht betreten, aber es war ja Kerwezeit. Sie sah einige Meter weit in den Weg hinein und entdeckte mehrere Gestalten, die, unabhängig voneinander, hier entlang spazierten. Da musste sie keine Angst haben.

Sowieso war das Gefühl der Angst, das sie vorhin in Herrn Mais Auto empfunden hatte, so gut wie verschwunden.

Sie hörte, inzwischen ganz leise geworden, vom Festplatz her: »Darum ist es am Rhein so schön, am Rhein so schööööön!«

Gilla atmete tief durch, fasste ihren Turnbeutel fester und bog in den Weg ein. Links daneben, unterhalb einer leichten Böschung, floss, fast geräuschlos, der Dorfgraben dahin. Das schmale Gewässer Bach

zu nennen, verbot sich bei seinem Anblick von selbst. Zwischen ihm und dem Weg standen efeubewachsene Bäume, die manchen Eppelsheimer dazu verführten, diesen Weg *Allee* zu nennen. Er gehörte zur mittelalterlichen Befestigungsanlage des Dorfes und führte herzförmig um den ehemaligen Dorfkern herum. Die offizielle Bezeichnung war *Effenkranz,* weil der Graben Anfang des vergangenen Jahrhunderts hauptsächlich von Ulmen, die auch Effen genannt wurden, bewachsen war.
Nachdem das Ulmensterben in den späten siebziger Jahren des zwanzigsten Jahrhunderts dazu geführt hatte, dass alle Ulmen gefällt werden mussten, hatte man hier nun Eichen, Winterlinden, Bergahorn, Kastanien und auch wieder Ulmen angepflanzt.
Da Gilla ein heimatbezogenes Mädchen war, wusste sie viel über ihr Dorf, und es interessierten sie, im Gegensatz zu vielen Gleichaltrigen, auch Dinge, die sich vor ihrer Geburt ereignet hatten.
Heute allerdings, um diese Tageszeit, bedeutete ihr die Historie weniger viel. Jetzt war sie nur froh, dass Mond und umliegende Gebäude genügend Licht spendeten und dass es immer noch Passanten gab, auch wenn einige von ihnen etwas schwankten. Ein Pärchen verschwand gerade um eine weit entfernt liegende Biegung, die Anderen kamen alle *in* Gillas Richtung und zogen schwatzend oder lachend an ihr vorbei.
Gilla ging schnell, links schienen die Bäume vorbeizufliegen, rechts die verschiedenen Mauern und Zäune, welche die Grundstücke vom Weg abtrennten. Die meisten der Mauern bestanden aus grobem Naturstein. Hin und wieder gab es schmiedeeiserne Tore.
Schon sah sie vor sich im Mondlicht einen Jägerzaun mit einer Bank und dahinter einen hölzernen Rundbogen. Dort bog der Weg scharf nach links ab.
Gilla beeilte sich dahin zu kommen, denn hier waren im Augenblick keine Leute mehr zu sehen.
Ein kleiner Teil ihrer Angst von vorhin kehrte zurück. Und obwohl diese Angst nicht mit der zu vergleichen war, die sie vor knapp zwanzig Minuten im Auto von Herrn Mai empfunden hatte, wurden ihre Schritte noch schneller.

An der Abbiegung stand ein großes gelbes Schild mit einem breiten Holzrahmen, auf dem detaillierte Hinweise auf die Winterlinde verzeichnet waren. Tagsüber konnte es vorkommen, dass Gilla hier stehen blieb und die Hinweise las, obwohl sie diese inzwischen auswendig kannte, aber jetzt hetzte sie vorüber.
Sie bog kurz vor dem Torbogen links ab, ihre Füße klopften auf die Bohlen einer kleinen Grabenbrücke mit hohem hölzernen Geländer. Danach ging es scharf nach rechts. Dann lief Gilla, den Graben jetzt auf der anderen Seite, parallel zum Weg neben sich, weiter. Weg und Wasser waren jetzt durch hohes Gebüsch und Bäume getrennt, auf der anderen Seite des Grabens verlief eine hohe, helle Natursteinmauer, die das Mondlicht unnatürlich leuchten ließ.
Links des Weges gab es einen hohen Maschendrahtzaun, dahinter lagen Nutzbeete. Und obwohl das freie Gelände hinter dem Zaun einem Menschen, der hier entlang ging, ein Gefühl von Weite verschaffen müsste, hatte Gilla den Eindruck, als liefe sie durch einen Tunnel.
Je schneller sie wurde, desto mehr verstärkte sich in ihr das Gefühl, dass sie erst sicher sein konnte, wenn sie zu Hause war. Aber als sie in einiger Entfernung vor sich die fünf breiten Steinstufen sah, die zur Freilichtbühne führten, legte sich der Anflug von Panik wieder. Dort saßen mehrere Leute auf den unteren Stufen und einige weiter hinten, auf den Stufen der eigentlichen Bühne.
Gilla bremste ihre Schritte ab. Vermutlich waren bei den Leuten auf der Treppe welche dabei, die sie kannten. Sie wollte nicht als zitterndes Gör gelten. Während sie sich zwang, langsamer zu gehen, versuchte sie ruhig und gleichmäßig zu atmen. Sie warf einen Blick nach rechts über Mauer und Graben zum Dalberger Turm, dem rechteckigen, trutzigen Wehrturm aus dem 16. Jahrhundert.
Und dann wanderte ihr Blick zu dem freien Platz vor der Freilichtbühne, rechts zu einem großen Tor und weiter über eine niedrige Mauer bis zu den unteren Stufen des Aufgangs zur Bühne. Dort, wenige Meter neben den Menschen auf den Stufen, standen einige Motorräder.
Gilla blieb stehen. Die Knie knickten leicht ein, die Hände krallten

sich um den Riemen des Turnbeutels. Jetzt war die Angst wieder da. In voller Stärke. Fast noch ärger als vorhin im Auto.
Es waren vier Motorräder. Das äußere, rechte war es. Rot! Das gleiche Fabrikat. Und an seinem Lenkrad hing ein Helm. Von ihrem Standort aus konnte Gilla zwar nicht erkennen, ob sich die Teufelsfratze auf dem Helm befand, aber sie war sich sicher.
Es kostete sie ungeheure Kraft weiter zu gehen, aber sie wollte nicht auffallen. Also ging sie vorwärts, zwang sich, nicht wieder in ihren Laufschritt zu verfallen, spähte aber im Gehen ständig zu dem Motorrad hin. Je näher sie kam, desto mehr glaubte sie, dass sie Recht hatte. Wegen der spärlichen nächtlichen Beleuchtung, und wegen des etwas ungünstigen Winkels, in dem der Helm am Lenker hing, konnte sie auch jetzt noch nicht erkennen ob es *der* Helm war.
Sie fixierte die Menschen auf der Treppe, drei Pärchen. Eines der Mädchen winkte ihr zu. »Ach, das Fräulein Herbig ist ganz allein? An so einem Tag?«
›*Du* bist nie allein, egal an welchem Tag‹, dachte Gilla. Das Mädchen hieß Marion und galt im Ort als männerfressend. Gilla winkte zurück und versuchte dabei die Gesichter der jungen Burschen zu erkennen, die mit ihr und den zwei anderen Mädchen auf der Treppe saßen. Einer kam ihr bekannt vor, die beiden anderen wandten ihre Köpfe ab. Einer von ihnen knabberte an Marions Hals herum.
Gilla war jetzt nahe an der Treppe. Sie hatte zwei Möglichkeiten, die wenigen Meter, die sie vom Haus ihrer Mutter trennten, zurückzulegen. Einmal konnte sie über den Platz der Freilichtbühne gehen und über einen schmalen, laternenbeschienen Weg nach Hause gelangen, oder, links von der Bühne, die breitere, namenlose Straße benutzen, auf der sie gelaufen wäre, wenn sie die Abkürzung am Dorfgraben nicht genommen hätte. Aber für das letzte Viertel ihres Heimweges erschien ihr die Straße sicherer. Der Weg mit der Laterne lief zwar, nur durch Büsche und Bäume getrennt, parallel zu dieser Straße, aber Gilla wollte wenigstens auf einer Seite freies Feld haben. Und das hatte sie hier.
Ein letzter Blick auf die Pärchen, ein letzter Blick auf das Motorrad, dann war sie vorbei. Ihre Schritte beschleunigten sich wieder ... auto-

matisch. Es ging bergauf. Eine lang gezogene Rechtskurve. Sie konnte jetzt die dunkle Grenze sehen, die das Wäldchen hinter ihrem Haus von dem Feld trennte.

Die Lichter der Laternen vor dem Haus.

Rechts knackte es im Gebüsch, aber gleichzeitig rief eine Mädchenstimme: »Ich sag´s dem Bürgermeister, dass Benni Siedler in die Büsche pinkelt!« Ein Lachen folgte. Eine Männerstimme antwortete: »Ich würd´ ja noch lauter brüllen!« Die Mädchenstimme rief tatsächlich lauter als eben: »Bennie Siedler pinkelt in die Büsche!«

Jetzt lachten mehrere Stimmen. Das waren die jungen Leute, die direkt auf den Stufen der Freilichtbühne saßen, nicht die vom Eingang. Gilla atmete nach einer kurzen Schrecksekunde auf. Doch dann dachte sie: ›Ob er einer von denen ist?‹ Aber schon war sie an dieser Stelle vorüber. Sie näherte sich dem Haus, das etwas zurückgesetzt, in einem parkähnlichen Garten, auf der Kuppe des Hügels stand. Seitlich war der hohe Zaun, in Front auf den Eingang war das Gelände, von einer weißen Mauer von der Straße abgegrenzt.

Gilla war fast am schmiedeeisernen Tor. Sie sah, dass im Erker des Hauses oben ein Licht brannte. Das war das Zimmer ihrer Großmutter. Wahrscheinlich war sie wieder vor dem Fernseher eingeschlafen. Sie würde sie besser nicht wecken, denn dann würden wieder die Fragen nach dem Verbleib ihrer Mutter kommen.

Gilla blieb stehen, kramte in ihrem Turnbeutel nach dem Schlüsselbund. Und während ihre Hand den Beutel erforschte, hektisch wie ein Hamster auf der Suche nach Futter, blickte sie sich gehetzt um. Ihr Unterbewusstsein registrierte den dunkelblauen Kombi, der vor dem Nachbarhaus parkte. Der stand sonst nicht da. Wahrscheinlich hatten die Röders zur Kerwe Besuch bekommen. Der Wagen war der einzige Fremdkörper in der Straße, sonst schien alles wie immer. Also, kein Grund zur Besorgnis.

Trotzdem: Die Angst war noch da. Aber jetzt ärgerte sich Gilla zum ersten Mal über sich selbst. Blöde, dumme, unnötige Angst. Es war Kerwetag. Überall waren Menschen. Niemand hatte sie bedroht.

Ihre Finger berührten den Schlüsselbund.

Wieso konnten sie ein Motorrad und ein bemalter Helm so in Panik versetzen? Gilla fiel das Wort *irrational* ein, das einer ihrer Lehrer so gern verwendete.

Ratio, die Vernunft. Rational, die Vernunft betreffend, vernunftgemäß, mit Hilfe der Vernunft - Gegensatz: irrational.

Gab es etwas Unvernünftigeres, als an einem Abend wie diesem Angst zu haben?

Nun zog sie den Schlüsselbund aus dem Turnbeutel, ließ den Torschlüssel durch die Finger gleiten, und stellte fest, dass ihre Hand zitterte.

Und dann kam ihr ein furchtbarer Gedanke: Was wäre, wenn sie die innere Ruhe, auf die sie hoffte, auch im Haus nicht finden würde? Wenn sie morgen, am hellen Tag, immer noch an den Mann mit dem Motorrad denken müsste, in der Schule, in der Disco, überall? Wenn sie diese Angst gar nicht mehr los werden würde?

Ausgerechnet jetzt musste sie an Melanie denken. Sie hatte es bisher verdrängen können. Ihre Mitschülerin Melanie, die nun schon seit einem knappen Jahr tot war. Und deren Mörder man nicht gefunden hatte. Nun, es war im Urlaub am Bodensee passiert, nichts was man mit ihrem Wohnort Eppelsheim in Verbindung hätte bringen können, aber ...

Gilla wollte sich zwingen, an etwas Schönes zu denken. Aber es fiel ihr nichts Tröstliches ein. Und das war das Schlimmste. Vielleicht gab es nichts Gutes mehr auf dieser Welt. Ihre Mutter würde sie wahrscheinlich in dieser Ansicht bestätigen.

Gilla stieß, nach einigen zittrigen Versuchen, den Schlüssel ins Torschloss. In diesem Augenblick fiel ihr auf, dass das Zittern nicht nur von der Angst kam. Es war inzwischen auch sehr kühl geworden. Kein Wunder, dass sie fror, bei ihren nackten Armen und Beinen. Sie hätte auf ihre Mutter hören und einen Pullover einstecken sollen. Komisch, das Wort *nackt,* obwohl nur gedacht und nicht ausgesprochen, hatte plötzlich etwas Unanständiges, Schmutziges, und gleichzeitig machte es Gilla ihre Verletzlichkeit deutlich.

Sie betrat den Hof, ließ die weiße Mauer einige Zentimeter hinter sich, und da stand innen, neben dem Tor, zwischen Mauer und einem dichten, mannshohen Gebüsch, höchstens einen Meter entfernt,

eine Gestalt.
Das war einer der Momente, die man später, in der Rückschau, als besonders lang empfand. So ähnlich musste es Gillas Mutter bei ihrem Unfall gegangen sein. Eine Zeitspanne von Sekunden, die mindestens eine Stunde dauerte, bevor man reagieren konnte.
Die Gestalt stand vollkommen im Dunkeln und dennoch war es Gilla, als sehe sie den roten Motorradanzug und die Teufelsfratze. Gleichzeitig wusste sie, dass sie sich das einbildete.
Als eine leise, heisere Stimme zu ihr sprach: »Willkommen zu Hause!« dachte sie einen wahnwitzigen Moment lang, diese Worte kämen nicht von der Gestalt, sondern würden tief in ihr selbst gesprochen.
Aber die Stimme löste den Bann. Die endlose Sekunde war vorüber. Gilla dachte blitzschnell an ihre Großmutter, an das Haus, an den Schlüssel in ihrer Hand. Sah hinüber zum Erkerfenster. Dann entschied sich ihr Unterbewusstsein für einen anderen Fluchtweg.
Sie musste zurück, dahin, woher sie gekommen war. Dort waren Menschen, junge, kräftige Menschen, keine alte gebrechliche Frau. Es war nicht weit bis zur Freilichtbühne.
Gilla lief nicht, rannte nicht, stürmte nicht vorwärts, nein, sie katapultierte sich von diesem gesichtslosen Schatten fort, weg vom Tor, ins Gebüsch, das den Weg, den sie vor Minuten noch gemieden hatte, von der Straße trennte. Sie merkte nicht, wie sie den Turnbeutel verlor, wie der Schlüssel ihrer Hand entglitt. Sie suchte nur noch die Nähe anderer Menschen. Dornen und Brennnesseln klatschten um ihre Beine, ihre Haut riss an Schenkeln und Waden auf. Sie schrammte sich den rechten Oberschenkel an der Rinde einer Ulme auf, sie fühlte den brennenden Schmerz, aber er vermochte ihren rasenden Lauf nicht zu stoppen.
Sie hörte, dass *Er* hinter ihr her war. Die Geräusche, die sie selbst verursachte, konnten nicht laut genug sein, um die ihres Verfolgers zu übertönen. Es krachte hinter ihr im Gesträuch, als schlüge sich ein wütender Eingeborener mit einer Machete einen Weg durch den Dschungel.
Gilla japste nach Luft, wagte nicht sich umzublicken, trotz des widerlichen Impulses, der sie dazu zwingen wollte.

Jetzt erst sprang sie aus dem Gebüsch auf den Weg, nachdem sie unsinnig viel Zeit im Gesträuch verloren hatte. Aber ihr Verfolger schien auch nicht schlauer zu sein als sie, oder er kannte sich nicht aus, denn er hätte sie mühelos überholen können, wenn er gleich den Weg benutzt hätte.
So kam sie erst vier oder fünf Meter vor den oberen Stufen der Freilichtbühne auf den Weg. Dort saßen immer noch die jungen Leute. Weiter vorn, auf der Eingangstreppe, hockten auch noch die drei Pärchen.
Alle, die auf der Spieltreppe und die auf der Eingangstreppe, blickten sich um, als Gilla aus dem Unterholz brach. Die männerfressende Marion sprang sogar auf.
Zwei der Jungs von der Spieltreppe kamen ihr entgegen. Ein keuchendes, seltsam klingendes: »Hilfe«, kam von Gillas Lippen. Es war einerseits leise und atemlos, aber mittendrin bahnten sich ein paar überirdisch quietschende Geräusche ihren Weg in die Nachtluft.
Es krachte lauter als zuvor im Unterholz. So, als wäre jetzt noch jemand dort. Hinter ihr brüllte plötzlich eine kräftige Männerstimme: »Bleib stehen, du Schwein!« Dann rannten Schritte in die Richtung, aus der sie gekommen war. Sie brach in die Knie, sog die Luft ein.
Zwei Mädchen kümmerten sich um Gilla, halfen ihr auf die Beine.
Auch Marion war jetzt mit ihren Leuten näher gekommen. »Gilla, was zum Geier ...« Dann hörte sie noch einmal die kräftige Stimme: »Kommen Sie ... helfen Sie mir das Schwein zu finden!«
Daraufhin rannten zwei der jungen Männer an Gilla vorbei. Es krachte wieder im Unterholz. Nach einer Ewigkeit drehte sich Gilla ganz langsam um, hörte ein Gewirr von Männerstimmen; dann sah sie die Freunde der Mädchen, die mit einem Mann sprachen, den sie zuvor nicht gesehen hatte. Er trug einen hellen Jeansanzug, der ramponiert aussah. »Er ist entwischt«, rief der Mann. »Ich hatte ihn schon fast.« Dann kam er näher, die anderen Jungs in seinem Schlepptau. »Hat jemand ein Handy? Wir müssen sofort die Polizei benachrichtigen.« Marion lief ein paar Schritte in seine Richtung und reichte ihm ein Handy. »Wie geht´s der Kleinen?«, fragte der Mann, ohne zu wählen.

Gilla, die immer noch zitterte, und deren Brustkorb sich unter heftigem Atmen hob und senkte, bekam von irgendwem einen Flachmann in die Hand gedrückt. »Hier, ein Schluck, und du bist wieder voll drauf.«
Sie trank tatsächlich, verschüttete die Hälfte.
Dann starrte sie dem Mann entgegen. Er war mittelgroß und hatte kurzes, strubbeliges Blondhaar. Er schien in den Dreißigern zu sein. Die Leute um ihn herum murmelten Anerkennendes. Einer der jungen Männer klopfte ihm auf die Schulter.
»Fast hätte er dich erwischt«, sagte der Mann und streckte Gilla die Hand hin. »Ich hoffe, du bist fit«, fügte er hinzu und dann: »Ich bin der Stephan, Dr. Stephan Delling aus Alzey. Und wer bist du?«
»Gilla Herbig.«
Sie nahm seine Hand nicht gleich. Denn die Angst war noch nicht weg.

5
Worms
23. September, Vormittags

Wein! Eine ganze schwere, hölzerne Kiste voller Flaschen. Seit Juni jeden Monat eine. Somit war es jetzt die vierte Weinkiste, die Alfons Koop vor Fischers Bürotür abstellte.
»Wohl bekomm´s, Meister!«
»Danke Alfons!« Ja, sie waren per du. Seit Koop das Regal wieder aufgebaut hatte. Schon an diesem Tag hatte der Harley-Fahrer die erste Kiste mit rheinhessischem Wein mitgebracht. Schlechtes Gewissen, privates Glück mit Angela Brüll und eine seltsame Sympathie für Fischer bewogen Koop seit ihrem ersten Zusammentreffen, dem Detektiv Gutes zu tun.
Die regelmäßigen Hinweise darauf, dass Fischer ja eigentlich biertrinker war, nahm Koop einfach nicht zur Kenntnis. Fischers Kühlschrank war bei Koops erstem *Besuch* bereits voll mit Bier gewesen, damals noch in Flaschen. Aber eigentlich war der Detektiv Dosenfan. Er wusste selbst nicht warum. Aber ob Flasche oder Dose, selbst die Tatsache, dass Fischer ihn bei jeder Weinlieferung zu einem Bier einlud, konnte Koop nicht dazu bewegen, seine karitativen Absichten zu überdenken.
»Mein Onkel in Wonsheim«, hatte er einmal gesagt, »lässt mir den Stoff rüberwachsen, der kostet mich keinen Pfennig.«
Fischer hatte sich die Mühe gemacht und den Ort Wonsheim im Internet gesucht. Er lag in der sogenannten *Rheinhessischen Schweiz*,

nahe bei Eckelsheim und der überregional bekannten Kirchenruine *»Beller Kirche«*.
Koop hatte Fischer erzählt, dass er in dieser Gegend oft für Motorradrennen übe. Besonders zwischen Nieder-Wiesen und Wendelsheim, an der *Teufelsrutsch,* wo sich überall Quecksilber und Eisenerzstollen befanden, die bis ins 19. Jahrhundert hinein noch betrieben worden waren. Und wenn Koop mit seinem Kombi, in dem er die Harley transportierte, in die *Rheinhessische Schweiz* fuhr, machte er stets einen Abstecher zu seinem Onkel in Wonsheim und lud den Wagen mit Wein aus dem Anbaugebiet *Hölle* voll.
Fischer kannte die Gegend nicht. Und deshalb wunderte er sich selbst über sein erwachendes Interesse. Alfons Koop hatte ihm beim vorletzten Besuch angeboten, ihn mal auf der Harley mitzunehmen, aber bisher hatte Fischer sich mit angeblichen Terminen herausreden können. Aber er hatte beschlossen, bei der nächsten sich bietenden Gelegenheit die *Rheinhessische Schweiz* zu erkunden.
Am besten, wenn er mal wieder Susanne und Edgar in Alzey besuchte. Von dort war es nicht mehr sehr weit.
»Alles klar, Meister?«, fragte Koop breit grinsend und hieb Fischer auf die Schulter. »Du machst ein Gesicht wie sieben Tage Regenwetter.«
»Alles im grünen Bereich«, log Fischer und bat Koop ins Büro. Der nahm die Kiste hoch, die er vor die Außentür gestellt hatte und trug sie ohne Mühe in den Raum.
Während Fischer zwei Bierdosen aus dem Kühlschrank holte, betrachtete sich Koop den großen Bilderrahmen an der Wand im Hauptraum des Büros, in dem Fischer seit Juli die Zeitungsberichte über den Mädchenmörder aufbewahrte.
»He, Meister, das werden ja immer mehr?«
Fischer kam um die Ecke des kleineren Raumes und warf Koop eine Dose zu. »Dann hast du nie genau hingesehen«, belehrte der Detektiv seinen Gast. »Nach der Kleinen bei euch drüben in Lampertheim hat er im Juni ein Mädchen aus Osthofen umgebracht. Seitdem gibt es nichts Neues.«
Beide rissen ihre Dosen auf, prosteten sich zu, tranken. »Wenn´s

hier so was wie das FBI gäbe, hätten die den schon längst«, brummte Koop!
»Soviel ich weiß, benutzen sie die Profiler-Techniken des FBI«, erläuterte Fischer.
Koop lachte mit Geringschätzung: »So was lernen doch unsere Bullen nicht. Die sind doch viel zu schwerfällig. Wenn ich mir überlege, wie lange die gebraucht haben, um meinen Schwager zu erwischen. Und der hat nur ein Elektrogeschäft ausgeräumt.«
»Aber erwischt haben sie ihn?«
»Jo!«
»Jedenfalls steht inzwischen fest«, sagte Fischer, »dass der Mörder die Mädchen niemals an der Stelle umbringt, an der man sie findet. Zuerst hatten sie das angenommen. Denn meistens wurden sie in der Nähe der Fundorte zuletzt lebend gesehen. Aber jetzt geht die Polizei davon aus, dass sie erst noch transportiert werden, bevor er sie ablegt. Darum hat ihm die Presse auch den Namen *der Reisende* gegeben.«
»Wie, der kidnappt die irgendwo, schleppt die wer weiß wohin und bringt sie wieder zurück? Der Kerl muss ein Rad abhaben.«
»Das hat er sowieso«, sagte Fischer trocken.
Koop nahm einen weiteren Schluck, womit die Dose leer war. »Aber du auch, Meister!«
»Wieso?«
»Du hast doch mit dem Fall gar nix zu tun. Und trotzdem hängst du dir das Zeitungsgeschmiere an die Wand wie andere Leute n´en Ölschinken.«
»Der Fall interessiert mich eben.«
»Ich interessiere mich für Reizwäsche. Aber die hängt nicht bei mir in der Werkstatt rum.« ›Welch ein Vergleich‹, dachte Fischer. »Das macht halt jeder, wie er will«, sagte er. Ihm wurde das Gespräch lästig. Auch er tat sich am Bier gütlich, allerdings nur in kleinen Schlucken. Koop trat näher an den Rahmen heran, betrachtete die Bilder der Opfer.
»Sechzehn Jahre, aus Lampertheim.« Die Abbildung zeigte eine geschönte Aufnahme der Toten. Sie trug eine züchtig geschlossene

weiße Bluse und hatte eine Piercingkugel am rechten Nasenflügel. »Ich hab die öfter in Lampertheim gesehen. Die hat doch in ´ner Band gesungen, oder?«
Fischer nickte. Er kannte die Geschichten der Opfer auswendig, soweit sie veröffentlicht worden waren. Weitere Nachforschungen hatte er nicht angestellt.
»Ja«, sagte er, »Folkrock! Ihre Band war im ganzen Ried bekannt. Nur den Sprung über den Rhein haben sie nie geschafft.«
»Ja, ja, heißer Feger. Hatte `ne Stimme ... aber hallo.« Koop sah Fischer plötzlich direkt in die Augen: »Du willst doch nicht angeben, oder?«
»Wie meinst du das?«
»Na ja, hängt sich hier den großen Fall an die Wand, und die liebe Kundschaft denkt, ›Ach, der Sherlock Holmes hier, hat damit zu tun, der klärt so was auf, da können wir auch mal die Frau Gattin beschatten lassen, wenn der *das* schafft.‹« Er kicherte.
»Alfons, du bist ein Arsch!«
»Haste noch `n Bier?«
Fischer schlurfte in den Nebenraum zum Kühlschrank und gab dann Koop eine zweite Dose. Während der sie aufriss, überlegte Fischer, was Koop gesagt hatte. Nein, er wollte sicher nicht angeben. Aber trotzdem hatte der Mann aus Lampertheim nicht ganz Unrecht.
Diese Sammlung, die Beschäftigung mit dem Fall, drückte seine Unzufriedenheit mit dem aus, was er wirklich tat. In ihm schlummerte der Polizist, der Aufklärer, der Kripomann. Aber was war er? Ein kleiner Privatschnüffler mit einem winzigen Büro in einer deutschen Provinzstadt, der drei Mal die Nibelungenfestspiele besucht hatte, nur um den Duft der großen weiten Welt zu schnuppern. Wie stolz war er doch gewesen, dass er bei allen drei Besuchen Freikarten bekommen hatte, weil die Darstellerin, deren Bodyguard er gemimt hatte, ihm so dankbar war, obwohl sie ihn nicht leiden konnte. War das nicht ein jämmerliches Verhalten für einen Mann, der vor undenklich langen Zeiten mal angefangen hatte, Kriminalbeamter zu werden? Ein verdammt kleinbürgerliches Verhalten!
Doch dann überlegte er weiter. Kriminal-*Beamter*! Da lag der Hund

begraben. Er war kein Kleinbürger geworden, er war immer einer gewesen.
Fischer versuchte, den erneuten Anfall von Selbsthass herunterzuschlucken, und tat das symbolisch, indem er die Dose leerte.
»An so einen Fall kommst du als Privater gar nicht ran, oder?« Koop feixte.
»Das kommt darauf an. Wenn mich zum Beispiel die Eltern von einem dieser Mädchen beauftragen würden, etwas herauszubekommen, über ihre letzten Stunden oder so, dann könnte ich da schon nachforschen.«
»Ja, aber das bringt nix, Meister! Ein einzelner Typ kriegt doch nicht mehr raus als die ganze Bullenmafia! Die sind zwar lange nicht so fit wie das FBI, wie gesagt, aber die haben trotzdem ganz andere Dinger auf der Pfanne als du!«
Fischer sagte nichts, ging zum Kühlschrank und holte auch sich eine neue Dose. »Angela lässt fragen, ob du in zwei Wochen, am Sonntag, mit zur Teufelsrutsch kommst«, fragte Koop unvermittelt.
»Alfons, ich habe dir schon gesagt, dass ich mich nicht auf dein Motorrad setze.«
»Das sollst du auch gar nicht. Ich fahre ein Rennen, und Angela braucht einen Begleiter beim Zugucken. Das ist ein Ausnahmerennen. Normalerweise ist im Herbst nix los.«
»Ach, und du wärst nicht eifersüchtig?«
Koop grinste: »Ich eifersüchtig auf dich? Von was träumst du nachts?« Fischer seufzte. Warum hatte er auch fragen müssen. Er strahlte im Augenblick nicht das aus, was Frauen die Augen verdrehen ließ und was Männer in einen Blutrausch versetzen würde. Er sah zu, wie der letzte Schluck Bier in Koops Hals gluckerte.
»Richte ihr aus, ich rufe sie in einer Woche an.«
»Gut, ich geh dann mal wieder.« Koop stellte seine leere Dose auf den kleinen Tisch neben die erste und reichte Fischer seine große Pranke. »Pass auf dich auf, Meister.«
»Du auch!«
Als Koop gegangen war, sah ihm Fischer durch das kleine Fenster nach. Der große blaue Kombi mit der Aufschrift *Bikerwerkstatt Al-*

fons Koop hatte die schmale Obergasse vor dem Büro vollkommen ausgefüllt. Gut, dass hier so gut wie nie ein Auto vorbeifuhr, denn das wäre nicht durchgekommen. Fischer parkte aus Platzgründen seinen eigenen Wagen dort, wo er wohnte, in der Tafelgasse, drei Fußminuten entfernt. Er sah auf die Uhr. Es war 11.16 Uhr vormittags. Es wurde Zeit, etwas zu essen. Er hatte noch einen Linseneintopf von gestern im Kühlschrank stehen. Den würde er sich heiß machen. Er zog seine schwarze Lederjacke an, stülpte sich die ebenfalls schwarze Strickmütze über den Kopf, ließ die Weinkiste stehen, wo Koop sie hingestellt hatte, und verließ sein Büro.
Es war kühl, trübe und diesig. Ein kaum merklicher Sprühregen ging hernieder und verbreitete mitten im September Novemberstimmung.
Fischer sah einen Moment lang über die Leitplanke am Rand der Obergasse hinunter auf die Berggasse, die sich in einer Kurve durch die Hohl zog, und wo der Verkehr brandete, der ihm hier oben vor seinem dienstlichen Domizil erspart blieb. Auf der anderen Böschungsseite, oberhalb einer Mauer, hinter einer Grünanlage, stand die evangelische Bergkirche St. Peter, die in diesem Jahr renoviert worden war. Fischer hatte schon längst vorgehabt einmal hineinzugehen. Aber bisher hatten ihn Faulheit und andere Vorhaben stets davon abgehalten.
Auch jetzt konnte er sich den Ruck nicht geben, die wenigen Meter hinunter und auf der anderen Seite wieder hinauf zur Kirche zu laufen. Außerdem wurde der Hunger immer stärker. Er wandte sich nach rechts und ging die Obergasse entlang.
Er dachte über Koop und das Angebot seiner Freundin Angela nach. Es war schon seltsam. Auf der einen Seite suchte er beinahe gierig nach menschlichen Kontakten, aber wenn sie im geboten wurden, mochte er sich nicht dafür entscheiden.
Während er die Obergasse an deren Ende verließ und in die Tafelgasse eintauchte, deren erster Teil recht steil bergab ging, fiel ihm noch ein Name ein. Ein Name, an den er lieber dachte als an den von Koop und seiner Angela. Claudia Müller. Er würde sie noch heute sehen. Er erinnerte sich an das Telefongespräch mit ihr, vor vierzehn

Tagen, als er in der Kneipe in Alzey gesessen hatte und sich über ihren Anruf aus der Nervenklinik in Bingen sowohl gewundert als auch gefreut hatte.
Vor einer Woche hatte sie den Termin, den sie damals unverbindlich abgesprochen hatten, bestätigt. Mit Veronica Delling würde er wohl nicht sprechen können, aber Claudia hatte ihm versichert, dass diese ihrer Mutter Bescheid gesagt habe.
Fischer versprach sich nicht viel von dem möglichen Auftrag, den Bruder Veronicas, den Archäologen Dr. Stephan Delling, zu observieren. Wahrscheinlich würde da gar nichts draus, aber er freute sich darauf, Claudia zu sehen.
Er erreichte das Haus, in dem er seit wenigen Monaten wohnte. Doch noch bevor er in das Hoftor einbiegen konnte, gewahrte er die junge Aushilfspostbotin, die ihr Fahrrad mit der gelben Posttasche, von der unteren Tafelgasse her kommend, ebenfalls auf das Tor zuschob.
»Ach, der Herr Fischer.«
»Ach, die Frau Maus!«
»Doofes Wetter, gell?«
»Ganz doofes Wetter!«
»Gut, dass ich Sie erwische, hier, was Eingeschriebenes.«
Frau Maus, höchstens dreiundzwanzig und von bäuerlich frischem Aussehen, überreichte Fischer einen Brief. Es war nichts Blaues, Amtliches, sondern ein normaler, weißer Umschlag mit Fenster und dem Aufdruck: Einschreiben.
Fischer nahm ihn entgegen, unterschrieb und wünschte Frau Maus noch viel Schaffenskraft.
Diese wunderte sich noch, dass er Geschäftspost an seine Privatadresse bekam und zog fröhlich grüßend ihres Weges.
Fischer besah sich den Umschlag näher. Er stand immer noch vor dem Tor, und einige dünne Regenspritzer benetzten den Umschlag. ›Detektei Ludwig Fischer‹, las er, dann folgte seine Privatadresse. Es gab keinen Hinweis auf einen Absender auf dem Umschlag.
Fischer runzelte die Stirn. Er wollte zuerst das Tor aufschließen, aber die Neugier war stärker. Er riss den Umschlag auf. Drinnen be-

fand sich nur ein Bogen weißes Papier mit Computerausdruck. Er begann zu lesen.

Sehr geehrter Herr Fischer,

es gibt ein bedauerliches Missverständnis, das ich hiermit aufklären möchte. Eine Mitpatientin meiner Tochter, Claudia Müller, hat Sie fälschlicherweise damit beauftragt, meinen Sohn Dr. Stephan Delling zu observieren. Ich stelle hiermit fest, dass es keinerlei diesbezügliche Absprachen zwischen dieser jungen Dame und mir gegeben hat. Absprachen zwischen meiner Tochter Veronica und besagter Claudia Müller mit Ihnen, geehrter Herr Fischer, entbehren leider jeder geschäftlichen oder anderweitig juristisch verwertbaren Grundlage, da sich beide Damen in nervenärztlicher Behandlung befinden. Ich erfuhr zu meinem Bedauern sehr spät von Ihrem geplanten Besuch in Bingen, so dass ich mich erst jetzt, am Tage dieses Treffens, bei Ihnen melden kann. Telefonisch oder über Internet wollte ich nicht mit Ihnen in Verbindung treten, da ich Wert darauf lege, dass unser Kontakt einmalig bleibt und notariell beglaubigt wird und das Einschreiben Sie persönlich und rechtzeitig erreicht, was Sie mit Ihrer Unterschrift ja auch bestätigt haben.
Wenn Sie den Besuch in der Klinik dennoch durchführen wollen, nehmen Sie bitte davon Kenntnis, dass ich das Klinikpersonal angewiesen habe, Ihnen keinen Zugang zu meiner Tochter zu gewähren. Was Sie mit Frau Müller besprechen, ist Ihre Sache und hat mit meiner Tochter, mit meinem Sohn und mit mir nichts zu tun. Ich bitte Sie höflich, die Sache damit auf sich beruhen zu lassen.

Mit frdl. Gruß
Melinda Delling

Darunter sah Fischer den Vermerk eines Notars Mehlmann aus Bad Kreuznach, mit dem das Schreiben beglaubigt wurde. Er ließ den Brief sinken. Dann erst merkte er, dass er immer noch im Regen stand.

6
Eppelsheim
23. September, früher Abend

Gilla Herbig lag bäuchlings auf ihrem Bett und hatte den Kopfhörer über ihre Ohren gestülpt. Sie versuchte der Stimme der irischen Sängerin Enya zu lauschen, aber es wollte ihr nicht gelingen. Ihre Konzentration wurde von etwas anderem beansprucht. Vor ihr, auf dem Kopfkissen, lag ein Bericht, den sie vor einem Jahr aus einer überregionalen Zeitschrift ausgeschnitten hatte. Gilla sah neben dem Text das Bild eines fröhlich lachenden Mädchens. Das Gesicht gehörte Melanie, ihrer Schulfreundin. In fetten schwarzen Buchstaben stand über dem Bericht die Schlagzeile: ***Tod am Bodensee.***

Gilla hatte den Ausschnitt seit damals nicht mehr gesehen. Jetzt, wo ihr die Überschrift in die Augen sprang, hatte sie Angst, ihn zu lesen, aber sie musste. Es war ein Zwang, wie sie ihn an jenem Tag verspürt hatte, als sie sich, ohne es zu wollen, zu dem Motorrad umgedreht hatte.

An jenem Tag!

Gilla erinnerte sich sehr gut daran, dass ihr Melanies Tod gerade eingefallen war, als sie den Schlüssel ins Torschloss stecken wollte. Unmittelbar bevor sie den Mann gesehen hatte.

Schon seit ein paar Tagen hatte sie vorgehabt, den Bericht zu suchen, aber bisher war sie davor zurückgeschreckt. Doch nach dem Abendessen hatte sie ihn gezielt gesucht und ihn in einem Haufen mit anderen Zeitungsausschnitten gefunden. Die meisten waren weitaus harmloserer Natur. Da ging es um prähistorische Funde in Eppelsheim und anderswo, um Naturbeschreibungen, Geschichtliches, Museumseröffnungen und auch mal um den einen oder anderen Popstar.

Sie hatte diesen speziellen Ausschnitt mit spitzen Fingern aus dem Stapel gezogen, so als könne sie sich die Finger an seinem Inhalt verbrühen.

Nun, jetzt also lag sie auf dem Bett und kämpfte mit widerstreitenden Gefühlen. Einerseits fühlte sie sich gezwungen, alles noch einmal nachzulesen, was Melanie damals geschehen war, und andererseits fürchtete sie sich davor. Natürlich konnte sie es vor sich herschieben, aber was würde das nützen? Sie hörte, wie im Untergeschoss des Hauses eine Tür klappte. Hoffentlich kam ihre Mutter nicht hoch zu ihr. Gilla ertrug diese Fürsorge nicht, mit der sie ihre Mutter seit dem Tag des Überfalls bedrängte. Plötzlich schien ihr ihre Tochter etwas zu bedeuten, mit einem Mal stand nicht mehr ihr Gebrechen ganz oben auf der Wichtigkeitsskala, sondern Gillas Wohlergehen. - Und was das Schlimmste war: Anna Herbig schien es zu genießen, sich um Gilla zu kümmern.

Und diesen Genuss nahm das Mädchen seiner Mutter übel. Es wollte sich nicht als willkommene Ablenkung vom Dasein ihrer Mutter als Krüppel verstanden wissen. Die Fürsorge hätte Gilla schon gebrauchen können, aber eine echte, eine, in der es um sie selbst ging. Zum Glück hörte sie nach dem Zuklappen der Tür kein weiteres Geräusch mehr. Das Klacken der Schuhe ihrer Mutter auf der hölzernen Treppe, dieser ganz spezielle Laut, der durch das Nachziehen des rechten Beines mit der Prothese entstand ... dieses Klacken blieb Gilla erspart.

Sie riss sich mit einem Ruck den Kopfhörer herunter, schaltete den Walkman aus, setzte sich auf den Rand ihres Bettes und begann zu lesen.

Tod am Bodensee

Melanie Bechtel wurde am Abend des 21. September in einem Boot, am Anlegesteg eines Hotels in Langenargen (Bodensee), das Opfer eines Gewaltverbrechens.
Für Familie Bechtel aus Eppelsheim (Rheinland-Pfalz) sollte es ein ganz normaler Kurzurlaub werden. Vater Heinz (45, Großhandelskaufmann), Mutter Luise (40, Textilfachverkäuferin), Sohn Jürgen (17, Schüler) und Tochter Melanie (14, Schülerin) fuhren am 18. September mit dem eigenen Kleinwagen nach Langenargen am Bodensee, um eine knappe Woche vom Alltag auszuspannen.
Heinz Bechtel, seit einigen Jahren an Asthma leidend, zog, trotz der Empfehlung seines Arztes, einen Nordseeurlaub zu buchen, den Bodensee vor. Sie wohnten in der kleinen Pension Scheffler, in unmittelbarer Nähe von Schloss Montfort, dem Wahrzeichen Langenargens.
Nachdem sie die ersten beiden Tage mit Besichtigungen und kleineren Wanderungen am See und im Schediwald verbracht hatten, schlug Mutter Luise für den dritten Tag den Besuch eines Maskenballes im Zander vor. Das große Hotel, nur einen knappen halben Kilometer von der Unterkunft der Bechtels entfernt, direkt am See gelegen, lud seit seinem Bestehen jeweils einmal im Frühjahr und einmal im Herbst zum sogenannten Boden-See-Räuber- Ball ein. Tochter Melanie war von der Idee ihrer Mutter sofort begeistert, während die beiden Männer der Familie sich am liebsten gedrückt hätten. Besonders Melanies Bruder Jürgen war für die Veranstaltung nicht zu begeistern. Schließlich gelang es Luise Bechtel, ihren Gatten umzustimmen, und der sprach seinem Sohn gegenüber ein väterliches Machtwort, so dass alle Bechtels sich am 21. September gemeinsam im Hotel Zander einfanden.

Bei dem Boden-See-Räuber-Ball handelt es sich um ein traditionelles Tanzvergnügen, das von der Familie Zander stets mit großem Aufwand und prominenten Musikensembles veranstaltet wird.
Masken und/oder Kostüme sind Pflicht. Dementsprechend hatte sich auch die Familie Bechtel aus Eppelsheim in einem einschlägigen Geschäft in Langenargen mit Kostümen eingedeckt. Dort werden, jeweils eine Woche vor den jeweiligen Bällen, verschiedene Masken und Kostüme geordert, besonders für die Touristen, die nicht in der Lage sind, sich aus eigener Kleidung etwas Originelles zusammenzustellen.
Hauptkommissar Luchs von der Lindauer Kripo sieht darin ein Problem bei der Aufklärung des Falles, denn Melanie Bechtel trug ein Bodenseenixenkostüm, wie es viele Mädchen an diesem Abend trugen. Jedes dieser Mädchen war Touristin und hatte in besagtem Geschäft ihr Nixenkostüm erworben. Hauptkommissar Luchs schließt in diesem Zusammenhang nicht aus, dass es sich bei der Gewalttat an Melanie Bechtel um eine Verwechslung handeln könnte.
Der Abend begann jedenfalls so, wie er geplant war. Die renommierte Tillmann Kröger-Combo spielte nach dem sogenannten Zander-Dinner ab 21.30 Uhr zum Tanz auf.
An das ursprüngliche Motto des Balles hielten sich die Teilnehmer, Einheimische wie Touristen, schon seit vielen Jahren nicht mehr. So sah man unter den Maskierten nur eine verschwindend geringe Anzahl an Piraten und Seeräuberbräuten.
Heinz Bechtel, sonst ein eher strenger Erziehungsberechtigter mit hohen moralischen Grundsätzen, hatte sich an diesem speziellen Abend von Frau und Tochter dazu überreden lassen, Melanie zu gestatten, genauso lange aufzubleiben wie ihr älterer Bruder Jürgen und ihre Eltern. Vater Bechtel ermunterte sie sogar zu tanzen, wenn sie versprach, in Sichtweite des Tisches zu bleiben, an dem die Eltern saßen.

So tanzte sie einmal mit einem der wenigen Seeräuber und zweimal mit einem jungen Mann im Batmankostüm, der aus der benachbarten Schweiz über den See zum Fest angereist war.

Gegen dreiundzwanzig Uhr gelang es Luise Bechtel zum ersten Mal, ihren Mann zum Tanzen zu bewegen. Dabei verloren sie Melanie, die zum dritten Mal mit dem Schweizer Batman tanzte, aus den Augen.

Als sie den Tänzer kurze Zeit später wieder sahen, wirbelte er zwar mit einer jungen Dame im Nixenkostüm über die Tanzfläche, aber es war nicht Melanie. Die Eltern stellten Batman zur Rede und erfuhren, dass ihre Tochter vor wenigen Minuten von einem Tänzer in einem Teufelskostüm abgeklatscht worden war.

Zunächst suchten Eltern und Bruder, nur mäßig beunruhigt, nach einem Teufel mit einer Nixe, konnten den Leibhaftigen aber nicht finden. Bodenseenixen gab es genug, aber keine von ihnen war Melanie. Nachdem sie Toiletten und angrenzende Gasträume abgesucht hatten, schalteten sie den Hoteldetektiv ein, der diskret weiterforschte.

Als Melanie auch nach Ende der Veranstaltung gegen 1.00 Uhr am 22. September nicht wieder aufgetaucht war, auch in der Pension war sie nicht, wie der Bruder berichtete, den sein Vater dorthin geschickt hatte, informierte die Hoteldirektion die Polizei in Lindau.

Zwei Beamte der dortigen Schutzpolizei nahmen die Suche im Hotel erneut auf, befragten Tänzer und Personal, ohne Ergebnis. Aber noch bestand Hoffnung. Vielleicht hatte das Mädchen den Ausflug in die Welt des Tanzes und der unbeschwerten Fröhlichkeit etwas ausgedehnt. Vielleicht saß Melanie mit vielen anderen Jugendlichen in einem der Langenargener Lokale und verdrängte das Donnerwetter, das vom gestrengen Vater zu erwarten war.

Am frühen Morgen, gegen 5.00 Uhr, wurden die Befürchtungen der Eltern und des Bruders, dass etwas Schlimmeres geschehen sein könnte, zur entsetzlichen Gewissheit.
Der Hobbyfischer Bert Seelmann (50) aus Langenargen, der mit seinem Kajütboot auf den See hinausfahren wollte, um den Sonnenaufgang über dem Wasser zu genießen, fand den Leichnahm Melanie Bechtels in seinem Boot.
Nur noch Melanies Oberkörper war bekleidet. Der Täter hatte ihr das Unterteil des Nixenkostüms offenbar mit brachialer Gewalt vom Leibe gerissen.
Der zuständige Polizeiarzt der Kripo in Lindau stellte kurz darauf die Todesursache fest. Melanie war mit einem Tau, das sich an Bord des Kajütbootes von Bert Seelmann befand, erdrosselt worden. Sexueller Verkehr hatte nicht stattgefunden, war aber, nach den Erkenntnissen der unmittelbaren Auswertung der Spuren, mit großer Wahrscheinlichkeit vom Täter beabsichtigt gewesen. Tatort und Fundort der Leiche sind nach gesicherten Angaben der Polizei identisch. Den Todeszeitpunkt gab der Arzt vorläufig mit der Zeit zwischen 23.30 Uhr und 1.00 Uhr am folgenden Tag an. Genauere Zeitangaben sind erst nach der Obduktion möglich.
Hauptkommissar Luchs geht von einem Einzeltäter und einem sogenannten Panikdelikt aus. Seine Mutmaßung: Der Täter war in seinem Vorhaben, sich sexuell an seinem Opfer zu vergehen, entweder vom Opfer selbst behindert oder von Dritten gestört worden. In seiner panischen Angst davor, durch mögliche Schreie seines Opfers verraten zu werden oder von Passanten entdeckt zu werden, hatte er zu dem Tau gegriffen, das zufällig in seiner unmittelbaren Reichweite zusammengerollt lag, und hatte Melanie Bechtel damit erdrosselt.
Nach Verhören mit allen verfügbaren Zeugen kommt die Polizei zu dem vorläufigen Schluss, dass der möglicherweise letzte Tanzpartner Melanies, der Mann mit dem Teufelskostüm, ent-

weder selbst für die Täterschaft in Frage kommt, oder zumindest wichtige Hinweise auf die letzten Minuten des Mädchens geben kann. Die Suche nach diesem Mann stützt sich auf die Aussage des Schweizer Staatsbürgers, der zuvor mehrfach mit Melanie getanzt hatte, und verlief bisher ergebnislos ...

Gilla ließ das Papier sinken. Der Artikel war an dieser Stelle noch nicht beendet, aber sie hatte keine Kraft mehr weiterzulesen. Sie wusste aus anderen, späteren Berichten und aus Erzählungen im Ort, wie es weitergegangen war.
Nachdem die Polizei den Gesuchten und sein Kostüm niemals gefunden hatte, war sie, in Zusammenarbeit mit der Schweizer Polizei, noch einmal auf den jungen Schweizer im Batmankostüm zurückgekommen. Aber die Ermittlungen hatten nicht für eine Anklage ausgereicht. Somit galt der Fall Melanie bis heute als ungeklärt.
Ihre Eltern waren von Eppelsheim nach Kaiserslautern gezogen, nur Melanies Bruder Jürgen lebte noch hier, bei seinem Großvater, dem er, nachdem er die Schule beendet hatte, in dessen Schreinerei half.
Gilla schob den Brief zurück in den Stapel, wieder sehr vorsichtig, wieder mit spitzen Fingern. Aber selbst als er nur noch eine Kante unter vielen anderen Kanten war, wusste Gilla genau, wo er lag. Es war, als würde er leuchten. Sie verstaute den gesamten Stapel rasch in dem Schuhkarton, in dem sie ihn aufbewahrt hatte, und ging wieder zum Bett zurück. Aber sie setzte sich nicht.
Die Teufelsfratze! Gilla hatte die Gedanken daran verdrängt, denn es hatte bei den Ermittlungen der Polizei keinen Hinweis darauf gegeben, dass der Mann hinter dem Tor einen Motorradhelm und eine Motorradmontur getragen hatte. Und bisher hatte sie der Polizei gegenüber auch nichts von der Fratze erzählt, denn sie traute ihrem ersten eigenen Eindruck von dem fremden Mann am Tor nicht mehr. Besonders, weil sie noch am Abend des Überfalls gesehen hatte, welchem der jungen Männer das Motorrad auf dem Platz gehörte. Der Helm, den sie für den Teufelshelm gehalten hatte, war schwarz

und rot bemalt, aber ohne bildliche Darstellung irgendeines Gesichtes. Trotzdem, irgend etwas in ihr hatte sie gezwungen, diesen Bericht zu lesen, ihr Unterbewusstsein musste das Detail mit dem Teufelskostüm gespeichert haben.
Gilla überlegte, wem sie davon erzählen sollte. Ihre Mutter kam nicht in Betracht. Jedenfalls nicht im Augenblick. Und ihre Großmutter? Oder vielleicht doch die Polizei?
Unten im Haus läutete das Telefon. Gilla ging zur Tür ihres Zimmers, öffnete sie einen Spalt. Von unten, aus dem Flur, hörte sie die Stimme ihrer Mutter. Sie klang fröhlich: »Sehr gerne, ... selbstverständlich, ... griechisch? Ich esse mit Vorliebe griechisch. Zugegeben, es ist zeitlich etwas knapp, aber ... oh, doch, ich habe was übrig für spontane Ideen ... Um zwanzig Uhr? Das wäre ja schon in einer halben Stunde. Doch, doch, das geht. Ja, also, bis dann. Ich freue mich!«
Gilla schloss die Tür und ging zum Bett zurück. Ihre Mutter würde zum ersten Mal seit dem Unfall wieder mit einem Mann ausgehen. Gilla stöhnte leise auf, denn sie ahnte mit wem!

7
Bingen
23. September, abends

Sie saßen in einem Lokal in Bingen und blickten durch große Panoramascheiben über den Rhein hinüber nach Rüdesheim. Die Lichter dort drüben verhießen Leben, Geselligkeit und Spaß. Aber wahrscheinlich sahen die Lichter von Bingen genauso vielversprechend aus, wenn man auf der Rüdesheimer Seite saß und hinüberblickte. Fischer wusste, dass weit entfernt liegende Beleuchtungskörper allzu oft anheimelnd und einladend wirkten. Das galt sogar für das Ludwigshafener Gelände der BASF, bevor man wusste, wozu die Lichter gehörten und bevor einem die Nase das Gegenteil einer Einladung signalisierte.

Seit einer Weile schwiegen beide und starrten durch die Scheiben über den Strom. Dann senkte Claudia Müller den Kopf und las den Brief, den Frau Delling Fischer geschickt hatte, zum dritten Mal.

Fischer nutzte die Gelegenheit, die junge Frau zu beobachten. Er stellte fest, dass er umdenken musste. Diese Claudia Müller hatte nichts zu tun mit der Frau, die er nur unter dem Vornamen Claudia kannte. Aber sie schien auch nichts mit der Person zu tun zu haben, die mit ihm am Telefon ein Treffen vereinbart hatte. Sie war weder die selbstsicher auftretende Sektenheroine im Kattunhemd noch die verhuschte, suizidgefährdete Insassin einer Nervenklinik, wenigstens optisch nicht. Das mittelblonde Haar war wie früher schulterlang, aber nicht mehr lockig verwuschelt, sondern so glatt und sei-

dig, als würde sie für ein Haarspray Reklame machen. Ihr Gesicht war auf taffe junge Geschäftsfrau geschminkt, nicht zu viel, nicht zu wenig, und ihre schlanke Figur wurde von einem engen, hellgrünen Kostüm eingehüllt wie von einer Zwiebelhaut. Grün, zumindest der Grundfarbe war sie treu geblieben. Fischer erinnerte sich an olivgrüne Anoraks aus der Sektenzeit.
Claudia hatte sich beinahe perfekt verkleidet. Der Frauentyp, den sie jetzt verkörperte, war sehr attraktiv, aber austauschbar. Fast jede gutaussehende Frau, die sich nach dem Trend richtete, sah so aus wie sie.
Jetzt war sie mit dem Brief fertig und blickte Fischer über den Tisch hinweg an. »Ich habe die Wahrheit gesagt.« Ihr Blick war bei diesen Worten ein wenig trotzig.
Der Kellner, der die benutzten Teller mit den Resten der vegetarischen Pizza und das Besteck schon längst abgeräumt hatte, fragte nach weiteren Wünschen. Claudia bestellte noch ein Wasser, Fischer sein drittes Bier.
»Haben Sie eine Ahnung, warum Frau Delling dieses Theater veranstaltet?«, fragte Fischer nach einer Weile.
Claudia entgegnete mit einer Stimme, die fast so leise war wie die seinerzeit am Telefon: »Sie glauben mir doch ... oder?«
»Ich glaube Ihnen, dass Veronica Delling Sie davon überzeugt hat, dass ihre Mutter den Auftrag bezahlen will. Aber dem scheint ja nicht so zu sein.«
»Sind Sie jetzt böse auf mich? Ich meine, weil Sie den weiten Weg von Worms ... entschuldigen Sie.«
Fischer war unglaublich irritiert. Die Optik stimmte so wenig mit ihrem Verhalten überein, dass er gar nicht wusste, wie er auf diese junge Frau reagieren sollte.
Vorhin, als er Sie vom Klinikeingang abgeholt hatte, war es einfacher gewesen. Obwohl Sie sehr erstaunt, fast erschreckt über seinen fahrbaren Untersatz war, hatte Sie zunächst freimütig von ihrem Klinikaufenthalt erzählt, später im Lokal war ein richtiger Smalltalk entstanden und noch später, kurz vor dem Essen, hatte Sie sogar ein kleines Streitgespräch um Fischers Auto vom Zaum gebrochen.

Er fuhr nämlich den grauen Mitsubishi Pajero Sport, in dem damals auf dem Geiersberg der Sektenführer gesessen hatte, kurz bevor er von einem Angehörigen seiner Sekte vor dem Wagen erschlagen worden war. Claudia fand es makaber und geschmacklos, dass er genau diesen Wagen aus dem Nachlass des Mordopfers gekauft hatte, aber er rechtfertigte sich damit, dass ihn das Auto immer an den Fall erinnern sollte, der ihm den Weg zurück in die Kriminalistik gewiesen hatte. Während er Claudia diese Geschichte erzählte, wusste er, dass dieses Argument längst überholt war. Er war nicht gern Privatdetektiv. Das, was er tat, hatte nichts mit Verbrechensbekämpfung zu tun, es war ein mehr oder weniger unmoralischer Broterwerb, weiter nichts. Also log er weniger Claudia Müller an als viel mehr sich selbst.

Beim Essen dann hatten sie beide wenig gesprochen. Über den Brief von Frau Delling hatten sie sich bereits nachmittags am Telefon kurz unterhalten und danach beschlossen, sich dennoch zu treffen. Ja, und dann hatte Claudia den Brief gelesen, erst zweimal, und jetzt, nach längerem Schweigen, zum dritten Mal.

Fischer hatte dieses »Entschuldigen Sie«, noch im Ohr und kämpfte um eine Erwiderung. »He, Claudia, Sie trifft doch keine Schuld an dem, was diese Frau schreibt. Und außerdem freue ich mich ehrlich, Sie zu sehen. Ich glaube nicht, dass meine Fahrt nach Bingen sinnlos war«, er räusperte sich, »auch wenn kein Auftrag dabei herausspringt.«

Sie sah ihn an, und er wusste nicht, wie er diesen Blick deuten sollte. Als sie zu sprechen begann, wusste er es. »Herr Fischer, ich möchte Sie wiedersehen. Immer wieder.«

Fischer glaubte sich auf dem Höhepunkt seiner Verwirrtheit, aber es kam noch besser. Claudia sagte mit einem winzigen Lächeln: »Sie brauchen Zuwendung, ich brauche Zuwendung. Wir haben uns damals unter seltsamen Umständen kennen gelernt ... können wir nicht auch unter seltsamen Umständen weitermachen?«

Peng, da war es wieder. Wie bei Alfons Koops Freundin Angela. Fischer brauchte Zuwendung jeglicher Art, aber wenn ein offenes Angebot kam, schreckte er zurück. Aber warum in diesem Fall? War es

das Misstrauen in die Ehrlichkeit des Angebotes? Kam es nur aus ihrer geistigen Verwirrtheit? Er versuchte sich vorzustellen, ob sie sich unter normalen Umständen füreinander hätten interessieren können. Vor Jahren, als er noch Polizist und sie noch keine Unterführerin einer Sekte war, möglich. Er überprüfte sich im Zeitraffer. Nun, verliebt war er jedenfalls nicht in sie. Da kribbelte es nirgends, und obwohl er ihr äußerliche Reize zubilligte, verursachten die in ihm nur dieses dumpfe männliche Gefühl von sexuellem Verlangen. Aber das hatte er bei jeder Frau, die ihn optisch halbwegs ansprach, das war geschlechtsbedingt, das zählte nicht. Claudia schien seinen Gesichtsausdruck richtig zu deuten: »Vergessen Sie´s! Entschuldigung!«
»Warum entschuldigen Sie sich schon wieder?«
»Weil ich etwas Dummes gesagt habe.«
»Sie haben ganz und gar nichts Dummes gesagt.«
Er kam sich blöd vor, dass er jetzt versuchte sie zu trösten, wo er selbst ihrer Ansicht war.
Aber Claudia widersprach ihm mit sehr klarer Stimme: »Doch, Sie wollen sich mit mir treffen, weil sie sich einen Auftrag versprechen. Das klappt nicht, und Sie sind so höflich und sagen mir, dass sich ihre lange Fahrt trotzdem gelohnt hat. Und ich dumme Kuh habe nichts Besseres zu tun, als Sie ernst zu nehmen.«
Während Fischer diesen Satz verdaute und sich fragte, warum er innerlich plötzlich eine Barriere aufgebaut hatte, geschah noch etwas anderes mit ihm. Er wurde sich über etwas bewusst: Hier tauchte ein Problem auf, das nicht in sein berufsgeprägtes Raster passte. Es ging nicht um fremdgehende Ehefrauen und bewachungswürdige Bankleute. Es ging um ihn und seine Gefühle. Und das weckte seine Lebensgeister. Wenigstens für den Augenblick.
»Lassen Sie das mal so stehen. Meinetwegen als kleines Missverständnis«, sagte er, und: »Jedenfalls möchte ich Sie auch wieder sehen. Aber was das Wichtigste ist: Wir sehen uns jetzt gerade hier. Über später reden wir später.
Einverstanden?«
Claudia Müller lehnte sich in ihrem Stuhl zurück. Ihr Gesicht war

jetzt vollkommen ausdruckslos. »Sie lassen mich nicht mehr zu Veronica!« Es klang auf einmal, als würde ein Roboter sprechen. Fischer merkte, dass er bei dieser Frau schnell umschalten musste. Aber auch das konnte ein Ausdruck ihrer Krankheit sein. Gerhild, seine frühere Freundin, drängte sich wieder in seine Gedanken.
»Sagen Sie mir bitte, was Ihnen Veronica Delling über ihren Bruder und ihre Mutter erzählt hat.« Er beugte sich etwas vor. Claudia Müller blieb in ihrer Haltung.
Der Kellner brachte Claudias Wasser und Fischers Bier. Claudia reagierte nicht, Fischer bedankte sich mit einem Nicken. Als der Kellner verschwunden war, begann Claudia zu sprechen: »Er ist eifersüchtig.«
»Auf seine Schwester?«
»Ja!«
»Warum ist er eifersüchtig?«
»Weil sie singen kann und er nicht!«
»Ach!«
Claudia schnellte auf ihrem Stuhl nach vorne, als wollte sie aufspringen. Aber sie lehnte sich nur über den Tisch, legte beide Hände auf die Platte und rieb sich mit dem Zeigefinger der Rechten den Handrücken der Linken. Dabei sah sie Fischer wieder sehr intensiv an.
Fischer hielt dem Blick stand. »Gab es schon vorher Geisteskrankheiten in ihrer Familie?«, fragte er nach einer kleinen Weile.
»In meiner?« Claudias Stimme kieckste bei ihrer Gegenfrage.
»In der Familie von Veronica Delling!« Fischer bemühte sich um einen sachlichen Ton.
»Sie bemühen sich um einen sachlichen Ton, nicht wahr, Herr Fischer?«
»Im Augenblick, ja. Also, gab es Geisteskrankheiten? Ich meine auffälliges Verhalten, abnorme ...«
Claudia unterbrach ihn abrupt, aber leise: »Ich weiß, was Geisteskrankheiten sind. Wer, wenn nicht ich, Herr Fischer?«
Sie sah ihn immer noch so durchdringend an. »Das beschäftigt Sie doch schon, seit Sie mich von der Klapse abgeholt haben«, fuhr sie

fort, »Sie fragen sich die ganze Zeit: Wie gehe ich mit dieser Bekloppten um?«
»Claudia!«
»Doch, Sie überlegen ständig. Ich sehe, wie es in Ihrem Kopf arbeitet. Die kleinen Äderchen an ihren Schläfen zucken andauernd. Ist sie nur depressiv? Oder schizophren? Kann sie mir gefährlich werden? Reißt sie sich in aller Öffentlichkeit die Kleider vom Leib und springt auf den Tisch? Oder rammt sie mir vielleicht die Gabel in den Bauch?«
Fischer wunderte sich, dass ihre Stimme nicht lauter wurde. Im Theater würde eine Schauspielerin, die einen solchen Text zu sprechen hatte, die Lautstärke ständig steigern und beim Höhenpunkt brüllen. Aber Claudia Müllers Stimme war eher noch leiser geworden. Nur ihr Blick ... der schien zu brüllen.
Fischer entschied sich, die Provokation nicht anzunehmen. Er sagte: »Beantworten Sie meine Frage. Gab es früher schon Geisteskrankheiten in Veronica Dellings Familie?«
»Das weiß ich nicht.« Jetzt lehnte sich Claudia wieder zurück, rang ihre Hände, schien sich dann dazu zu zwingen, sie ruhig zu halten und legte sie in den Schoß. Die Offensive schien beendet zu sein. Ihr Blick wurde wieder stumpf.
Fischer lächelte sie an: »Können oder wollen Sie mir noch irgendetwas über die Dellings erzählen?«
Claudia sah zur Decke. Ihre Mundwinkel bewegten sich, als wollte sie etwas erwidern, aber kein Ton fand den Weg nach draußen.
»Soll ich Sie zurückfahren?«, fragte Fischer schließlich. Jetzt wanderten Claudias Pupillen langsam, wie in Zeitlupe, von der Decke zurück zu ihrem Gegenüber. Diesmal sah sie ihn an, als wäre er ein Überraschungsgast, der sich in ihrer Abwesenheit an ihren Tisch gesetzt hätte.
»Herr Fischer«, sagte sie freundlich. »Nett, Sie zu sehen.«
Der Detektiv war diese Umschwünge in Claudias Verhalten nun schon gewohnt. Und plötzlich glaubte er ihr nicht mehr. »Claudia, hören Sie bitte auf, mir die Bekloppte vorzuspielen.« Jetzt lehnte er sich auch zurück. Der Abstand zwischen ihnen wurde riesengroß.

»Ich bin Patientin in einer Nervenklinik«, sagte sie.
»Das mag ja sein. Aber das Krankenbild, das Sie mir hier präsentieren, entspricht nicht Ihrem. Das haben Sie Ihren Mitpatientinnen abgeguckt, oder Sie haben es aus dem Fernsehen. Sie machen das recht gut, und ich bin auch recht beeindruckt, aber dazu habe ich wirklich keine Zeit ... und keine Lust.«
Ganz, ganz langsam näherte sich ihr Oberkörper wieder der Tischplatte. Die Augen waren groß und fast kreisrund: »Entschuldigen Sie.«
Fischer blieb zunächst, wo er war. »Diese Entschuldigung nehme ich sogar an.«
»Ich möchte noch nicht zurück!«
»Können wir wie zwei vernünftige Menschen miteinander reden?«
»Vernünftig vielleicht nicht. Aber wie zwei Menschen!«
»Das wäre ein Anfang.«
Fischer rückte wieder näher an die Tischplatte. Er trank jetzt einen Schluck. Claudia sagte mit lauter Stimme:
»Veronica glaubt, dass ihr Bruder ein Mörder ist.«
Fischer verschluckte sich.

8
Eppelsheim
24. September, nach Mitternacht

Bennie Siedler und Marion Roth gingen zusammen. Das galt sowohl im wörtlichen als auch im übertragenen Sinne. Sie stiegen gerade aus Bennies Toyota und schlenderten händchenhaltend über den großen Platz am Dalberger Turm. Seit dem Überfall auf Gilla Herbig waren die beiden unzertrennlich. Sie hatten sich schon früher gekannt, waren sich in verschiedenen, wechselnden Cliquen immer mal wieder begegnet, aber als Paar konnte man sie erst seit dem Zeitpunkt bezeichnen, als Bennie Marion nach dem Polizeiverhör, am frühen Morgen, nach Hause gefahren hatte.

Heute war es etwas kühler als damals, und die Gegend um die Freilichtbühne lag leer, verwaist und dunkel in der Neumondnacht. Die Kerwe war schon lange vorbei, und deshalb gab es hier auch keine weiteren Pärchen und keine Motorräder.

Bennie und Marion waren allein. Und es gruselte sie an diesem Ort. Aber sie genossen es trotzdem hier zu sein. Sie hatten die Gewissheit, dass sich etwas Wichtiges in ihrer beider Leben ereignet hatte, endlich etwas wirklich Wichtiges, und dass die Welt ab sofort weniger langweilig sein würde. Beide hatten Entscheidendes geleistet in jener Nacht. Bennie war mit einem der anderen Jungs Dr. Delling entgegengelaufen und hatte mit ihm nach dem Täter Ausschau gehalten, und es war Marions Handy gewesen, von dem aus Delling dann die Polizei angerufen hatte. Von den beiden Gruppen, Frei-

lichtbühne vordere Treppe und Freilichtbühne hintere Treppe, waren sie beide die jeweiligen Wortführer gewesen. Da saß man einfach gemeinsam im Boot. Marion hatte sich seitdem immer wieder gefragt, warum sie es nicht schon viel früher mit Bennie probiert hatte. Er war so ziemlich der einzige junge Mann in Eppelsheim gewesen, der Marions Körper noch nicht en Detail kannte. Nun, inzwischen hatte sich das geändert, und Marion war auch nicht unzufrieden, aber bei ihrer Beziehung ging es nicht vordergründig *darum.* Das gemeinsame Erlebnis und die noch nicht geklärten Fragen des Überfalls schweißten sie viel mehr zusammen.
Sie waren mindestens jeden zweiten Tag hier. Unterhielten sich über die entscheidende Nacht, schmiedeten Pläne, wie man den Täter fassen konnte, mit und ohne Polizei, und beobachteten das Haus der Herbigs. Am heutigen Abend hatten sie eine Disco in Alzey besucht und konnten es nicht lassen, zum Abschluss noch einmal hierher zu kommen.
Bennie hatte auf dem Platz neben den unteren Stufen zur Freilichtbühne geparkt, dort wo am Tag des Überfalls auf Gilla die Motorräder gestanden hatten.
Wie bereits erwähnt, hatten Bennie und Marion den Toyota gerade verlassen, als sie den fremden Wagen bemerkten. Er kam vom Ortskern her, auf der namenlosen Straße, die zum Haus der Herbigs führte.
Der Wagen fuhr sehr langsam, und als er an ihnen vorüberfuhr, erkannten beide sofort, mit welchem Gefährt sie es zu tun hatten. Es handelte sich um eine große, dunkelblaue Mercedes-Limousine, und sie wussten, wem die gehörte. »Er bringt sie sehr spät nach Hause«, murmelte Bennie. »Immer noch früher als du mich!«, flachste Marion. Sie blieben wie auf ein geheimes Kommando stehen und sahen den Rücklichtern des Mercedes nach, bis sie zwischen Büschen und Bäumen verschwanden.
Bennie und Marion gingen jetzt über die Freilichtbühne zur zweiten Treppe und benutzten den schmalen Weg, der parallel zur Straße lief, bis sie auf der Höhe des Herbigschen Hauses waren. Durch die Büsche sahen sie den Wagen vor dem Tor des Anwesens. Seine In-

sassen machten keine Anstalten auszusteigen.
»Ob sie sich küssen?«, fragte Marion. »Und wenn?«, fragte Bennie zurück, während er seine Hand auf Marions Hintern legte. »Lass das jetzt!«, zischte sie. Bennie ließ die Hand, wo sie war und kniff das Mädchen in die rechte Pobacke. Sie entzog sich seinem Griff und spähte angestrengt zum Tor und zum Wagen.
»Das nächste Mal nehme ich das Nachtsichtgerät von meinem Vater mit«, versprach Bennie. Sein Vater war Förster, und Bennie war sicher, dass der das Gerät nie freiwillig hergeben würde, aber er fand, dass es gut klang, wenn er davon sprach.
Jetzt wurde die Fahrertür geöffnet. Eine männliche Gestalt stieg aus, umrundete den Wagen und öffnete die Tür auf der Beifahrerseite. Anna Herbig stieg aus. Die Straßenlaterne beschien sie sparsam und vorteilhaft. Der Mann und die Frau standen sich ganz nahe gegenüber. Marion zwickte Bennie in die Taille. »Wenn die sich jetzt nicht küssen«, wisperte sie, »fress ich ´n Besen.«
»Guten Appetit.« Bennie grinste im Dunkel, als er sah, dass Anna Herbig und der Mann sich nur die Hand gaben. »Aber sie halten die Hände länger als nötig!« Marion klang trotzig.
»Was ist nötig?«, fragte Bennie zurück, wobei er lauter als beabsichtigt sprach.
»Ich würde das nächste Mal in ein Megaphon brüllen. Vielleicht hat dein Vater ja sowas auch.« Marion war dicht an Bennies Ohr. Der war mehr erstaunt als verärgert. »Stimmt. Hat er wirklich!«
»Was macht er damit, Füchse erschrecken?«
»Wildsäue wie dich!« Bennie grinste wieder, obwohl Marion das gar nicht sehen konnte, und versuchte sich erneut im Hinterngrabschen.
Jetzt quiekte Marion kurz auf, und was bisher nicht geschehen war, passierte jetzt. Sie fielen auf.
»Hast du das gehört?«, fragte Anna Herbig. Marion zischte Bennie an: »Idiot«, aber dabei dachte sie: ›Aha, die sind schon beim *du.*‹
»Ja«, antwortete der Mann auf Annas Frage. »Sicher irgendein Tier. Aber ich bringe dich trotzdem lieber bis zum Hauseingang.«
»Stephan, das ist lieb von dir, aber ich muss doch das Tor von innen

abschließen. Und innen kann doch wohl ...« Anna Herbig brach ab.
»Der Schweinehund war *hinter* der Mauer«, sagte Stephan Delling und fügte in bestimmtem Ton hinzu: »Dann warte ich wenigstens hier, bis du im Haus verschwunden bist, okay?«
Bennie verhielt sich still, er hatte ein schlechtes Gewissen. Aber Marion hatte sich schon wieder beruhigt. Sie wartete immer noch auf den Kuss.
Anna Herbig schob ihre Hand unter die Armbeuge Dellings und beide gingen langsam zum Tor. Er führte sie behutsam, obwohl sie gar nicht stark hinkte, wie Marion bemerkte. Sie kamen am Tor an, Anna schloss auf und öffnete es. »Danke für den schönen Abend«, das klang fast gehaucht, aber Marion und Bennie hörten es trotzdem. Marion fand, dass dies nicht nach einer Floskel klang, obwohl wahrscheinlich in dieser Nacht wie in jeder anderen Millionen von Frauen ihren Begleitern das Gleiche sagten und eigentlich meinten: ›So, mein Freund, das war´s für immer. Wage nicht, mich noch mal anzurufen.‹
»Ich würde mich freuen, wenn wir das wiederholen könnten«, erwiderte Delling, ebenfalls sehr leise. Nun, eine besonders originelle Konversation war das nicht. Da fielen Marion ganz andere Sachen ein und selbst Bennie ... Da, sie hatte ihn geküsst. Anna Herbig hatte Dr. Stephan Delling, den Retter ihrer Tochter, geküsst. Sicher, es war nur so ein angedeuteter Wangenkuss, Marke kindertauglich, aber immerhin ... Was war denn nun? Delling nahm Annas Kopf in beide Hände und küsste sie ganz zart auf den Mund. Marion war begeistert. Sie vergaß Bennie neben sich total.
Anna Herbig machte keine Anstalten, ihren Kopf wegzuziehen. Delling küsste sie wieder, etwas heftiger. Marion machte beinahe in die Hose vor Sensationsgier. »Aber hallo«, murmelte Bennie anerkennend, aber diesmal in angemessener Lautstärke.
Delling blieb mit seinen Lippen dicht an Anna Herbigs Mund. Plötzlich schlang sie die Arme um seinen Hals und küsste ihn wieder. Wild, leidenschaftlich ... ausgehungert.
Marion spürte wieder Bennies Hand. Diesmal legte er sie um ihre Taille. Sie ließ ihn gewähren.

Der Kuss der beiden Menschen am Tor dauerte an. Und trotz der Faszination, die davon ausging, schweifte Marions Blick ab, hinüber zum Haus, denn da war im Obergeschoss ein Licht angegangen. Und dann sah Marion die Silhouette einer kleinen schmalen Gestalt am Fenster. Gilla!
Das war wie ein Signal. Obwohl Anna Herbig so stand, dass sie beim Küssen unmöglich das Haus sehen konnte, beendete sie den Kuss und zog sich von ihrem Partner zurück. Jetzt flüsterte sie ihm etwas zu, das weder Marion noch Bennie hören konnten.
Sie löste sich von Delling, das Licht in Gillas Zimmer erlosch gleichzeitig. Anna Herbig schloss das Tor ab. Er wartete, wie versprochen, bis sie an der Eingangstür angekommen war. Sie winkten beide. Im Untergeschoss flammte Licht auf, dann machte Anna Herbig von innen die Haustür zu.
Bennie küsste Marions Hals, die aber starrte weiter zum Tor des Herbigschen Anwesens.
Delling schien sich Zeit zu lassen. Er stieg nicht gleich in seinen Wagen, wie Marion angenommen hatte. Er sah von hinten aus wie das Standbild des erfolgreichen Liebhabers ... kerzengerade, mit hoch aufgerichtetem Kopf, sah er zum Haus hinüber.
Bennie küsste sie so intensiv, dass Marion befürchtete, dass daraus ein Knutschfleck entstehen könnte und schüttelte ihn ab.
»Wieso geht der nicht?«, zischte sie. »Woher soll ich das wissen«, maulte Bennie, der die neue Abweisung seiner Bemühungen schlechter verdauen konnte als die ersten.
Plötzlich drehte sich Delling um und kam die wenigen Schritte über die Straße bis zu dem Gebüsch, hinter dem sich Marion und Bennie verbargen. »Ich hoffe, ihr habt was gelernt. Und wenn es nur die Tatsache ist, dass bei Nacht und völliger Stille jeder Laut sehr weit trägt. Obwohl Sie das eigentlich wissen müssten, wo Ihr Vater doch Förster ist, Herr Siedler.«
Damit drehte sich Delling um, ging zu seinem Wagen, stieg ein, rangierte und fuhr sehr schnell zurück Richtung Ortskern.
Erst nachdem die Rücklichter verschwunden waren, fanden Marion und Bennie die Sprache wieder. »Äh, dass er uns irgendwie gehört

hat, kann ja sein, aber woher wusste er, wer ich bin?«, fragte Bennie. Marion überlegte: »Der wird uns unten am Platz gesehen haben. Im Scheinwerferlicht, als er vorbeigefahren ist, oder er hat deinen Wagen erkannt. Immerhin hat er dich mal mit ihm gesehen, als wir zusammen auf der Polizeiinspektion in Alzey waren. Auf jeden Fall muss er gute Augen haben.«
»Scheiße, ganz schön peinlich.«
»Halb so wild. Aber was anderes! Hast du Gilla am Fenster gesehen?«
»Ja!«
»Ich hab vor ein paar Tagen mal mit ihr gesprochen. Die mag den Delling nicht. Und da war noch nichts mit ihm und ihrer Mutter.«
Bennie griff nach Marions Hand und zog sie auf den Weg, Richtung Freilichtbühne. »Warum mag sie ihn nicht? Er hat ihr immerhin das Leben gerettet?«
»Ich finde ihn ja eigentlich auch ganz süß. Aber Gilla ... als wenn sie Angst vor ihm hätte.«
Bennie schnaubte verächtlich: »Also wenn ich vor jemandem keine Angst hätte, dann vor Dr. Delling!«

9
Auf der B 9
24. September, nach Mitternacht

Fischer befand sich auf der B 9 zwischen Mainz und Worms und lenkte seinen grauen Mitsubishi Pajero Sport durch die S-Kurve bei Guntersblum. Als er nach der Kurve wieder in den Rückspiegel sah, registrierte er zum wiederholten Mal den grünen Opel Astra hinter sich. Na und? Es war jetzt wichtiger, ein Fazit aus dem Abend zu ziehen. Aber das war gar nicht so einfach.

Wenn Fischer gefragt worden wäre, welche Schlüsse er aus dem Gespräch mit Claudia Müller zog, hätte er die Antwort schuldig bleiben müssen. Es galt jetzt, das alles erst mal zu verarbeiten. Sowohl Claudias persönliches Verhalten als auch das, was sie über Veronica Delling und deren Bruder gesagt hatte. Selten hatte er Informationen bekommen, die weniger ausgegoren waren als in diesem Fall. Aber von all den widerstreitenden Gefühlen in ihm, die nach dem Gespräch aufkamen, gewann doch allmählich ein leichter Zorn auf sich selbst die Oberhand.

Er hätte sich die Fahrt nach Bingen verkneifen sollen. Das Zwicken der Hormone, ein bisschen Geiersberg - Nostalgie und das Quäntchen Neugier sollten einen Detektiv, der etwas auf sich hielt, nicht zum Reisen verleiten. Aber war er denn ein Detektiv, der etwas auf sich hielt? Im Augenblick doch wohl eher nicht. In ihm sah es fast so chaotisch aus, wie sich Claudia Müllers Äußerungen anhörten. Und genau da lag der Hund begraben. Das, was Claudia von sich gab,

klang tatsächlich chaotisch, war unausgegoren und sollte einen vernünftigerweise dazu veranlassen, die Finger von Frau und Fall zu lassen. Aber Widersprüchliches und scheinbar Unlogisches hatten Fischer immer gereizt. Das kriminalistische Trüffelschwein in ihm war geweckt. Natürlich war das gefährlich, denn immer wenn seine Schnüffelnase genügend Lockstoffe gewittert hatte, war die Suche nicht bei Trüffeln, sondern bei Fliegenpilzen geendet.
Aber er konnte die Sache nicht einfach unter *Benzinverschwendung* ablegen. Da gab es zu viele Punkte, die ihn zum Dranbleiben verführen konnten.
Doch zunächst einmal unterbrach er seine Betrachtungen. Im Rückspiegel sah er wieder den Opel Astra.
Der klebte, in immer gleichem Abstand, hinter ihm wie eine Klette. Bisher war Fischer, was diesen Wagen betraf, nicht sehr aufmerksam gewesen. Natürlich hatte er das fremde Fahrzeug irgendwann registriert, ihm aber keine besondere Bedeutung beigemessen. Jetzt aber fing er an zu überlegen, wie lange der Wagen schon hinter ihm herfuhr. Dieses Vorhaben war gar nicht so einfach, und er stellte sich vor, wie es Menschen ging, die das Beobachten nicht gelernt hatten. Ein ganz normaler Zeuge zum Beispiel, der sich daran erinnern sollte, seit wann ihn jemand verfolgt hatte, musste verzweifeln.
Auffälliges fällt meist erst auf, wenn es sich wiederholt. Der Beginn einer Verfolgung hat logischerweise noch keinen Wiederholungscharakter, ergo wird sie oft nicht wahrgenommen, geschweige denn als verwertbare Information gespeichert. Aus dieser Überlegung ergab sich für Fischer, dass er schlicht und einfach nicht wusste, seit wann ihm der Astra folgte.
Dass er es tat, wurde für den Detektiv allerdings immer wahrscheinlicher. Er zermarterte sich das Hirn darüber, ob die Verfolgung eventuell schon in Bingen begonnen hatte oder erst später. Wäre der Wagen hinter ihm schon vor seinem Wechsel von der Autobahn zur B 9 in Mainz auf seiner Spur gewesen, konnte er von Absicht ausgehen. Ab Mainz allerdings mochte es ein Zufall sein. Es kam täglich und auch nächtlich tausend Mal vor, dass Autos von Mainz nach Worms auf der B 9 unterwegs waren. Es handelte sich nun mal um die di-

rekte Verbindung zwischen beiden Städten. Es gab zwar Leute, die darauf schworen, dass man von Mainz aus auf der Autobahn über Alzey schneller nach Worms käme, aber das traf bestenfalls tagsüber zu. Fischer musste grinsen. Sein beginnender Verfolgungswahn hatte wahrscheinlich unmittelbar mit seiner Begegnung heute Abend zu tun. Nervenklinik, Claudia Müller, geisteskranke Schwester, mit Stimme, bezichtigt ihren Bruder, ohne Stimme, ebenfalls der Geisteskrankheit und darüber hinaus des Mordes, also wenn er da nicht das Recht auf ein paar paranoide Gedanken hatte ...

Links führte jetzt eine Abzweigung nach Gimbsheim, und etwas weiter vorn, Richtung Worms, an einem kleinen alten Judenfriedhof, ging es rechts nach Alsheim. Beide Orte gehörten zur Verbandsgemeinde Eich.

Als ihm das Wort *Eich* durch den Kopf schoss, musste Fischer automatisch an die Mordserie denken, denn die hatte seinerzeit in Eich begonnen.

Er näherte sich der Abfahrt nach Alsheim und schaute wieder einmal in den Rückspiegel. Der grüne Astra war immer noch da. Er kam ihm vor wie ein Frosch, der einer großen grauen Fliege hinterher hüpft, um sie irgendwann mit seiner langen Zunge zu fangen. Idiotischer Vergleich. Der Mensch in dem Wagen war sicher auf nichts anderes aus, als nach Hause zu kommen und eine Mütze voll Schlaf zu nehmen, wie Fischer selbst auch.

Aber während er sich immer mehr dem Hinweisschild näherte, auf dem die Abfahrt Alsheim angekündigt war, dachte er wieder an das, was Claudia Müller über die gesanglichen Fähigkeiten Claudia Dellings gesagt hatte. Und an den Verdacht gegen ihren Bruder. Und daran, dass alle Opfer des Serienmörders Gesangsunterricht genommen hatten.

Plötzlich erschien ihm seine Furcht vor einer Verfolgung gar nicht mehr abwegig. Er bremste seinen Mitsubishi ab, ließ den Astra näher kommen. Dann beschleunigte Fischer und bog, ohne den Blinker zu setzen, mit quietschenden Reifen rechts ab.

Sofort nahm er den Fuß wieder vom Gas und fuhr mit dreißig Stundenkilometern auf der Gimbsheimer Straße auf Alsheim zu. Der

Frosch war noch da. Er wäre fast auf Fischers Trick hereingefallen und auf der B 9 weitergefahren, aber er hatte noch rechtzeitig die Kurve gekriegt. Im wahrsten Sinne des Wortes.
Fischer sah förmlich, wie der Verfolger seine Froschzunge ausfuhr. Denn eins war jetzt klar, der Astra war hinter ihm her. Und dessen Fahrer musste nach diesem Manöver wissen, dass Fischer ihn durchschaut hatte.
Die Rollen waren verteilt. Jäger und Opfer. Aber ein Opfer, das weiß, dass es gejagt wird, kann seinem Jäger gefährlich werden. Und Fischer wollte ein gefährliches Opfer sein. Er lenkte im Ortskern seinen Wagen nach links auf die Bachstraße, die als B 9 fungiert hatte, als die neue, breitere Straße noch nicht gebaut worden war.
Der Astra blieb ihm auf den Fersen. Fischer setzte kurz vor dem Ortsausgang den Blinker nach rechts. Auch das tat der Verfolger ihm gleich. Beide bogen ziemlich dicht hintereinander in die Oberdorfstraße ein. Sie war eng, schlängelte sich zwischen alten Häusern hindurch. Dann, rechts, eine langgezogene Bruchsteinmauer mit einem schmiedeeisernen Tor, gesäumt von weißen Steinpfosten. Ein Schild an einer weißen Häuserwand: *Schloss Alsheim, für kulturelle Begegnungen.* Hier kannte sich Fischer aus. Hier hatte er mit Gerhild Ausstellungen regionaler Künstler besucht, hier hatte er mehrere Musicals gesehen, und hier hatten Edgar und Susanne ihre Hochzeitsfeier ausgerichtet.
Er fuhr ein paar Meter weiter, bog links in die Schulstraße ein, stoppte den Wagen und schaltete den Motor aus.
Sein Verfolger tat ihm den Gefallen, ebenfalls abzubiegen, nicht. Der grüne Astra hielt noch auf der Oberdorfstraße an. Er blieb so stehen, dass dessen Fahrer in die Schulstraße zu Fischers Wagen blicken konnte. Der Detektiv hörte den Motor weiterbrummen. Aha, der *Frosch* traute ihm also nicht, er schien auf dem Sprung bleiben zu wollen. Fischer nahm seinen Revolver aus dem Handschuhfach und steckte ihn in die rechte Außentasche seiner Lederjacke. Dann zog er die Strickmütze etwas tiefer in die Stirn.
Obwohl das zwei entschlossen wirkende Gesten waren, hatte Fischer noch keinen Plan, wie er sich weiter verhalten sollte. Es war

schade, dass der Astra so dicht hinter ihm war. Ursprünglich hatte Fischer um die Ecke biegen und den Mitsubishi verlassen wollen. Vielleicht hätte er so seinen Verfolger aus der Reserve locken können. Entweder wäre der Fahrer ausgestiegen und hätte sich Fischers Fahrzeug näher angesehen, oder Fischer hätte es geschafft, sich hinter den Astra zu schleichen. Aber so war gar nichts gewonnen. Fischer nutzte die Pause und notierte sich Fabrikat, Farbe und Kennzeichen des Astra. Von seinem Standort aus vermochte er das Nummernschild zwar nicht zu sehen, aber er hatte es sich bei seinen vielen Blicken in den Rückspiegel gemerkt. Der grüne Wagen schien in Mainz gemeldet zu sein.
Die Minuten verrannen.

10
Alzey
24. September, nach Mitternacht

Anna Herbig konnte nicht einschlafen. Nachdem Stephan Delling sie nach Hause gebracht hatte, war ihre Wahrnehmungsfähigkeit massiv gestört. Sie fühlte weder das gesunde noch das halb amputierte Bein. Sie bewegte sich völlig automatisch. So schaffte sie es erst im zweiten Anlauf, den Schlüssel von innen ins Schloss der Haustür zu stecken, um abzuschließen. Sie griff im Wohnzimmer neben den Lichtschalter und setzte sich auf ihr Sofa, ohne das kostbare Kissen zu entfernen, auf das sich zuvor noch niemand hatte setzen dürfen.

Doch das war noch nicht alles. Sämtliche Klischees, die von der internationalen Kitschindustrie über den Zustand frisch Verliebter verbreitet werden, brachen mit Macht über Anna herein. Dessen war sie sich durchaus bewusst. Denn sie hatte neben etlichen literarischen Werken auch englische Liebesromane ins Deutsche übersetzt. Außerdem kannte sie sich in den Mechanismen menschlicher Gefühle aus, sowohl aus eigenem Erleben als auch aus Beobachtungen. Sie wusste, wie schnell die erste Euphorie abklingen konnte. War sie nicht eine Expertin in Katzenjammer, wenn sie ihre alljährlichen Kerweexzesse betrachtete?

Alles richtig, alles wahr, und es würde irgendwann böse enden, wie alles böse endete, was sie nach ihrem Unfall angefangen hatte. Aber jetzt, im Augenblick, schien es anders zu sein. Jetzt zeigte sich das

Leben von seiner besseren Seite, und sie hatte sich das verdient. Kein noch so negativer Aspekt in ihrem bisherigen Dasein durfte sie daran hindern, sich heute Nacht so glücklich zu fühlen wie seit vielen Jahren nicht mehr. Ja, ja, ja, sie gestattete sich, das Gefühl Glück zu nennen. Sollten doch alle unken, dass so etwas nicht gut gehen könnte, sollten sie doch ihre gutgemeinten Ratschläge meistbietend versteigern ... sollten sie doch zum Teufel gehen.
Allerdings galt dies selbstverständlich nicht für zwei Personen, für ihre Mutter, die mit im Haus lebte, und für Gilla. Die würden ihr natürlich auch abraten, aber die hatten das Recht dazu. Das heißt, das Recht zum Abraten ja, aber nicht das Recht, es ihr wirklich zu verbieten. Sie brauchte keine Fesseln für ihre Seele.
Anna lag in ihrem körperlangen Nachthemd auf dem Rücken in ihrem Bett, und es fiel ihr gar nicht auf, dass sie beide Hände zu Fäusten geballt hatte. Ja, doch, auch ihre Mutter und Gilla würden sie gängeln, genauso wie die anderen, also sollten auch sie zum Teufel gehen ... wenigstens vorübergehend.
Ein paar Sekunden lang fühlte sich Anna wohl mit dieser Entscheidung. Aber dann meldete sich das Gewissen. Natürlich war das nicht so gemeint. Auf keinen Fall. Denn Gilla war ihre Tochter, ein Teil von ihr. Nie durfte sie ihr irgendetwas Böses wünschen, generell nicht und gerade jetzt erst recht nicht. Anna ballte ihre Fäuste noch fester, aber nun war das keine Geste des Trotzes mehr, der sich gegen den Rest der Welt richtete. Sie grub die Fingernägel in die Innenfläche ihrer Hände, bis es schmerzte. Sie musste sich bremsen. Sie durfte sich, bei allem Glücksgefühl, nicht zu solchen ketzerischen Gedanken verleiten lassen. Sie musste hauptsächlich an ihr Kind denken, verdammt noch mal.
Und dann fielen ihr doch wieder die Küsse von vorhin ein, vor dem Mercedes. Sie dachte an Stephans Geruch, der nicht von Deodorant oder After Shave übertüncht wurde, dachte an die Heftigkeit der Umarmung, an die harten, salzig schmeckenden Männerlippen, an seine Zunge die schließlich in ihren Mund eingedrungen war, als wolle sie mit zärtlicher Gewalt ein neues Territorium erobern. Und sie dachte daran, dass das Territorium mehr als willig gewesen war,

sich erobern zu lassen, dass sie sich sein Eindringen nicht nur als Kuss gewünscht hatte.
Im Schlafzimmer brannte nur noch ihre Nachttischlampe. Doch das wenige Licht genügte, um alles zu sehen: den Kleiderschrank, den Nachttisch sowieso, das Bettgestell, das Laken, die zur Seite gerollte Decke und ihr langes, hellblaues Nachthemd.
Während der Gedanken an Stephan Delling hatte sie unwillkürlich das linke Bein angezogen, wobei der Stoff des Nachthemdes auf der rechten Seite etwas nach oben gerutscht war.
Bei jedem anderen Menschen hätte diese Verlagerung des Stoffes den rechten Fuß samt dem Fußgelenk freigelegt. Anna Herbig aber sah nur das Laken. Und sie sah, dass die Falten des Kleidungsstükkes direkt in das Laken überzugehen schienen. Denn da war nichts, was den Stoff ausfüllte. Erst vom Knie an aufwärts wölbte sich das Nachthemd über dem Oberschenkel.
Ganz, ganz langsam ließ sie das linke Bein wieder nach unten gleiten. Ihre Hände lagen jetzt flach auf der Matratze. Sie hörte ihr eigenes Keuchen. Dieses Keuchen kam tief aus ihr heraus, war eher ein Stöhnen ... und es hatte nichts mit ihren Gedanken an die Küsse zu tun. Sie zwang sich, nicht nach rechts zu dem Stuhl neben dem Bett zu sehen, auf dem die Prothese lag und an dem die Krücke und der Spazierstock lehnten.
Etwas würgte in Anna Herbig.
Und auf einmal war sie wieder da, die Erinnerung an ihren Unfall. Sie schob sich wie eine Granitplatte über die Gedanken an Stephan Delling, an Gilla, an ihre Mutter und die Leute, die ihr eventuell von einer Beziehung abraten würden. Noch während sich die Erinnerung aufbaute, bereit, alles Denken zu überschatten, und Anna zum abertausendsten Mal zu belästigen, zu demütigen, ja fast zu töten ... meldete sich in ihr eine Stimme, die sagte: ›Lass es sein. Hör auf, dich in deinem eigenen Leid zu suhlen wie angeschossenes Wild, nimm dein Glücksgefühl ernst, und wenn du das schon nicht kannst, dann kümmere dich um das Leid deiner Tochter. Du bist jetzt nicht mehr so wichtig. Hilf ihr, mit dem fertig zu werden, was ihr passiert ist.‹
Die Granitplatte der Erinnerung senkte sich auf die innere Stimme,

erstickte sie und übernahm die Regie bei folgenden Gedanken:

Ende August vor drei Jahren. Ein Samstag. Annas Freund Ralf, ein Schriftsteller aus Mainz, hat seinen für heute Nachmittag geplanten Besuch bei ihr abgesagt und auf den Sonntag verlegt. Er habe an seinem neuen Roman wichtige Endkorrekturen durchzuführen, die er noch heute seinem Lektorat faxen müsse. Er schreibt gerade eine Fantasiegeschichte über einen Mann, der auf rätselhafte Weise in ein seltsames Dorf gerät, das auf keiner Landkarte verzeichnet ist. Mit diesem Buch verspricht sich Ralf den großen Durchbruch. Anna hat ihre eigenen, dringenden Übersetzungsarbeiten auf Sonntag verschoben. Jetzt muss sie umdisponieren. Sie hat sich für den heutigen Abend auf das Kochen für ihren Geliebten gefreut. Es soll Rouladen mit Rotkohl und selbstgemachten Klößen geben, Ralfs Lieblingsgericht aus Kindertagen. Das entfällt jetzt. Sicher kann sie das Essen auch erst am Sonntag zubereiten. Oder sie macht es heute fertig und bewahrt es bis morgen im Kühlschrank bzw. Tiefkühlfach auf. Dennoch ärgert sie sich sehr. Plötzliche Planungsänderungen kommen bei Ralf in letzter Zeit häufig vor. Immer haben sie mit diesem Fantasieroman zu tun, den Anna nicht leiden kann, seit sie die ersten vierzig Seiten gelesen hat. Nun hasst sie ihn endgültig. Ausgerechnet heute könnten sie und Ralf das Haus ganz für sich allein haben. Annas Mutter verbringt eine Woche bei einer früheren Arbeitskollegin in Butzbach, und Gilla übernachtet bei ihrer Schulfreundin Melanie Bechtel hier im Ort. Man müsste also keinerlei Rücksichten nehmen, könnte so leise oder so laut sein wie man wollte ... aber nein, der verdammte Roman ist wichtiger. Und morgen, am Ersatztag? Gut, Annas Mutter kommt erst Mitte der Woche zurück, aber Gilla wird wieder hier sein.
Anna ist wirklich wütend, zumal Ralf seine Absage erst gegen Mittag durchtelefoniert. Er erwischt sie gerade während des Staubsaugens. Und natürlich kommt er gar nicht auf die Idee, dass sie ihm ernsthaft böse sein könnte. Aber sie ist es, obwohl sie am Telefon

nur so tut, als sei sie traurig. Den Zorn in seinem ganzen Ausmaß behält sie für sich. Jetzt bleiben ihr nur noch der Nachmittag und der Abend für ihre eigenen Arbeiten. Bei früherer Benachrichtigung hätte sie schon nach dem Frühstück mit der Übersetzung anfangen können. Jetzt muss sie sich hetzen, wenn sie den Sonntag für Ralf frei haben will. Männer! Sie ärgert sich ohnehin schon lange darüber, dass Ralf seine Schriftstellerei wichtiger nimmt als ihre Übersetzungen. Er sagt es nicht offen, aber Anna kann sich sehr gut vorstellen, dass er sich für den Kreativen in der Beziehung hält und sie für die Handwerkerin. Dabei ist sie sich sicher, dass er, um ein klassisches Beispiel zu nehmen, die Redewendung *»It´s raining cats and dogs«* mit *»Es regnet Katzen und Hunde«* wörtlich nehmen würde, statt es, für den deutschen Leser verständlicher, mit *»Es regnet Bindfäden«* zu übersetzen.

Sie beendet ihre Aufräumarbeiten im Haus und beschließt, gegen 14 Uhr mit der Übersetzung eines australischen Abenteuerromans ins Deutsche zu beginnen. Sie hat ausnahmsweise keine Lust, sich vor dem Schreiben umzuziehen, also setzt sie sich in dem Trainingsanzug, den sie bei der Hausarbeit getragen hat, an ihren Schreibtisch. In den ersten Minuten liest sie die englisch geschriebenen Sätze immer und immer wieder, ohne deren Inhalt zu verstehen, geschweige denn, Worte und Sätze im Deutschen zu finden, mit denen sie den Text vernünftig transponieren kann. Aber nachdem ihre Enttäuschung und ihre Wut etwas abgeklungen sind, kommt sie gut voran. Gegen 17.00 Uhr ruft ihre Mutter aus Butzbach an und fragt, ob Anna sie schon morgen, also am Sonntag, vom Bahnhof in Worms abholen könne, sie habe ständig Streit mit ihrer früheren Arbeitskollegin und könne das nicht bis zur geplanten Abreise aushalten.

Anna erschrickt, denkt an das auf Sonntag verschobene Treffen mit Ralf und versucht, ihre Mutter mit Engelszungen zu überreden, in Butzbach zu bleiben. Um 17.30 Uhr hat sie das auch geschafft. Durch die Unterbrechung ist sie aus dem Konzept gekommen und schafft den Einstieg in ihre Übersetzung nicht gleich. Sie kämpft sich mühsam vorwärts, als gegen 18.20 Uhr das Telefon wieder läutet. Diesmal ist es Gilla, die fragt ob Ralf sie, Melanie und deren

Bruder Jürgen um 19.30 Uhr nach Alzey zur Disco fahren und um 23.00 Uhr wieder abholen könne. Melanies Eltern hätten das zwar vorgehabt, aber es gäbe ein größeres Leck an der Ölwanne des Wagens und somit fiele diese Fahrmöglichkeit aus. Anna ist genervt, erzählt, dass Ralf erst morgen kommt, lässt sich aber dann doch von den beiden Mädchen dazu überreden, sie selbst zur Disco zu bringen und auch wieder abzuholen.
Sie schreibt noch, mehr schlecht als recht, bis 19.00 Uhr weiter, duscht sich dann, zieht ein luftiges rotes Sommerkleid an und holt ihren VW Bus aus der Garage.
Es ist warm draußen, bestimmt 26° C. Anna fährt in die Körnerstraße und holt die drei jungen Leute ab. Sie hält ihnen, während der Fahrt nach Alzey, eine Predigt darüber, dass man in ihrer eigenen Jugendzeit mit 11 Jahren noch nicht bis in die späte Nacht ausgehen durfte und fühlt sich mit ihren vierunddreißig Jahren dabei ziemlich alt. Jürgen, Melanies Bruder, sagt grinsend, dass er als Aufpasser dabei sei, und er wäre ja immerhin schon fast Fünfzehn.
Anna verpflichtet die Drei, um Punkt 23.00 Uhr an dem gleichen Parkplatz am Obermarkt bereit zu stehen, an dem sie ihre Schützlinge eben abgesetzt hat und verlässt Alzey. Sie weiß, dass sie noch etwa zwei Stunden heftig ranklotzen muss, dann ist ihre Übersetzungsarbeit für das Wochenende erledigt. Sie überlegt, ob sie den Rotkohl für morgen schon vorbereiten soll, vielleicht sogar die Rouladen, dazu bleibt noch Zeit, bis sie die Kinder wieder abholen muss. Vorausgesetzt sie arbeitet jetzt sofort an der Übersetzung weiter. Sie beschließt, genau das zu tun und überlegt kurz, ob sie Ralf in Mainz anrufen soll. Sie äugt auf den Beifahrersitz, wo sie ihr Handy hingelegt hat, nachdem sie ihre Passagiere los war. Normalerweise telefoniert sie nicht, wenn sie hinter dem Steuer eines Wagens sitzt. Sie hat auch noch nie beim Fahren geraucht, selbst zu der Zeit nicht, als sie noch ein Päckchen Filterlose pro Tag gequalmt hat. Sie gehört nicht zu den Menschen, die zwei oder drei verschiedene Handlungen gleichzeitig ausführen können, ohne nervös zu werden.
Nein, Ralf hat es nicht verdient, angerufen zu werden. Vielleicht nachher, von zu Hause aus, in Ruhe ... der soll ruhig ein bisschen zap-

peln. Obwohl, Anna seufzt, der wird gar nicht zappeln. Der ahnt nicht im Entfernstesten, dass sie wirklich sauer ist. Für den ist alles okay, so wie es ist. Wenn nicht Samstag, dann Sonntag. Kommste heute nicht, kommste morgen ... Aber solche Gedanken bringen sie jetzt nicht weiter, darum konzentriert sich Anna jetzt noch mehr auf das Fahren. Es ist, trotz der späten Tageszeit, noch hell, und der Himmel ist absolut wolkenlos. Die Straßen sind um diese Zeit nicht stark befahren, denn die rheinhessische Landbevölkerung hat die Stätten ihrer samstäglichen Abendvergnügungen bereits erreicht, und die Welle der Rückfahrten setzt meist erst kurz vor Mitternacht ein. Anna ärgert sich wieder einmal über den VW Bus. Das ist kein Auto, wie sie es sich immer gewünscht hat. Aber sie will ihr Geld zusammenhalten und verkneift sich seit der Scheidung von Gillas Vater den Wunsch nach einem neuen fahrbaren Untersatz. In einem Anfall von Mutterliebe hatte sie damals eingewilligt, den Bus zu übernehmen und ihrem Ex-Mann den großen Audi zu überlassen.
Seinerzeit war Gilla noch wesentlich kontaktscheuer gewesen als heute, und Anna hatte sich überlegt, dass sie Fahrten zur Schule und zu allen möglichen Kindertreffen durchführen könnte. Das war ihr bei ihrem Beruf besser möglich als anderen Eltern, die feste Arbeitszeiten hatten. Gilla hätte dadurch vielleicht einen besseren Stand bei den Gleichaltrigen, hoffte sie seinerzeit. So fungiert sie seitdem oft als Fahrerin zu wichtigen schulischen Terminen, und seit einem Jahr wird der VW Bus auch für die Fahrt zu Discothekenbesuchen benutzt. Immer wenn Ralf in Eppelsheim weilt, übernimmt er die Discofuhren. Anna ist das recht. Sie macht das ohnehin nicht mehr so gern, denn an den allmählich heranwachsenden Mädchen misst sie ihr eigenes Älterwerden. Aber Ralf darf, denn für Eifersucht ihrerseits sind die Mädchen zu jung, Anna weiß, was Ralf braucht. Dennoch verspürt sie manchmal eine Art Neid, wenn sie mitbekommt, wie sehr die jungen Leute sich freuen, wenn er sie fährt. Aber er ist halt zugänglicher als sie. Und fröhlicher. Außerdem wird er nie auf die Idee kommen, den *Kids* Vorträge darüber zu halten, was er in seiner Jugend alles nicht durfte.
Irgendwann wird sie sich doch einen neuen Wagen kaufen. Dieser

Bus passt einfach nicht zu ihr. Vielleicht wartet sie, bis Gilla ihren Mopedführerschein macht oder einen Freund mit Auto oder Motorrad hat, obwohl beides noch dauern kann.
Anna Herbig hat Hunger. Da sie sich ja für heute Abend auf das Rouladenessen eingerichtet hatte, war ihr Frühstück spärlich ausgefallen. Heute Mittag hatte sie aus Wut über Ralf nichts gegessen, aber jetzt verspürt sie Hunger. Sie versucht sich das Innenleben ihres Kühlschranks vorzustellen. Da ist nicht viel drin, auf das sie jetzt Appetit hat. Sie schimpft mit sich, dass sie sich in Alzey kein halbes Hähnchen besorgt hat, wo sie doch schon mal da war.
Wenn sie jetzt in Eppelsheim in ein Lokal zum Essen geht, schafft sie ihr Programm nicht. Aber eins kann sie machen. Sie versucht, sich mit dem Verzehr eines Apfels und der Vorfreude auf ein halbes Hähnchen in Alzey über Wasser zu halten. Sie fährt halt nachher etwas früher aus Eppelsheim weg und gönnt sich das gebratene Federvieh, bevor sie Gilla und ihre Freunde abholt. Ja, so wird sie es machen. Sie hat einen blöden Geschmack im Mund. Aus dem Handschuhfach holt sie sich einen Kaugummi. Es ist einer von den amerikanischen, die Ralf immer besorgt. Mit einem unangenehmen Beigeschmack nach Sellerie. Wenn körperliche Nähe zu erwarten ist, verbietet sie Ralf den Genuss dieser Gummis. Aber von den normalen, mit Pfefferminzgeschmack, ist keiner mehr da. Also schiebt sie sich das schmale Blatt mit der ungeliebten Kaumasse zwischen die Zähne. Sie biegt jetzt von der Bundesstraße 271, die weiter nach Bad Dürkheim führt, links ab in die Kreisstraße 28. Es geht hinunter nach Dintesheim, dem kleinsten Ort im Landkreis Alzey-Worms mit nur 145 Einwohnern. Von der sogenannten Hauptstraße zweigen lediglich drei Straßen mit Namen und vier sehr kurze ohne Namen ab. Hinter Dintesheim überquert Anna die Autobahn 61. Scharfe Rechtskurve. Zwischen Autobahn und Straße rechts ein Wingertstück. Sonst gibt es hier viele Wiesen. Nur noch eine lange Gerade, die sie von Eppelsheim trennt, und die, sobald sie in ihr Dorf eintaucht, Alzeyer Straße heißt. Von der Autobahnbrücke bis zum Ortseingang von Eppelsheim läuft parallel zur Straße ein Fahrradweg.
Der Kaugummi schmeckt abscheulich. Anna überlegt schon kurz

hinter der Kurve, ob sie ihn wieder aus dem Mund nehmen soll. Dann fährt sie doch erst nach Eppelsheim hinein. Rechts die ersten Häuser, die zu einem Weingut gehören. Der Selleriegeschmack des Kaugummis wird immer penetranter.
Dort vorn, hinter den ersten Häusern, mündet ein schmaler namenloser Weg in die Alzeyer Straße ein, am Ende des Radweges. Anna Herbig greift sich mit der linken Hand in den Mund.
Das Handy klingelt.
Anna schafft es nicht, mit einer einzigen Bewegung den Kaugummi von ihren Zähnen zu lösen. Er klebt am linken Eckzahn fest. Ein ziemlich auffälliger Zahn, wie der rechte auch. ›Klein, spitz, hübsch‹, wie ihr Exmann zu sagen pflegte. ›Meine Blutsaugerin‹, nennt Ralf sie manchmal, wenn er Lust hat, ihr ein Kompliment zu machen. So oft kommt das nicht vor.
Sie nimmt die Zunge zu Hilfe. Komisch, sie hat plötzlich Angst, dieser besonders schöne Eckzahn könnte beschädigt werden.
Sie war erst vor zwei Wochen beim Zahnarzt in Alzey zur Routineuntersuchung, und der hat ihr die strahlende Gesundheit ihres gesamten Gebisses bestätigt.
Ein kurzer Blick streift den Beifahrersitz, wo das Handy immer noch läutet.
Mit der Zunge wird das nichts, sie ruckelt doch wieder mit den Fingern ihrer linken Hand am Kaugummi.
Gleich wird sie beide Hände brauchen, weil die Alzeyer Straße eine Linkskurve macht.
Anna passiert aber erst mal diesen schmalen Weg hinter dem Weingut, der keinen Namen hat. Der führt in spitzem Winkel auf die Alzeyer Straße zu. Wenn da jemand nicht langsam raus fährt, kann er nicht sehen, was auf der Straße los ist, und wer auf der *Alzeyer* fährt, sieht erst sehr spät, wer aus dem Weg kommt. Beim Langsamfahren macht das nichts, aber ...
Das Handy läutet, der Kaugummi löst sich, klebt jetzt zwischen Daumen und Zeigefinger der linken Hand. Sie rauscht an dem Weg vorbei, steuert die Linkskurve an. Rechts stehen mehrere Häuser, verdecken einen anderen, ebenfalls namenlosen Weg, der direkt in

der Kurve, durch die Häuser verdeckt, aus einer Senke heraus, auf die Alzeyer Straße stößt.
In Annas Ohren ist ein Rauschen, eigentlich mehr ein lautes Brummen ... oder ist es doch mehr ein Heulton?
Später wird sie sich in der Gehschule mit einer Mitpatientin über den Moment des Aufpralls unterhalten. Die Mitpatientin wird strikt behaupten, dass so etwas wie in Zeitlupe abläuft. Sie habe den Baum, vor den ihr Gatte, ein begeisterter Hobbyfilmer, den Familienwagen gesetzt hat, ganz langsam auf sich zukommen sehen, fast in Einzelbildschaltung. »Ja«, wird Anna Herbig dann antworten, »das mag so sein, wenn Sie sehen, auf was Sie prallen. Aber ich wusste gar nicht, dass da etwas war, das auf mich prallen könnte.« Noch viel später wird ihr ihre Tochter Gilla erzählen, wie sie sich fühlte, als sie den Mann sah, der ihr hinter dem Tor auflauerte. Sie wird berichten, dass sie daran gedacht hat, dass es ihrer Mutter beim Unfall wohl genauso gegangen ist: Ganz, ganz langsam.
Und Anna wird sagen: »Nein, Gilla, es ging ganz, ganz schnell.«
Anna sieht nichts von rechts aus dem schmalen Weg kommen. Sie hört kein Krachen, kein Splittern, hört nicht einmal ihren eigenen Schrei. Sie hört nur ab und zu laute, seltsame, schleifende, rhythmische Geräusche. Man erzählt ihr, viel später, dass diese Geräusche von den Rotorblättern des Helikopters stammten, der sie in die berufsgenossenschaftliche Klinik in Ludwigshafen Oggersheim fliegt.
Als sie aufwacht, kann sie gleich wieder sprechen, wenn auch mit Mühe. Sie sieht Ralf am Krankenbett stehen. Er macht ein sorgenvolles Gesicht.
Das erste, was sie sagt, ist: »Wenn ich nach Hause komme, mache ich dir gleich die Rouladen.«
Das ist drei Tage nach dem Unfall!

Die Granitplatte der Erinnerung lockerte sich etwas, gestattete Annas Gedanken, sich ein wenig unkontrollierter zu bewegen, die strenge Chronologie der Vorgänge zu ignorieren und relativ frei her-

umzuschweben.
Die Zähne!
Fast der gesamte obere Bereich war zerstört worden. Die Schneidezähne, der hübsche linke Eckzahn. Was erhalten werden konnte, wurde erhalten. Jetzt hatte sie ein makelloses Gebiss, ohne vorstehende Eckzähne.
Die Angst vor Hubschraubern!
Immer wenn sie einen Helikopter hörte, blickte sie voller Furcht zum Himmel, musste hinsehen, als würde ihr Kopf von einer unsichtbaren Macht in diese Richtung gedreht. Das ging ihr auch heute noch so.
Die Klinik!
Die Ärzte sagten Anna einen halbjährigen Aufenthalt voraus. Sie schaffte es in drei Monaten. Sie entwickelte einen ungeheuren Ehrgeiz. Wollte weg von den Schwestern, die ihrer Ansicht nach nichts richtig machten. Wollte weg von dem ganzen Leid der anderen, das sie zusätzlich zu ihrem eigenen ständig miterleben musste.
Das Bein!
Das Akzeptieren der Amputation war das Schwierigste. Alle sonstigen nähbaren Wunden an ihrem Körper und die quasi Runderneuerung ihres Gebisses hätte Anna, trotz der damit verbundenen Schmerzen und sonstigen Unannehmlichkeiten, gut verkraften können, wenn der Verlust ihres rechten Unterschenkels nicht gewesen wäre. Sie hatten ihr etwas vom Einquetschen erzählt, vom Versuch, den Unterschenkel zu retten, von Komplikationen, von einer Weichteilinfektion und vom Treffen schneller Entscheidungen.
Ralf!
Er war nach dem Unfall noch fast ein ganzes Jahr an ihrer Seite geblieben. Während des ersten Vierteljahres, als Anna noch im Krankenhaus lag, gab es eine tiefe menschliche Nähe zwischen ihnen, aber fast unmerklich wurde daraus das Verhältnis eines Pflegers zu seiner Patientin. Eines Pflegers, der sich zwar auch nach dem Klinikaufenthalt sehr um sie kümmerte, wenn er in Eppelsheim weilte, aber das war nicht so oft, wie sie es gebraucht hätte. Zuerst war er geduldig, im Gegensatz zu ihr. Dann steckte Annas Unzufriedenheit

mit ihrem Zustand auch ihn an.
Das alte Auto!
Ein Teil der Schwere des Unfalls war der Tatsache zuzuschreiben, dass der VW Bus nicht über eine Knautschzone verfügte.
Noch einmal Ralf!
Sie versuchten mehrmals, ein neues, zwangsweise verändertes, Sexualleben zu beginnen, aber beider Hemmungen verhinderten dies. Ralf intensivierte seine Pflegertätigkeit, und eine seiner letzten Handlungen in ihrer Beziehung war das Bestellen eines neuen Autos und das Training Annas, die das Fahren unter den geänderten Bedingungen mühsam neu erlernen musste.
Das neue Auto!
Ralf hatte ihr einen Ford Explorer empfohlen. Die Farbe hatte sie selbst ausgesucht. Passend zur Gemütslage in Schwarz-Metallic. Ralf hatte ihr geraten, den Wagen nicht behindertengerecht umbauen zu lassen. Der Explorer war ein Automatik-Fahrzeug, und wenn Anna sich daran gewöhnte, Gas und Bremse mit dem linken Bein zu bedienen, war es unnötig, ihn auf Handgas umzustellen. Das sei nur sinnvoll, wenn dem Fahrer oder der Fahrerin beide Beine fehlten, meinte Ralf. Anna war alles recht, was ihre Behinderung nicht schon durch Äußerlichkeiten dokumentierte, also begann sie, das Fahren neu zu erlernen. Der Wagen hatte den Vorteil, dass sie sich die Sitzhöhe zum Einsteigen bequem per Knopfdruck herunterfahren konnte.
Und noch einmal Ralf!
Kurz nachdem sie einigermaßen in der Lage war, wieder allein fahren zu können, kam es zum Bruch zwischen Anna und Ralf. Sie sprachen sich nicht einmal mehr darüber aus. Die Trennung war für beide, nachdem Anna das Krankenhaus verlassen hatte, ein schleichender Prozess gewesen, der nun zum Abschluss kam. Es gab noch telefonische Kontakte, aber die veränderten sich immer mehr und wurden zu Gesprächen wie unter weitläufigen Bekannten. Ralf erreichte mittlere Plätze in den Buchverkaufslisten und war seit knapp einem Jahr mit einer Mainzer Kommunalpolitikerin liiert, die, natürlich, mit Kultur zu tun hatte.

Annas Mutter!
Die 65-jährige Frau leitete den Haushalt. Das hatte sie schon vor Annas Unfall getan, jetzt aber war sie die heimliche Chefin. Aber sie ließ das weder Anna noch Gilla jemals spüren. Wahrscheinlich war sie sich ihrer Macht gar nicht bewusst. Sie war von einer Bescheidenheit, die Außenstehenden schon fast verdächtig erschien. Sie ertrug Annas Launen, sie kümmerte sich um Gilla, wenn diese mit einem Problem zu ihr kam, aber sie drängte sich niemals auf. Nur in punkto Partnerschaften hatte sie eigentümliche Ansichten, die sie auch mit einem Temperament vertrat, das ihr sonst völlig abging. In einfachen Worten: Für sie war die Zeit, in der Anna Sex haben sollte, vorbei. Sie begründete das religiös: »Wenn eine Frau geschieden ist und einige Zeit mit einem Mann in Sünde gelebt hat, dann bekommt sie ein Zeichen gesandt.« Der Verlust des Unterschenkels war für sie eindeutig ein solches Zeichen. Anna hatte lange gefürchtet, dass ihre Mutter Recht haben könnte.
Schuld!
Also versuchte sie sich das Gottesurteil auch einzureden. Aber seit einiger Zeit rebellierte sie innerlich dagegen. War nicht eigentlich Ralf Schuld an allem? Wäre er an jenem Samstag gekommen, hätte er die Kinder zur Disco gefahren. Oder war es Gilla, die sie gebeten hatte, sie nach Alzey zu kutschieren? Oder war es ihre Mutter selbst, weil sie sich ein *Zeichen* herbeigewünscht hatte?
Anna zog auch in Betracht, ihren Exmann zu bezichtigen, der den VW Bus damals gekauft hatte. Experten hatten ihr immerhin bestätigt, dass die Schwere des Unfalls durch die fehlende Knautschzone des Busses begünstigt worden war.
Beim Grübeln kam ihr der Unfallverursacher immer erst an dieser Stelle in den Sinn. Sie wunderte sich selbst über die Reihenfolge. Aber vielleicht lag das daran, dass der junge Mann den Zusammenstoß nicht überlebt hatte. Er war eindeutig schuld gewesen, daran hatte die Polizei keinen Zweifel gelassen. Man hatte ermittelt, dass der Mann seine Freundin, die in jenem namenlosen Weg wohnte, besuchen wollte. Deren Mutter sagte ihm, dass sie nicht im Hause sei, woraufhin er vermutete, dass seine Freundin mit einem bestimm-

ten anderen Mann zusammen sei. Er schrie, außer sich vor Wut, den Namen dieses Mannes heraus und rief sehr deutlich, was er mit ihm zu tun gedachte. Dann sprang er in sein Mercedes-Cabriolet und brauste von dannen. Nach wenigen Metern prallte er mit Annas VW Bus zusammen. Er war schuld, aber, so empfand es Anna, er hatte bereits gebüßt.
Weil aber ihr Leid so groß war, konnte sie es damit nicht bewenden lassen. Die Freundin dieses jungen Mannes war ihr nicht nahe genug, aber auch bei der lag eine Schuld. Hätte sie sich nicht mit einem anderen Mann eingelassen, wäre ihr Freund nicht wütend geworden und hätte sich beim Autofahren nicht so unbeherrscht verhalten. Und so weiter, und so weiter ...
Anna!
Sie selbst war nicht in der Lage, ihr Schicksal anzunehmen. Sie hatte stets den Satz im Ohr, den ihr eine Leidensgefährtin in der Gehschule gesagt hatte: »Irgendwann müsste es dir egal sein, aber das ist es nie!«
Jetzt schob sich die Granitplatte der Erinnerung ganz weg von Annas Gedanken, ließ sie frei und ermöglichte ihr damit, die Welt um sich herum wieder wahrzunehmen. Sie hörte ihr Handy klingeln. Gott sei Dank nicht das Netztelefon, denn dann hätte sie aufstehen müssen. Ihr Herz klopfte, als sie das Handy vom Nachttisch nahm.
Seine Stimme: »Hallo, ich möchte dir eine gute Nacht wünschen.«
»Ich konnte nicht einschlafen«, sagte sie leise, und ein wohliges Glücksgefühl durchströmte ihren Körper.
»Ich auch nicht. Mir geht so viel im Kopf herum.«
Anna lächelte, denn sie glaubte zu wissen, was im Kopf dieses Mannes herumging.

11
Alsheim
24. September, nach Mitternacht

Musik! Die Person im grünen Astra schien das Autoradio eingeschaltet zu haben. Der Motor lief schon seit einigen Minuten nicht mehr. Fischer lauschte. Eine sehr klare Frauenstimme war in der Stille der Nacht zu hören. Der Gesang war nicht wirklich laut, aber bedingt durch die beinahe absolute nächtliche Ruhe, die um diese Stunde in Alsheim herrschte, drang er sehr deutlich an Fischers Ohr.

Der Detektiv ließ das Seitenfenster seines Wagens hinuntersurren. Jetzt hörte er besser. Die Stimme wurde lediglich von einem Klavier begleitet. Es würde wohl nicht sehr lange dauern, bis sich Anwohner in ihrem Schlaf gestört fühlten. Aber Fischer störte die Musik nicht, im Gegenteil, er hatte selten eine schönere Stimme gehört. Er kannte das Lied. Er besaß eine CD mit klassischen Liedern, auf der Barbara Streisand Lieder und Arien von Claude Debussy, Hugo Wolf, Georg Friedrich Händel und anderen bekannten Komponisten sang, so auch die *Mondnacht* von Robert Schumann.

Fischer wusste sofort, dass diese Stimme nicht die der Streisand sein konnte, denn sie ließ den leichten amerikanischen Akzent vermissen, der bei der berühmten Sängerin doch manchmal durchschimmerte. Qualitativ allerdings stand diese Stimme jener der Streisand in nichts nach. Sie sang gerade die zweite Strophe:

»Die Luft ging durch die Felder,
die Ähren wogten sacht,
es rauschten leis´ die Wälder,
so sternklar war die Nacht.«

Fischer erinnerte sich, dass die Zeilen von Joseph von Eichendorff stammten, dessen Texte Schumann stets mit besonderem Engagement vertont hatte.

Er musste lächeln. Die Musik passte, als wäre sie für heute geschrieben worden, gerade wenn man in dieser dunklen, doch sternenklaren Nacht den Text der zweiten Strophe wörtlich nahm. Andererseits verbreitete sie eine Romantik, die nicht in die Situation passte. Die Worte der dritten Strophe klangen, als wollten sie Fischer samt seinem momentanen seelischen Zustand auf die Schippe nehmen.

»Und meine Seele spannte
weit ihre Flügel aus,
flog durch die stillen Lande,
als flöge sie nach Haus.«

Flügel weit spannen, nach Hause fliegen ... von wegen. Seine Flügel waren gestutzt, und wo er zu Hause war, wusste er nicht.

Das Klavier beendete das Lied mit ruhigen Tönen. Danach kam nichts mehr. Fischer vermisste die Klänge, sehnte sie wieder herbei. Als aber auch nach einer Minute keine weitere Musik ertönte, wurde ihm bewusst, dass er nur dieses eine Lied hatte hören sollen. Das war kein Zufall. Da gab es keinen Radiosender, der ausgerechnet diesen Klassiker gespielt hatte, das war Absicht. Die einzige Frage die blieb, war: CD-Player oder Cassettenrecorder?

Fischer hatte schon während der Fahrt, und auch jetzt, ständig versucht, die Person, die ihn verfolgte, im Rückspiegel deutlicher zu erkennen. Aber da war nur etwas Dunkles, Schemenhaftes hinter dem Lenkrad sichtbar.

Fischer schob eine CD in den Player seines Wagens. Ein Requisit, das sich der frühere Besitzer, der ermordete Sektenführer, hatte einbauen lassen. Der Detektiv drückte den Startknopf.

Good Night von den Beatles, aus dem weißen Album. Fischer hielt

das für eine gute Antwort auf *Mondnacht*. Und während die musikalischen Schleier an ihm vorbei durch das geöffnete Seitenfenster in die Nacht trieben, überlegte er weiter, wer da hinten im grünen Astra wartete.
Ob ihm Melinda Delling, Veronicas Mutter, ihrerseits einen Detektiv auf den Hals gehetzt hatte? Blödsinn! Welcher Kollege würde sich so unsinnig verhalten? Wenn der wissen wollte, wo Fischer wohnte, hätte er nur im Branchenbuch nachsehen müssen. Andererseits, wie verhielt sich Fischer denn selbst? Bog von der B 9 ab, um zu sehen, ob er verfolgt wurde, und stand nun, mitten in der Nacht, in einer gottverlassenen Dorfstraße, ohne etwas zu unternehmen und ohne das erwünschte Ergebnis. Wenn der Typ im Froschauto genauso bescheuert war wie er, würden sie beide beim zwanzigsten Hahnenschrei immer noch in ihren Autos hocken und sich gegenseitig Musik vorspielen.
Es geschah nichts weiter. Erst als der Beatles-Song fast vorbei war, öffnete sich das Fenster eines Hauses auf der rechten Straßenseite. »Wissen Sie, wie spät es ist?« Die Stimme bemühte sich, leise zu schreien, was nicht nur unmöglich war, sondern sich auch dämlich anhörte. Fischer sah auf seine Uhr, dann rutschte er auf den rechten Sitz, öffnete die Beifahrertür und beugte sich hinaus. »Ein Uhr zweiunddreißig.« Der Mann, dem die Stimme gehörte, hatte kein Verständnis für Fischers Humor. Er fügte seiner Phrase eine zweite hinzu: »Machen Sie das aus. Bei diesem Lärm kann doch kein Mensch schlafen.« Fischer sagte: »Komisch, wo es doch ein Schlaflied ist!«
Der Mann polterte weiter, obwohl Fischer den CD-Player soeben abgeschaltet hatte. »Wenn hier nicht augenblicklich Ruhe ist, rufe ich die Polizei.« Der Mann trug einen rot-weiß gestreiften Bademantel und ein weißes Unterhemd, das erst am Kinn abschloss. Sein Gesicht war rund, und die ebenfalls runden Ohren standen ab. »Oder sind Sie vom Fernsehen?«
Fischer seufzte: »Würde das was ändern?« gab er zurück. Er fragte sich mal wieder, in welch sonderbarer Welt er lebte. Früher hatte man sich nur lautstark über nächtliche Ruhestörung beschwert, so-

wie der Mann mit dem runden Kopf es zunächst ja auch getan hatte. Aber heute hatten die nächtlich Gestörten mehrere Möglichkeiten. Es konnten, wie bisher, Polizisten oder auch Verbrecher sein, die der arbeitenden Bevölkerung die Nachtruhe raubten, oder aber, seit neuestem, Fernsehleute mit Kamera und Brieftasche. Je wüster die Aufgeweckten die Störenfriede beschimpften, desto mehr Euro bekamen sie dafür. Fischer hoffte, dass ihm so etwas nie passieren würde, denn er fürchtete seine eigene Reaktion. Er würde eher die Polizei oder sogar einen Einbrecher ins Haus bitten, als irgendwelche unverschämten Fernsehtypen mit dümmlich grinsenden Assistentinnen an seiner Haustür ertragen. Er hatte Angst, dass er zur Waffe greifen würde. Aber wahrscheinlich würden sie ihm dafür noch ein paar Euro drauflegen.

»Sie sind nicht vom Fernsehen?«, fragte der Runde und klang fast enttäuscht. »Nein, ich bin nur ein ganz normaler Idiot, der nachts Musik spielen lässt. Tut mir leid, ich zahle nichts dafür.«

»Dass Sie mir nur aufhören damit.« Der Mann drohte mit dem Finger und schloss dann das Fenster. Die Musik lief inzwischen schon seit einer halben Minute nicht mehr.

Fischer zog die Beifahrertür ins Schloss und kletterte auf der Fahrerseite aus dem Wagen. Er wollte jetzt endlich wissen, was los war. Doch noch bevor er die Tür schließen konnte, läutete in der Jackentasche sein Handy. Er hatte eine neue Melodie eingegeben: *Smoke on the Water*, von Deep Purple.

Wer rief denn um diese Zeit an? War etwas mit Susanne oder Edgar? Er meldete sich. Die Stimme, die er hörte klang kräftig und klar: »Ich bin´ s, Claudia Müller!«

»Mit Ihnen habe ich heute nicht mehr gerechnet!« Fischer setzte sich halb auf den Fahrersitz und ließ die Beine nach draußen baumeln.

»Ich will Sie auch gar nicht sprechen«, Claudia klang sehr kühl, »ich übergebe an Dr. Kirch.« Fischer runzelte die Stirn. »In Ordnung!« Eine recht hohe Männerstimme, bei der man das Alter des Besitzers nicht einmal ahnen konnte, kam aus dem Handy. »Klinik Dr. Reichwein, Dr. Kirch! Herr Fischer?«

»Ja!«
»Sie haben heute Abend, ich berichtige, gestern Abend, Frau Müller getroffen?«
»Ja!«
»Sie haben sie von unserem Institut abgeholt und wieder zurückgebracht?«
»Ja!«
»Sie sind Privatdetektiv?«
»Ja!«
»Sie haben mit Frau Müller über Veronica Delling gesprochen?«
»Darüber gebe ich keine Auskunft!«
»Sie geben über Klienten grundsätzlich keine Auskunft?«
»Ja!«
»Also ist Frau Müller Ihre Klientin?«
Fischer schwang seine Beine hinter das Lenkrad und zog die Fahrertür zu. Gleichzeitig ließ er das Seitenfenster wieder nach oben fahren.
»Herr Kirch!«
»Dr. Kirch!«
»Beim nächsten Mal. Was wollen Sie von mir?«
»Sie geben also zu, einen Auftrag von Frau Müller erhalten zu haben?« Die Stimme wurde noch höher.
»Ich gebe zu, dass ich das Gespräch jetzt abbreche, wenn Sie mir nicht sofort sagen, was Sie von mir wollen.«
»Ist Ihnen klar, dass Sie eine strafbare Handlung begehen?«
»Wenn ich auf das Knöpfchen drücke?«
»Herr Fischer, es wäre für alle Beteiligten hilfreich, wenn Sie Frau Delling augenblicklich zurück brächten.«
Fischer war nicht in der Lage, etwas anderes hervorzuwürgen als ein ordinäres: »Hä???«
»Sie haben mich verstanden?«
»Ich hab´s gehört. Verstanden hab ich´s nicht.« Allerdings war er gerade dabei, das zu verstehen, was ihm dieser Dr. Kirch zu sagen versuchte. Er blickte in den Rückspiegel.
»Das ist Freiheitsberaubung, wenn nicht sogar Kidnapping«, fuhr die Stimme im Handy fort.

»Was für ein Doktor sind Sie eigentlich?«, fragte Fischer, während er erneut versuchte, die Gestalt hinter dem Lenkrad des Astra zu erkennen, »Anwalt von Frau Delling, senior?«
»Ich bin der behandelnde Arzt von Frau Delling ... wenn Sie so wollen ... junior!«
»Sie sprechen mit Frau Müllers Handy?«
»Ja, wie Sie unschwer der Tatsache entnehmen können, dass Frau Müller zuerst mit Ihnen gesprochen hat.«
»Gut, geben Sie mir Ihre Nummer in der Klinik.«
»Wie bitte?«
»Ich möchte sicher sein, dass ich mit einem Arzt spreche und nicht mit einem Patienten. Haben Sie das verstanden?«
»Wenn das eine plumpe Verzögerungstaktik sein soll ...«
Fischer schwoll der Kamm! »Wir machen es anders. Begeben Sie sich sofort an Ihre Rezeption, ich rufe Sie dort an.«
»Hören Sie ...«
Fischer drückte den Unterbrecherknopf und suchte im Display seines Handys nach der Nummer der Klinik Dr. Reichweins in Bingen. Er hatte Sie gespeichert, nachdem er beschlossen hatte, Claudia Müller zu treffen. Er wartete eine Minute, dann drückte er die Nummer. Die Meldung kam prompt. »Klinik Dr. Reichwein, Schwester Karin! Guten Morgen!«
»Morgen? Ach so, ja ... Morgen. Gibt's bei Ihnen einen Dr. Kirch?«
»Mit wem spreche ich bitte?«
»Fischer, Federal Buero of Investigation. Hat Dr. Kirch heute Nachtdienst?«
»Ich werde mal nachsehen ... sagten Sie Federal Buero of Investigation?
»Sagte ich. Und? Ist Dr. Kirch da?«
»Moment bitte, oh, er kommt gerade zur Rezeption«, dann leiser: »Ein Herr Fischer, geht das in Ordnung?«
Der Detektiv hörte leise die hohe Stimme des Arztes. Sie klang etwas atemlos. »Ja, das geht klar!« Schwester Karin war aber noch nicht soweit. Sie musste erst noch ein intellektuelles Problem lösen. Sie fragte Fischer: »Habe ich Sie richtig verstanden: Federal ... Buero of ... also FBI?«

Fischer sagte: »Sie haben mich richtig verstanden.«
»Aber das gibt´s doch nur in den USA!«
»Ich habe gelogen. Kriege ich jetzt Ihren Doktor?«
Schwester Karins Stimme klang jetzt wieder leise, als sie mit Dr. Kirch sprach. »Ein seltsamer Vogel, Herr Doktor. Ein Patient?« Jetzt ertönte die hohe Stimme wieder: »Wahrscheinlich wird er es noch. So, jetzt bitte, Schwester Karin.«
Die Übergabe erfolgte in Sekunden. »So, Herr Fischer, ich hoffe, Sie sind von meiner Echtheit überzeugt. Bringen Sie augenblicklich Frau Delling zurück, ehe ich die Polizei benachrichtige.«
»Wie kommen Sie eigentlich auf die Idee, dass Frau Delling bei mir ist?«
»Seit Sie Frau Müller am Tor abgesetzt haben, ist Veronica Delling verschwunden.«
»Ach, und dann habe ich sie eingesammelt und bin mit ihr weggefahren?«
»Sie werden besser wissen, wie Sie es gemacht haben, Herr Fischer!«
»Hat Veronica einen Führerschein?«
»Sie ist erst siebzehn, das heißt ja, sie hat Anfang des Jahres die Fahrprüfung gemacht. Auf Veranlassung ihrer Mutter. Aber sie hat natürlich noch keine Fahrerlaubnis, bis sie achtzehn ...«
»Also hat sie kein Auto?«
»Nein, natürlich nicht! Jedenfalls nicht, dass ich wüsste. Vielleicht hat ihr ihre Mutter ja schon einen Wagen besorgt, aber der steht dann sicherlich in Bad Kreuz ...«
»Fährt bei Ihnen in der Klinik jemand einen froschgrünen Opel Astra?«
Einen Moment lang herrschte Ruhe. Dann klang die hohe Stimme etwas gebrochen. »Ja ... ich!«
Fischer nannte ihm die Zulassungsnummer.
Dr. Kirch sagte leise: »Ja, das ist meine Nummer.«
»Bescheidenes Gefährt für einen Facharzt an einer Privatklinik.«
»Mein Zweitwagen. Eigentlich fährt ihn ja meine Frau, aber ...«
»Nett, dass Sie mir jetzt so bereitwillig antworten, Dr. Kirch. Ver-

missen Sie die Wagenschlüssel?«
»Ich habe sie gar nicht gesucht ...«
»Haben Sie einen eingebauten CD-Player?«
»Nein, nur einen Casettenrecorder.«
»Schön. Ich will´s kurz machen. Ihr Wagen steht in Alsheim in der Oberdorfstraße. Er hat mich bis hierher verfolgt, wie ich annehme von Bingen aus.«
»Sie wohnen aber doch in Worms, oder?«
»Brav recherchiert. Ich habe eine Verfolgung gewittert und bin nach Alsheim gefahren. Jetzt sitze ich hier in meinem Wagen rum, und Ihr Astra steht wenige Meter hinter mir. Ich gehe mal davon aus, dass Frau Delling junior hinter dem Steuer sitzt. Sie hat mir Musik vorgespielt.«
»Mondnacht von Schumann?«
»Exakt! Hat sie das selbst gesungen?«
»Ja, ihr Bruder hat sie am Klavier begleitet.«
»Na, prima! Es wird am besten sein, Sie schicken jemanden, der sie abholt. Zwei Leute, denn einer muss ja Ihren Astra zurückfahren. Ich habe meinen eigenen Wagen.«
»Also, sie hat Sie verfolgt ... aber Sie noch nicht gesprochen?«
»So ist es.«
»Meinen Sie, sie wird noch so lange hinter Ihnen stehen bleiben, bis jemand von uns da ist?«
»Sie sind Seelenklempner, ich bin Detektiv. Hellseher sind wir beide nicht.«
Dr. Kirch versprach, sofort jemanden loszuschicken und ließ sich von Fischer genau beschreiben, wo er zu finden war. Dann flüsterte er Schwester Karin einige Anweisungen zu und meldete sich wieder, diesmal räuspernd: »Äh, ich habe Frau Delling versprochen, Sie von ihrer Tochter fernzuhalten.«
»Jetzt reden wir wieder von Delling senior, richtig? Ich habe einen Liebesbrief von ihr bekommen, in dem sie mir untersagt, mit Veronica zu sprechen. Was ist da eigentlich los, in der Familie?«
»Ich kann Ihnen da leider keine ...«
»Die berühmte ärztliche Schweigepflicht, gell? Na gut. Sie setzen

Ihre Prioritäten, ich meine.«
»Ich wäre Ihnen dennoch dankbar, wenn Sie keinen Versuch unternähmen, mit Veronica Delling zu kommunizieren.«
Fischer blickte zum hundertsten Mal in den Rückspiegel.
»Ich verspreche Ihnen nichts, Herr Dr. Kirch. Ach, eines noch: Ich habe keinen Klienten, weder Claudia Müller noch einen aus der Delling-Sippe. Aber dieses ganze Theater hier macht mich ganz privat neugierig. Wir hören sicher noch mal voneinander. Guten Morgen, Dr. Kirch!«
Er unterbrach das Gespräch und stieg endgültig aus dem Wagen. Hinter dem Fenster, an dem sich vorhin der runde Mann gezeigt hatte, bewegte sich eine Gardine.

12
Eine Höhle bei Nack
24. September, nach Mitternacht

Der *Reisende* saß in seinem Versteck auf dem Regiestuhl und starrte die Höhlenwände an. Er grübelte. Das tat er sonst nie, denn Grübeln bedeutete für ihn Inaktivität. Und er hasste es, wenn die Begriffe *grübeln* und *denken* gleichgesetzt wurden. Er war der Meinung: Wer nachdachte, bewegte sich auf ein Ziel zu, und dieses Ziel hieß Lösung. Wer statt dessen vor sich hin grübelte gestattete seinen Gedanken, sich im Kreis zu drehen, was eine Lösung ausschloss oder zumindest hinauszögerte. Und das war nicht das, was der *Reisende* wollte. Also zwang er sich zum Denken.

Er würde seinen Plan einhalten können, dessen war er sich inzwischen sicher. Das Finale konnte am 16. Oktober stattfinden. Dieses neuerliche Missgeschick hatte ihn nicht zurückgeworfen, sondern sogar weiter gebracht. Er hatte zum zweiten Mal improvisieren müssen, nachdem im Frühjahr die Sache mit den beiden Mädchen und dem Ball passiert war. Damals war die Sache glimpflich abgegangen, und diese neue Improvisation hatte seinen Plan sogar begünstigt, statt ihm zu schaden, wie er anfangs befürchtet hatte.

Aber er war dennoch nicht zufrieden. Es fehlte noch etwas. Nein, falsch, nicht etwas, jemand. Ein zusätzliches Mädchen. Aber konnte er in seine laufenden Pläne noch ein weiteres Opfer einbauen? Würde damit nicht die Chance steigen, vor dem Finale erwischt zu werden? Wenn er sich jetzt ruhig verhielt, war alles in Ordnung. Da sie

ihn bisher noch nicht aufgespürt hatten, würden sie ihn vor dem selbst inszenierten Ende auch nicht kriegen.
Das war das Wichtigste. Die Inszenierung. Seine eigene Inszenierung. Das durfte er sich nicht von der Polizei abnehmen lassen. Es sollte alles nach seinem Willen ablaufen.
Wenn er jetzt seine Kreativität splitten würde, indem er sich um ein neues Opfer kümmerte, dann gefährdete er das Finale, eindeutig.
Verdammt, die Gedanken begannen sich nun doch wieder zu drehen.
Das war nicht gut.
Der *Reisende* erhob sich, schwerfälliger als sonst, aus seinem Regiestuhl und ging hinüber zu dem Stuhl, an den er stets seine Opfer band. Er fuhr mit der Hand spielerisch über die Gurte, blickte zu der kleinen Musikanlage, ging dann zu dem Campingtisch, auf dem ein roter Plastik - Karteikasten stand, klappte ihn auf und begann zu suchen.
Es erschreckte ihn, als er merkte, wonach er suchte, und es erschreckte ihn noch mehr, als er feststellen musste, dass er nicht damit aufhören konnte. Er hatte sich nie als Triebmenschen gesehen, und nun war er nicht einmal mehr in der Lage, sich selbst zu stoppen. Nein, nein, nein, er konnte und wollte sich nicht eingestehen, dass er so schwach war.
Er hätte nie von sich geglaubt, dass *es* ihm fehlte. Dieses *es* wagte er nicht beim Namen zu nennen. Oder doch, er musste *es* denken. Er musste dieses Wort fertig denken. Wenn es dann deutlich vor seinem inneren Auge stand, würde ihn die Ungeheuerlichkeit der Erkenntnis vielleicht davon abhalten, weiter in den Karteikästen zu wühlen.
Wühlen? Ja, er wühlte bereits. Es war kein zögerndes Suchen, kein einfaches Blättern, nein, er schaufelte sich geradezu durch die kleinen weißen Kärtchen seiner Sammlung.
›Aufhören!‹ Er gab sich den Befehl, löste seine Finger von den Karten, atmete tief durch, richtete sich auf und klappte den Plastikkasten zu.
Disziplin!
Seine Mundhöhle wurde trocken. War es nicht schrecklich, dass er sich überhaupt zur Disziplin zwingen musste?

Warum fehlte *es* ihm?
Falsche Frage. Sie musste lauten: Seit wann fehlte *es* ihm?
Während sich die Antwort in ihm formte, griffen seine Hände unkontrolliert wieder zu dem Karteikasten. Noch strichen seine Finger über den geschlossenen Deckel.
Also, seit wann?
Er wusste es! Seit er das Mädchen aus Lampertheim erwürgt hatte. So, jetzt war er so weit, die Dinge beim Namen zu nennen. Das *es* war das Töten. Er hatte Geschmack am Töten gefunden. Als er die Hände um den Hals des Mädchens gelegt hatte, war jenes Machtgefühl in ihm aufgestiegen, von dem er sonst nur gelesen hatte. Die übliche Methode, die er anwendete, um seine Opfer zu beseitigen, hatte nie solche Gefühle in ihm auszulösen vermocht.
Natürlich war das Hochgefühl von dem Bewusstsein der Schuld unmittelbar abgelöst worden. ›Mörder!‹ Ein Wort, das er nie auf sich hatte anwenden wollen.
Er klappte den Karteikasten wieder auf. Jetzt blätterte er langsam, nicht mehr so hektisch wie eben.
›Mörder!‹
Namen von Mädchen aus Hessen und Rheinland-Pfalz. Achtzig Karteikarten. Achtzig Mädchen. Diejenigen, die bereits hier in seinem Versteck gewesen waren und es nicht mehr lebend verlassen hatten, waren aussortiert worden. Hinten im Kasten, mit dem lapidaren, gestempelten Vermerk: *Erledigt.*
Er betrachtete kurz und versonnen die Karteikarten dieser Aussortierten. Da stand vieles drauf, was er im Vorfeld recherchiert hatte. Aber es gab keine Fotos. Die Zeitungsberichte mit ihren vielen Bildern hatte er auch nicht aufgehoben und selbst in seinem Gedächtnis waren die Gesichter verblasst.
Jetzt widmete er sich wieder den anderen Karten, denjenigen, die er bisher nicht genutzt hatte. Auch hier gab es viele schriftliche Details, aber keine Abbildungen, weder fotografische noch gezeichnete. Sie waren nach den Wohnorten geordnet.
Er sortierte die hessischen Orte aus. Die kamen nicht mehr in Frage. In Rheinhessen musste es sein. Nicht zu nahe an seinem derzeitigen

Betätigungsfeld und erst recht nicht im Gebiet der Höhle. Also fielen einige Orte von vornherein weg. Schließlich hatte er drei Dörfer in die engere Wahl gezogen. In einem davon gab es gleich drei potenzielle Opfer, in den anderen je eines.

Seine Finger klappten die betreffenden Karten hin und her. Erst langsam, dann immer schneller.

Undenheim mit nur einem Opfer fiel zuerst aus dem Raster. Das Mädchen erfüllte eine wichtige Bedingung nicht. Dann verabschiedete er sich systematisch von den drei Mädchen aus Kirchheim-Bolanden.

Schließlich blieb eine übrig, aus Nackenheim am Rhein, nahe bei Nierstein und Oppenheim. Der *Reisende* nahm die Karteikarte aus dem Kasten.

Kerstin Flöter, sechzehn Jahre alt, klassische Gesangsausbildung bei Erna Schock, einer ehemals international erfolgreichen Opernsängerin, die in Alzey wohnte. Kerstin Flöter hatte sich aber inzwischen von der Klassik verabschiedet und tingelte mit der Band *Zerogram* als sogenannte Neo-Rapperin durch Rheinland-Pfalz. Sie ging in Mainz zur Schule und lebte in Nackenheim mit ihrem geschiedenen Vater und ihren beiden jüngeren Schwestern zusammen.

Der *Reisende* ging mit der Karte zurück zu seinem Regiestuhl. Er zögerte einen Moment, dann setzte er sich. Der Vorgang fiel ihm genauso schwer wie das Aufstehen. Es beunruhigte ihn, denn er hörte sich, während er sich hinsetzte, selbst leise stöhnen, so wie er es oft bei älteren Leuten beobachtete. Er wusste, dass dieses Ächzen nicht unbedingt von körperlichen Gebrechen herrührte. Bei vielen Menschen hatte die Seele mehr Grund zu stöhnen als der Körper.

Jetzt saß er da, vornüber gebeugt, die kleine Karte zwischen den Zeigefingern und Daumen beider Hände haltend.

Vorsicht, die Gedanken gerieten wieder ins Trudeln! Das hier war kein rationaler Vorgang. Das konnte nicht gutgehen. Er durfte sich nicht gehen lassen. Finger weg von Kerstin Flöter.

Er saß noch fünf Minuten so da und starrte die Karte an. Es wurde Zeit zu gehen. Vielleicht würde er zu Hause klarer denken können. Schließlich stand er auf. Er achtete auf das Stöhnen, aber diesmal kam es nicht. Er ging wieder zum Tisch mit dem Karteikasten, steckte die Karte an ihren Platz. Er nahm den Helm für den Rückweg durch die Höhle, steckte einige der Batterien zum Aufladen in den Beutel, den er mitgebracht hatte, knipste die Helmlampe an und löschte das Licht in seinem Versteck.

Und während er die Gänge durchlief und in der großen Halle sah, dass die Fledermäuse nicht an ihren Plätzen hingen, weil sie sich auf ihren nächtlichen Beutezügen befanden, hämmerte sich der Familienname des Mädchens in seinen Kopf. Vielleicht weil er so musikalisch klang.

13
Alsheim
24. September, nach Mitternacht

Veronica Delling sah aus, wie Claudia Müller sie beschrieben hatte. Pummelig, mit kleinen, scharf blickenden, fast schwarz wirkenden Augen. Kurze Haare, deren Farbe im Halbdunkel irgendwo zwischen rot, braun und blond pendelte. Ihre Hände wackelten nervös in der Luft, knapp über dem Lenkrad, so als wolle sie trommeln, traue sich aber nicht, die Musik zu stören. Sie spielte Fischer noch einmal *Mondnacht* vor. Die Seitenscheiben des Astra waren geschlossen, und außerdem hatte Fischer darauf bestanden, die Lautstärke zurückzunehmen. Er wollte dem eurogeilen Rundkopf nicht noch einmal begegnen.

Die erste Strophe:

Es war, als hätt´ der Himmel
die Erde still geküsst,
dass sie im Blütenschimmer
von ihm nur träumen müsst.

Jetzt wo er neben ihr saß, ärgerte sich Fischer, dass er nicht früher zu ihr rüber gegangen war. Denn sie wollte offensichtlich mit ihm sprechen. Hatte nur nicht gewagt auszusteigen und zu ihm hinüberzugehen, weil sie befürchten musste, dass er einfach abfahren würde. Er ließ die nächsten beiden Strophen verklingen, dann fragte er direkt: »Was hätten Sie gemacht, wenn ich nach Hause, nach Worms,

durchgefahren wäre?«
Sie sah ihn an: »Ich hab´ ja gedacht, dass Sie bis nach Worms fahren. Ich hab´ vielleicht einen Schrecken gekriegt, als Sie da vorhin einfach abgebogen sind.«
»Ich wusste ja nicht, wer mich verfolgt.«
»Haben Sie im Ernst geglaubt, dass ich die ganze Arbeit Claudia überlasse? Die kann Sie doch gar nicht überzeugen. Die weiß doch nur das, was ich ihr gesagt habe. Die kennt meine Familie nicht und meinen Bruder erst recht nicht.« Veronica machte eine Pause. »Aber ich kenne ihn.«
Fischer sah heimlich auf die Uhr am Armaturenbrett. Wenn sich die Klinikleute beeilten, konnten sie in einer halben Stunde hier sein. Er hatte Veronica noch nicht von seinem Gespräch mit Dr. Kirch berichtet. »Claudia sagte, dass Sie ihn für einen Mörder halten.«
»Allerdings!«
»An wem?«
»Wie?«
»Wen hat er denn umgebracht, Ihrer Meinung nach?«
»Mich!«
Fischer hustete. »Sie???«, fragte er, wobei seine Stimme so hoch wurde wie die von Dr. Kirch.
Veronica Delling schaltete die Innraumbeleuchtung des Astra an. Tatsächlich, ihre Augen waren schwarz wie Kohle.
»Tun Sie nicht so, als wüssten Sie nicht, dass man eine Seele töten kann«, zischte sie, »abmurksen, kalt machen, killen ... verstehen Sie das, Privatdetektiv?«
Fischer hatte sich von seinem ersten Schreck erholt. »So wie Claudia es ausdrückte, halten Sie Ihren Bruder für einen wirklichen Mörder.«
»Was kann ich dafür, wie Claudia sich ausdrückt?«
»Also ist er kein richtiger Mörder.«
»Himmel, noch mal. Wirklicher, richtiger Mörder, oi oi oi! Sind Sie geistig immer so unbeweglich?«
»Hellen Sie meinen Geist auf!«
Sie rückte ihm näher. Irgendwie roch sie nach Desinfektionsmitteln.

Oder nach irgendwelchen Medikamenten. »Claudia hält viel von Ihnen«, redete Veronica weiter, nachdem sie den *Detektiv* mit ihren schwarzen Augen eine Weile genau gemustert hatte. Fischer grinste: »Ich weiß nicht, ob das nach heute Abend, pardon, nach gestern Abend, immer noch zutrifft.«

»Wieso, habt ihr euch gestritten?«

»Gestritten nicht, aber es lief nicht so gut. Sie ist etwas seltsam.«

»Logisch, sie sitzt ja auch in der Hoppla.«

»Logisch, Sie ja nicht!

»Hören Sie auf mit Ihrem ironischen Unterton. Das ist was für Schwächlinge. Wer seine Meinung nicht klar und ehrlich sagen kann, versucht es mit Ironie.«

»Ich werde mich bessern.«

»Schon wieder dieser Ton. Aber egal, ich muss mich mit Ihnen zufrieden geben. Ich habe ja nichts Besseres.

Fischer hätte gerne etwas dazu gesagt, aber er hielt den Mund, um die junge Frau nicht noch länger von ihrem eigentlichen Vorhaben abzuhalten. Er lehnte sich im Beifahrersitz zurück und faltete die Hände über dem Bauch.

»Claudia hat gesagt, dass Sie meinen Bruder kennen«, sagte Veronica schließlich lauernd.

»Dann hat sie ein wenig übertrieben, die Gute.« Fischer sah zur Seite, und seine Nase hätte fast die von Veronica berührt, so nahe war sie ihm auf die Pelle gerückt.

»Sie kennen ihn nicht? Haben ihn nie gesehen?« Der Geruch nach Medizin war nur schwer erträglich.

»Ich habe mal was über Ausgrabungen in der rheinhessischen Schweiz gelesen, und bei dem Artikel war wohl auch ein Foto Ihres Bruders dabei. Aber an das würde ich mich nicht mehr erinnern. Mit dürren Worten: Ich kenne ihn nicht.«

»Kann er *Sie* kennen?«

»Woher sollte er?«

»Na, Sie haben doch die Sache in Oppenheim mit dieser Sekte geklärt, hat jedenfalls Claudia erzählt. Oder hat sie da auch übertrieben?«

»Ich war zumindest beteiligt. Ich weiß, dass die Mainzer Uni hinter-

her ein paar Archäologen ausgesandt hat, um die Gänge dort zu erforschen. Und da war wohl auch Ihr Bruder dabei. Aber das war lange, nachdem ich mit der Angelegenheit zu tun hatte. Also nochmal, ich bin ihm nie begegnet.«
»Kann er von Ihnen Bilder in einer Zeitung gesehen haben? Oder war was im Fernsehen?«
»Nein, ganz sicher nicht!«
»Geil!«
»Wie bitte?«
»Das ist geil. Spitzenmäßig, erste Sahne. Dann können Sie sich nämlich vollkommen unerkannt an ihn ranpirschen, ohne dass er Verdacht schöpft.«
»Und warum soll ich mich an ihn ranpirschen? Weil er Sie seelisch gekillt hat?«
Jetzt rückte Veronica von ihm ab: »Detektiv, Sie sind ein Vollidiot! Sie müssen Ihre Auftraggeber ernst nehmen.«
»Auftraggeber nehme ich ernst.«
»Na, also!«
Fischer seufzte wieder einmal. Das Seufzen begann sich immer öfter an den Beginn seiner Äußerungen zu schieben. Seine Großmutter hatte auch bei jeder Gelegenheit geseufzt, egal, ob es um die falsche Erziehung ihrer Enkel oder um den bedauernswerten Zustand der Welt im Allgemeinen gegangen war. Aber sie hatte erst mit Siebzig damit angefangen. Er war eindeutig zu früh dran.
»Veronica«, begann er so ernsthaft, wie es ihm möglich war, »Sie können mich nicht beauftragen. Sie sind noch nicht volljährig, und Sie sind nicht in der Lage, mich zu bezahlen. Außerdem hat mir Ihre Mutter einen Brief geschickt, in dem sie mir den Umgang mit Ihnen verbietet.«
Das war erst mal genug Negatives für den Anfang. Er wollte noch nichts von Dr. Kirch und seinem Einsatzkommando erzählen.
»Das mit dem Bezahlen ist kein Problem.« Veronica Delling rückte im Fahrersitz wieder zu Fischer herum wie ein Raubvogel. Weil der Detektiv am Ende seines kleinen Vortrags in ihre Richtung gesehen hatte, war sie ihm auf´s Neue sehr nahe. Nase und Medizindüfte ta-

ten ihre Wirkung. So nahe war noch niemand an ihn herangerückt, den er erst so kurz kannte. Er starrte sie an. Es war verblüffend. Ihre Augen waren schwärzer als Schwarz.

Fischer hoffte inständig, dass ihm die Siebzehnjährige keine wie auch immer geartete körperliche Entlohnung anbieten würde. Aber was sie dann sagte, war so ungewöhnlich, dass es Fischer im Wortsinn die Sprache verschlug.

»Ich gebe Ihnen meine Stimme!«

Zunächst mal fiel ihm gar nichts dazu ein. Dann überlegte er, ob er den dummen Witz bringen sollte, dass er ja schließlich kein Politiker sei, aber das verkniff er sich.

»Wie stellen Sie sich das vor? Wollen Sie mir zum Geburtstag ein Ständchen bringen?«

»Ich überschreibe Ihnen die Rechte an meiner Stimme. Sie ist allererste Sahne, das haben Sie vorhin selbst gehört. Sie dürfen sie vermarkten.«

Fischer wusste nicht, wie er darauf reagieren sollte, deshalb schlug er vor: »Erzählen Sie mir erst mal von Ihrem Bruder!«

»Und dann machen wir den Deal?«

»Ich verspreche nichts. Erzählen Sie, und begründen Sie genau, warum Sie wollen, dass er beschattet wird.«

»Okay!« Veronica Delling sah ihm noch zwei Sekunden prüfend in die Augen, dann lehnte sie sich wieder in ihren Sitz.

Fischer seufzte, diesmal ohne es zu merken, als auch er sich zurücklehnte und nach vorn durch die Windschutzscheibe starrte. Er hoffte, dass Kirchs Einsatztruppe nicht zu früh hier auftauchte. Er war neugierig, und er merkte, wie gut ihn das von seiner ganz privaten Misere ablenkte.

»Mein Bruder ist ein ganz toller Mann«, begann sie und fügte hinzu: »Auf den ersten Blick!«

14
Nackenheim
24. September, nach Mitternacht

Ein Albtraum? Realität? Auf jeden Fall Angst! Viele Farben, vorwiegend düster.
Gestalten, Bewegungen, huschende Schatten ... Musik. Ja, auch Musik. Aber keine erkennbare Melodie. Langezogene hohe Töne. Atemgeräusche, die einen gewissen Rhythmus vorgaben, dem sich die Töne nach und nach unterwarfen. Doch eine Melodie?
Ein Gewirr an Eindrücken, keiner davon beruhigend. Alles verursachte Furcht.
Und mittendrin in dem Gewühl: *Sie* selbst, unfähig sich zurechtzufinden, unfähig aber auch auszuweichen, sich auszuklinken, alles abzuschütteln. Unmöglich, die eigene Lage zu bestimmen. Stand sie, lief sie, lag sie etwa? Oder hing sie an der Decke, mit dem Kopf nach unten? Ganz tief im Bewusstsein, das sich aus dem Unterbewusstsein bediente, meldete sich die Gewissheit: Traum. Albtraum zwar, aber Traum. Gleichzeitig die Erinnerung an frühere Träume. Sie waren nie hundertprozentig realistisch, aber auch nicht so gegenstandslos wie dieser. Oder? Konnte sie einer Erinnerung trauen, die sich während eines Traumes einstellte?
Einige Farben verschwanden. Blau und Grautöne blieben übrig. Und ein erdiges Braun.
Die Melodie wurde immer erkennbarer, aber sie kannte sie trotzdem nicht. Jetzt vermochte sie sogar Instrumente herauszuhören. Geigen, dann eine Harfe. Die hohen Töne schwangen immer noch mit, sie

kamen eindeutig von einer menschlichen Stimme. Unglaublich hoch, aber menschlich. Oder?
Erleichterung! Alles wurde gegenständlicher. Jetzt wusste sie auch, dass sie nicht an der Decke hing oder lief oder lag. Sie saß. Blöd, dass sie sich nicht bewegen konnte.
Ihr Vater kam auf sie zu. Er war kleiner als sonst, eigentlich ging er ihr nur bis ans Knie. Er bewegte sich sehr schnell, fast im Laufschritt. Er war vollkommen braun angezogen, trug seine Aktentasche, blickte durch seine dicken Brillengläser kurz zu ihr hoch und sang mit der hohen Stimme, die sie schon die ganze Zeit gehört hatte: »Wer sich in Gefahr begibt, begibt sich in Gefahr.« Dann verschwand er rechts hinter dem Stuhl.
Gleichzeitig tauchten von den Seiten ihre beiden jüngeren Schwestern auf und setzten sich auf ihre Knie. Sie waren genauso klein wie ihr Vater.
Die Melodie wurde jetzt richtig flott, und ihre Schwestern sangen auch heftig mit. Die knallrot geschminkten Münder bewegten sich, aber sie vermochte keinen Ton zu hören. Plötzlich waren die Schwestern verschwunden, ohne dass zu erkennen gewesen wäre wohin.
Das Bild wurde immer klarer. Die blaue Farbe herrschte nun vor. Fels! Überall Fels. Oben, seitlich, unten. Gestein!
Immer noch Furcht. Die Klarheit half nicht. Es nutzte auch nichts, dass sie sich plötzlich bewegen konnte. Sie stand sofort auf. Ging los. Erst langsam, dann wurde sie schneller. Wagte nicht zu rennen, denn etwas war hinter ihr. Die Angst stieg noch.
›Albtraum‹, signalisierte das Unterbewusstsein. ›Nur ein Albtraum. Du wirst erwachen. Du wirst zwar in deinem eigenen Schweiß schwimmen, aber du wirst erwachen.- Bis auf weiteres!‹
Es war ein langer Gang von unterschiedlicher Breite und Höhe. Manchmal musste sie fast kriechen, manchmal waren über ihrem Kopf viele Meter Platz. Das Felsgestein herrschte immer noch vor. Aber hin und wieder waren die Wände gefliest oder auch die Decke oder der Boden. Alles kam vor, aber nie gleichzeitig. Die Fliesen waren immer weiß.
Die Melodie blieb stets gleich laut, egal wie schnell oder langsam

sie vorwärts kam.
Hinter ihr war immer noch etwas.
Plötzlich saß sie wieder auf dem Stuhl. Konnte sich zwar bewegen, tat es aber nicht.
Hinter ihrem Stuhl lauerte das Etwas.
Ihr Vater kam wieder neben dem Stuhl hervor. Ihre Schwestern auch. Alle sangen unhörbar. Keiner sah sie an. Dann kam das Etwas hinter dem Stuhl hervor.
Das Etwas war gut angezogen. Mit Anzug und Krawatte. Braun wie der Vater. Es hatte dunkelblonde Haare, zwei kleine, eng am Kopf liegende Ohren, aber kein Gesicht. Trotzdem sprach es.
»Sing mir etwas vor!«
Und sie sang.
Kerstin Flöter erwachte schreiend. Sie schwamm tatsächlich im eigenen Schweiß. Der Pyjama klebte an ihrem Körper, ihre Finger umkrallten die dünne Decke. Sie hörte auf zu schreien, allmählich kam sie zu sich. Hoffentlich hatte sie ihre Schwestern nicht geweckt. Ihr Vater war sowieso zur Nachtschicht. Sie stand auf, holte ein Nachthemd aus dem Schrank und ging über den Flur zum Badezimmer. Hinter den Türen der Zimmer, in denen ihre Schwestern schliefen, blieb es ruhig.
Trotzdem war es unklug, jetzt zu duschen. Aber waschen musste sie sich. Dringender denn je. Auf dem Weg zum Bad warf sie einen Blick aus dem Flurfenster. Sie konnte das kleine Bahnhofsgebäude von Nackenheim sehen.
Und die Bahnhofsuhr. Drei Minuten vor zwei! Komisch, sie hatte erst zwanzig Minuten geschlafen. Kamen solche Träume nicht meistens morgens, kurz vor dem Aufwachen? Kerstin Flöter musste trotz allem lächeln. Na ja, aufgewacht war sie ja.
Sie betrat das Badezimmer und sah sich im Spiegel an. Der Teint war rötlich, fleckig. Die Augen waren nicht zusammengekniffen wie sonst, wenn sie nach langem Nachtschlaf aufstand, sondern sie waren weit geöffnet. Die Angst saß ihr also noch in den Knochen. Plötzlich war ihr die Nachtruhe ihrer Schwestern gleichgültig. Sie würde doch duschen.

15
Alsheim
24. September, nach Mitternacht

Veronica Delling erzählte mit ruhiger Stimme. Fischer merkte ihr die starke Konzentration an, das Bemühen, nachvollziehbar familiäre Zusammenhänge herzustellen. Eventuelle Fragen, versuchte sie durch eine klare Strukturierung ihrer Erzählung gar nicht erst aufkommen zu lassen. Nach einer Weile kam der Detektiv zu dem Schluss: Wenn jemand einen Bericht über Dr. Stephan Delling und sein Verhältnis zu seiner Schwester hätte verfassen müssen, hätte es niemand besser machen können als Veronica. Sie musste das lange geübt haben.

Sie hielt ein kleines Diktiergerät in der Hand und sah, während sie sprach, nach vorn, über das Lenkrad hinweg. Fischer lauschte. Sie redete jetzt etwas schneller als am Anfang, es schien, als nähere sich die Geschichte ihrem vorläufigen Ende. Er hatte ihr inzwischen gestanden, dass jemand von der Klinik unterwegs war, um sie abzuholen. Sie hatte das gelassen hingenommen, schien es sogar erwartet zu haben. Zwischendurch hatte sie, wie Fischer auch, immer wieder einmal auf die Uhr gesehen.

»... Und dann hat er angefangen, meine Mutter davon zu überzeugen, dass meine Stimme nicht perfekt genug sei. Nachdem er mir jahrelang eingeredet hatte, dass ich dazu geboren wäre, eine neue Callas zu sein, mich gefördert hatte, wo er nur konnte, da meinte er plötzlich, ich sei nicht gut genug. Ich habe das zuerst gar nicht mit-

gekriegt, denn mir hat er weiter vorgemacht, wie großartig ich doch sei. An seinem Verhalten habe ich nichts bemerkt, überhaupt nichts. Obwohl ich es normalerweise schon schnalle, wenn mich einer nicht gut findet. Das letzte Mal, als wir zusammen Musik gemacht haben, im Keller seiner Wohnung in Alzey, da hat er mich sogar besonders gefühlvoll auf dem Klavier begleitet. Besser als sonst. Er hat es aufgenommen und gleich auf CD gebrannt und es für mich auf Cassette überspielt, denn da hatte ich selbst noch keinen CD Player. Das war die Aufnahme von *Mondnacht*, die ich Ihnen vorgespielt habe. Das ist jetzt ein Jahr her. Seitdem kam er nicht mehr nach Hause, nach Bad Kreuznach. Erst mal hat er noch angerufen und mit meiner Mutter gesprochen, auch mit mir, aber dann nur noch mit meiner Mutter. Ich habe sie oft gefragt, wann er denn mal wieder käme oder ob ich ihn besuchen könnte, aber sie hat mir immer vorgejammert, wie viel er mit seiner Archäologie um die Ohren hätte. Sie hat mir oft Grüße von ihm ausgerichtet, aber ich bin nicht sicher, ob das meine Mutter nicht nur so gesagt hat.
Ich habe mindestens zehn Mal versucht ihn anzurufen, aber er hat angeblich sein Handy abgeschafft. Das hat mir jedenfalls meine Mutter erzählt. Ich glaube aber, dass er sich ein anderes zugelegt hat und dass meine Mutter die Nummer kennt, nur ich nicht. Einmal habe ich gelauscht, als sie mit ihm gesprochen hat. Natürlich konnte ich nur hören, was meine Mutter sagte. An eines erinnere ich mich genau: Sie hat gesagt: »Ich mache mir auch schon seit einiger Zeit Sorgen um die Kleine.« Dann hat sie zugehört und gesagt: »Meinst du, das ist der richtige Weg?« Dann war wieder etwas Ruhe, und zum Schluss hat meine Mutter gesagt: »Ja, doch, ich glaube auch, dass sie Hilfe braucht.«
Und dann fing es an, dass sie mich zu den Psychiatern geschleppt hat. Weil ich angeblich nicht unterscheiden könne zwischen Wahrheit und Träumerei, dass ich meine Fähigkeiten als Sängerin überschätze und so weiter.« Jetzt brach Veronica ab, weil die Lichter eines Wagens im Rückspiegel auftauchten. »Na ja«, sagte sie etwas atemlos, »das erzähle ich Ihnen ein anderes Mal.« Sie stoppte das Band und reichte Fischer das Diktiergerät. »Hier, schnell, stecken

Sie es ein.«
Fischer bemerkte, wie sich die Lichter neben den Opel Astra schoben. Der fremde Wagen hielt an.
Der Detektiv hatte keine Zeit zum Überlegen. Er nahm das kleine Tonbandgerät und ließ es in seiner rechten Jackentasche verschwinden. Veronicas Kopf ruckte noch einmal ganz rasch zu ihm herum. Nase an Nase. »Danke!« Es war nur ein Hauch. »Hören Sie es sich in aller Ruhe an, und denken Sie immer dran, dass Sie meine Stimme kriegen. Ich melde mich irgendwie.« Fischer war nach wie vor von ihren schwarzen Augen fasziniert.
Dann klopfte jemand an die Scheibe der Fahrertür. Veronica öffnete und stieg aus. Als sie jetzt sprach, klang ihre Stimme ganz anders als eben, fast so, als würde sie singen. »Oh, Herr Dr. Kirch persönlich. Aber das wäre doch nicht nötig gewesen.« Dann hörte Fischer die hohe Stimme des Psychiaters: »Macht unsere kleine Frau Delling einen Ausflug ohne uns zu fragen?« Babysprache. ›Welch ein Idiot!‹ fand Fischer. Die Höhe von Dr. Kirchs Stimme hatte nichts mit Singen zu tun. Sie war einfach nur schrill. ›Sollten Psychiater nicht möglichst eine sonor klingende Stimme haben?‹, überlegte der Detektiv. Zum Beruhigen der Patienten taugte dieses Organ sicher nicht.
Fischer stieg langsam aus. Er sah über das Wagendach hinweg im Schein einer Laterne einen jungen schwarzhaarigen Mann in Pflegerkleidung, der sehr gelangweilt drein schaute und einen Mann im grauen Anzug mit grüner Krawatte. Dieser war nur einen halben Kopf größer als Veronica, und die war sehr klein. Den schmalen Kopf des Mannes beherrschte eine große Brille mit schwarzem Rand. Entweder war so etwas total aus der Mode oder aber so *hip*, dass es Fischer entgangen war. Die Glatze wurde von wenigen grauen Haaren eingerahmt. Mit zornigem Blick sah er Fischer an. »Ach, und das ist der Herr Meisterdetektiv.« Er besah sich missbilligend Fischers schwarze Lederjacke und die Strickmütze. »Sieht ja mehr aus, als kämen Sie von einem Maskenball.«
Er wandte sich an den jungen Pfleger. »Wie nennt man die Herrschaften, die in den Computerspielen oder im Privatfernsehen so rum-

laufen, Harald?«
Der Angesprochene räusperte sich: »Meinen Sie Ninjas, Herr Doktor?« Kirch gestattete sich ein Kichern, was er aus Gründen akustischer Hygiene besser unterlassen hätte, wie Fischer fand.
»Ninjas, richtig. Ritter der Dunkelheit, oder so.«
»Meine Seele ist blütenweiß!« Fischer ging um den Wagen herum, ergriff Kirchs Hand und schüttelte sie, obwohl er das gern unterlassen hätte. Aber er wollte den Arzt ärgern, der offensichtlich keinen Wert auf eine derart herzliche Begrüßung legte. Kirch zog seine Hand, so schnell es ging, zurück.
»Gestatten Sie, dass ich den Helligkeitsgrad Ihrer Seele etwas tiefer ansetze, Herr Fischer«, sagte der Psychiater und wischte sich tatsächlich seine Rechte an der Hose ab. »Hatten Sie mir nicht versprochen, keinen Kontakt mit Frau Delling aufzunehmen?«
Fischer strahlte ihn an: »Nein, das habe ich nicht, Herr Dr. Kirch.« Er genoss es, seine Antipathie voll ausleben zu können. Die Antipathie war etwas rein persönliches. Schon als er die Stimme dieses Mannes vorhin zum ersten Mal am Telefon gehört hatte, war ihm der Grad seiner Abneigung bewusst geworden. Jetzt, in der Verbindung von Stimme, Optik und Auftreten sank der Arzt auf Fischers Sympathieskala ins Bodenlose. Seine Abneigung ging nicht gegen Seelenklempner generell. Da gab es genug ehrenwerte Leute, das hatte Fischer im Lauf der Zeit festgestellt. Besonders wenn er an Gerhilds Ärzte in der Husumer Klinik dachte. Aber warum sollte er seine Wertschätzung für die Kollegen auf diesen Typen ausdehnen? Er dachte ja nicht daran!
Kirch sah ihn streng an. »Ich mache Sie darauf aufmerksam, dass ich den Vorfall Frau Delling melden werde.« Dann schien er sich auf das Telefongespräch zu besinnen. »Frau Delling senior.«
»Melden Sie! Aber ich finde, Sie sind undankbar. Ich habe das nur für Sie gemacht.«
»Wie bitte?«
»Damit Frau Delling junior nicht wegfährt. Ich konnte doch nicht verantworten, dass Sie und Ihr Ninjaspezialist umsonst nach Alsheim fahren.«

Er dachte kurz an das, was Veronica über Ironie gesagt hatte, aber er war der Meinung, dass sie hier angebracht war.
Kirchs Augen zogen sich hinter den schwarzumrandeten Brillengläsern zusammen. »Ich kann Ihnen nur raten, sich mit dieser Angelegenheit nicht weiter zu befassen. Wenn nicht ...«
»Stellen Sie mir dann den Jagdschein aus und lassen mich für den Rest meines Lebens einweisen?«
Plötzlich meldete sich Veronica zu Wort. Wenn Fischer das Ganze richtig verstand, spielte Sie jetzt eine Rolle für den Arzt. »Doktor, können wir nicht fahren? Der Detektiv ist ziemlich langweilig. Er will nicht für mich arbeiten, also nützt er mir auch nichts.«
Fischer ahnte, was Veronica erreichen wollte. Er dachte an das Diktiergerät in seiner Tasche.
Kirch sah kurz zu ihr hin. »Sie werden mir erklären müssen, wie Sie an meine Autoschlüssel gekommen sind, Frau Delling.«
»Mach ich, Herr Doktor, wenn wir wieder zu Hause sind.«
»Ja, denn«, sagte Fischer, »wenn ich hier nicht mehr gebraucht werde ...« Er schickte sich an, zu seinem Mitsubishi hinüberzugehen. Zum Abschied umwehte ihn noch einmal der Geruch von Veronicas Medizin.
»Ich warne Sie in aller Deutlichkeit, Herr Fischer«, sagte Kirch, als der Detektiv an ihm vorbeigehen wollte.
Dem fielen noch einmal Veronicas Worte über die Ironie und die Ehrlichkeit von Meinungsäußerungen ein. Also blieb er dicht vor dem Psychiater stehen. »Ich finde Sie genauso zum Kotzen wie Sie mich. Gute Nacht!« Damit ließ er die Drei auf der Straße stehen und ging zu seinem Wagen. Hinter dem Fenster eines bestimmten Hauses bewegte sich die Gardine. Fischer hörte noch einmal Kirchs hohe Stimme, bevor er die Tür schloss.
»Frau Delling, ich vermisse außer meinem Schlüsselbund das kleine Diktiergerät, das immer auf meiner Ablage liegt.«
»Das hab ich nicht gesehen, Dr. Kirch. Ehrlich!«
›Ups!‹, dachte Fischer, zog die Tür endgültig zu und startete seinen Wagen. Er fühlte sich etwas besser als in den letzten Wochen.

16
Eppelsheim
26. September, Nachmittags

Diesmal fielen Gilla der Teufelshelm und das rote Motorrad am Tag auf. Und den Fahrer sah sie auch. Sie war überrascht, wie harmlos beides auf sie wirkte. Im hellen Tageslicht sah doch vieles anders aus.
Nun war es nicht so, dass Gilla seit dem Überfall tagsüber frei von Angst gewesen wäre. Ihre Befürchtung in jener Nacht, kurz bevor ihr der Mann am Tor aufgelauert hatte, war zum Teil in Erfüllung gegangen. Die Befürchtung nämlich, nie mehr ohne ein dauerndes Angstgefühl sein zu können. Aber es war nicht immer gleich stark. Je abwechslungsreicher der Tag und je freundlicher die Witterung, desto schwächer waren die Wellen der Angst. Das Gefühl der Bedrohung war anfangs ja noch sehr stark mit dem Motorrad und dem Helm verbunden. Das hatte sich erst geändert, seit Gilla unmittelbar bedroht worden war. Und zwar nicht von dem Motorradfahrer, das hatte sie inzwischen selbst eingesehen, sondern von einer anderen Person. Und dieser wirkliche Täter lief noch immer frei herum. Er könnte also noch einmal zuschlagen.
Nun also erblickte Gilla die Ursache ihres ersten Schreckens, damals in der Kerwenacht wieder, und zwar mitten in ihrem Heimatort Eppelsheim, genau an der Stelle, an der damals das Fest stattgefunden hatte. Sie kam mit dem Bus aus Dintesheim, stieg an der Haltestelle Bahnhofstraße Wormser Straße aus und wandte sich zum Orts-

mittelpunkt, wo die Bahnhofstraße in die Hauptstraße mündete. Vor der winzigen Grünanlage an der Telefonzelle, unweit der Stelle, an der bei der Kerwe das große Zelt gestanden hatte, sah sie jetzt einen jungen Mann auf einem roten Motorrad sitzen, der sich mit zwei Mädchen unterhielt. Sie sah ihn zunächst nur von hinten. Er trug einen dunkelgrauen Motorradanzug mit roten Schulterpolstern. Die beiden Mädchen saßen auf der Bank neben der Telefonzelle. Eines der Mädchen war Marion Roth. Als sich Gilla auf der gegenüberliegenden Straßenseite der Grünanlage näherte, wurde sie von Marion Roth sofort entdeckt. Marion winkte ihr zu. Das andere Mädchen kannte sie zwar vom Sehen, aber der Name fiel ihr nicht ein.
Dagegen kam ihr der junge Mann im Motorradanzug sofort bekannt vor. Er folgte Marions Blick in Gillas Richtung und drehte sich um. Während er das tat, entdeckte Gilla den Helm am Lenker der Maschine.
»Komm doch mal rüber!«, rief Marion. »Oh, Gilla «, sagte der junge Mann und lächelte freundlich. Gillas Blick saugte sich an dem Helm fest.
Sie ging über die Straße auf die Drei zu. Wie gesagt: ihre Angst hielt sich, angesichts des Tageslichtes und der Anwesenheit der beiden Mädchen, in Grenzen, aber ihre Knie wackelten doch ein wenig. Mit jedem Meter, den sie der Grünanlage näher kam, sah sie den Helm deutlicher. Die Teufelsfratze! Eindeutig!
»Hallo!«, grüßte Gilla mit dem etwas schüchternen Unterton, den sie immer drauf hatte, wenn sie von mehreren Leuten gleichzeitig angeschaut wurde. Das Mädchen, dessen Name ihr nicht einfiel, nickte lächelnd. Marion aber sprang auf und eilte mit großer Geste auf sie zu, schloss sie in die Arme, drückte sie. Gilla war das peinlich. Sie waren nie dicke Freundinnen gewesen, aber seit dem Überfall schien Marion zu glauben, Gilla gerettet zu haben. Sie benahm sich, wenn sie sich zufällig sahen, stets wie eine Glucke, die sich um ihr kränkliches Küken sorgte. Das Schlimme daran war, dass Gilla nicht undankbar erscheinen wollte und deshalb alle Prozeduren der aufgesetzten Herzlichkeit mitmachte.
Der junge Mann mit dem Teufelshelm grinste schief, aber darin lag

ein gewisses Verständnis. Gilla wusste warum. Es hatte eine Zeit gegeben, in der auch er das Ziel großmütigen Mitleids der Eppelsheimer Bevölkerung gewesen war.
Marion entließ Gilla aus der Umarmung. »Ihr kennt euch!?« Das war eine Mischung aus Feststellung und Frage. »Ja!«, sagte Gilla, »hallo Jürgen!« Der junge Mann reichte ihr die Hand. »Gilla! Es freut mich, dass du dem Schweinehund entkommen bist.« Sie sah in seinem schmalen Gesicht etwas wie Bewunderung, aber auch eine Spur Trauer. Dann blickte sie zum Lenker des Motorrades, und jetzt sah sie ziemlich deutlich, dass es die bewusste und keine andere Teufelsfratze war, die dort auf den Helm aufgemalt war.
»Hat die Polizei immer noch keinen an der Angel?«, fragte Jürgen.
»Nee, die haben nicht gesagt, dass sie schon einen erwischt hätten.« Gillas Stimme klang dünner, als sie wollte. Sie konnte ihre Augen nicht von dem verdammten Helm nehmen. Da war es wieder, das Wort verdammt. Immer wenn sie die Fratze sah, fiel ihr automatisch dieses Wort ein.
Es war schon eigentümlich, dass ausgerechnet der Mann ihr zum Entkommen gratulierte, von dem sie angenommen hatte, dass er der Täter sei. Das heißt, nein, sie hatte ja in der bewussten Nacht nicht wissen können, dass Jürgen der Mann mit dem Helm war. In diesem Fall wäre die Angst gar nicht aufgekommen. So weit, so gut.
Aber wirklich seltsam war, dass ausgerechnet dieser Mann den Helm *besaß*. Wenn Gilla einen Menschen in Eppelsheim hätte nennen sollen, dem sie den Besitz einer solchen Kopfbedeckung *nicht* zutraute, dann war es Jürgen Bechtel, der Bruder ihrer ermordeten Freundin Melanie.
»He, wie geht's dir, Gute?«, fragte Marion Roth und tätschelte Gillas Hand und Unterarm abwechselnd. Man hätte das für besorgte und tröstende Berührungen halten können, aber Gilla fand sie besitzergreifend. So ähnlich benahm sich im Augenblick auch ihre Mutter.
»Ganz gut«, antwortete Gilla brav. Marion deutete zur Bushaltestelle. »Du warst in Dintesheim, beim Gesangsunterricht!?« Wieder Frage und Feststellung in Einem. »Ja!«
»Fährst du sonst nicht immer mit dem Fahrrad!?«

»Ja!«
»Aber wahrscheinlich hat deine Mutter gesagt, ›Kind, seitdem *das* passiert ist, nimmst du öffentliche Verkehrsmittel.‹« Marion versuchte eine Art globalen Muttertyp zu mimen. Eine direkte Imitation Anna Herbigs versuchte sie gar nicht erst. Zum Schauspielern, fehlte ihr einfach das Talent.
»So ähnlich,« murmelte Gilla und wandte sich an Jürgen Bechtel. »Hast *du* schon was von der Polizei gehört?«
Der junge Mann nahm den Helm vom Lenker und begann ihn in den Händen zu drehen. Er wirkte nervös. »Sie haben sich bei meinen Eltern gemeldet. Vor zwei Wochen etwa. Es gibt einen neuen Hinweis.«
»Auf den Mann im ... *Teufelskostüm*«, wollte Gilla sagen, aber da hatte Jürgen den Helm gerade so gedreht, dass sie das Bild voll sehen konnte.
Natürlich: es war hell, und Jürgen hatte mit hundertprozentiger Sicherheit nichts mit dem Überfall auf sie zu tun. Außerdem wirkte das Aussehen des Fratzenteufels aus der Nähe nicht mehr so böse und charismatisch wie nachts auf der Straße. Das Bild war an den Rändern etwas abgeblättert, und die Farben waren leicht verwischt. Es blieb eine gutgemachte Illustration, aber das Dämonische war auf ein erträgliches Maß geschrumpft. Dennoch verschlug es Gilla buchstäblich die Frage. Konnte es wirklich Zufall gewesen sein, dass ihr diese Fratze vor etwas Angst gemacht hatte, was dann wirklich eingetreten war?
Vielleicht musste sie Jürgen dankbar sein. Vielleicht hatte sein Auftauchen hinter Herrn Mais Wagen Gilla vorsichtiger gemacht als sonst. Vielleicht war sie nur deshalb dem Täter entkommen, weil sie auf der Hut war, weil ihre Sinne geschärft waren durch die Begegnung mit Jürgen und dem Helm.
Jürgen Bechtel folgte Gillas Blick. »Ja, der Mann mit dem Teufelsanzug«, sagte er dann. »Sie verfolgen eine neue Spur. Wieder in die Schweiz. Sie haben versprochen, uns auf dem Laufenden zu halten.«
»He, was meint ihr beiden?«, rief Marion Roth dazwischen, »könnte es sein, dass die Fälle was miteinander zu tun haben?« Jürgen sah

sie an, und in seine blauen Augen trat eine Schärfe, die Gilla bei ihm früher nie bemerkt hatte. »Marion?«
»Ja?«
»Halt einfach die Klappe!«
Marion Roth war bekannt dafür, dass man sie weder beleidigen noch einschüchtern konnte. Trotzdem sagte sie nichts mehr, denn auch sie hatte Jürgens Blick gesehen.
Das Mädchen, an dessen Namen sich Gilla nicht erinnern konnte, stand von der Bank auf und sagte: »Hier wird's mir zu ätzend! Man sieht sich!« Damit verschwand es von der Grünanlage in Richtung Bahnhof.
Marion sah ihr nach, beäugte dann Jürgen und Gilla, sah noch einmal dem verschwindenden Mädchen hinterher und rief ihm dann nach: »Warte Susie, ich komme mit.«
›Aha‹, dachte Gilla. ›Jetzt weiß ich wenigstens, wie sie heißt. Ich hätte auf Barbara getippt.‹
Susie blieb stehen, blickte gelangweilt zurück, und Marion setzte sich in Bewegung. »Tschüß, ihr zwei, und pass´ auf dich auf, Gilla. Es sind nicht immer Leute da wie ich, Bennie und Dr. Delling.«
Sie ging ein paar Schritte, drehte sich dann noch mal um. »Obwohl der Doktor ja jetzt öfter in deiner Nähe ist.«
Sie war fast bei Susie angekommen, als sie sich noch einmal umdrehte. »Ach, Jürgen, bist du am Samstag auch in Westhofen, bei Pike?«
Der junge Mann rief zurück: »Ich denke ja, und schönen Gruß an Bennie!«
Jede andere hätte den Wink mit dem Zaunpfahl verstanden, aber Marion war so sehr von ihrer umwerfenden Wirkung auf alle Männer des Erdballs überzeugt, dass sie strahlte: »Mach ich, wir sehen uns.« Jetzt ging sie endgültig.
»Wenn man von Selbstüberschätzung dicke Füße kriegen würde, könnte Marion sich die Fußnägel mit der Zunge lecken.« Jürgen grinste. Gilla kicherte leise. »Ja, sie erzählt überall rum, dass sie mir das Leben gerettet hat.« »Stimmt!«, bestätigte Jürgen, »das erzählt sie.« Einen Augenblick lang herrschte Stille zwischen ihnen. Dann sagte Jürgen: »Vor fünf Tagen war es genau ein Jahr her.«

»Hm!« »Du hast eben meinen Helm so komisch angesehen. Ist was damit?«
»Ich hab mich gewundert, dass du sowas hast.«
»Wegen des Tänzers im Teufelskostüm?«
»Ehrlich gesagt, ja!«
»Setzen wir uns?« Jürgen wies auf die Bank, die jetzt, seit Marion und Susie gegangen waren, frei war. Gilla sah auf ihre Pokemon-Uhr. Ihre Mutter erwartete sie. Seit die öfter mit Dr. Delling telefonierte, waren ihre Anweisungen noch strenger geworden, als direkt nach dem Überfall. Delling redete Anna Herbig immer wieder ein, wie wichtig eine fast lückenlose Überwachung des Mädchens sei. Gilla hatte das schon zweimal mitbekommen. Was war er, ihr Vater? Alle Welt bewunderte ihn für seine Rettungstat, aber das gab ihm nicht das Recht, sie erziehen zu dürfen. Oder hielt er es mit einigen Naturvölkern, in denen es Pflicht war, dass derjenige, der einem anderen das Leben rettete, in Zukunft für diesen die Verantwortung tragen musste? Wenn das so war, würde er sich aber mit Marion Roth und auch mit Bennie Siedler um die Ehre prügeln müssen, der Held von Eppelsheim zu sein. Und wieso dehnte er seine Bemühungen seit ein paar Tagen auf ihre Mutter aus? Gilla hatte den Kuss gesehen. Gestern Abend waren die beiden schon wieder ausgegangen.
Gilla überlegte nur kurz, ob sie sich mit Jürgen unterhalten sollte. Aber sie hatte ja ihr Handy. Wenn es länger dauerte, konnte sie zu Hause anrufen. Sie nickte, nahm ihre Tasche und ging zur Bank.
Jürgen Bechtel bockte sein Motorrad auf und kam zu Gilla hinüber. Den Helm behielt er dabei in der Hand.
Als beide saßen, schwiegen sie eine Weile, dann begann Jürgen: »Du warst doch Melanies beste Freundin, stimmt´s?«
»Ich glaube schon!«
»Hat sie mit dir mal über ihr Tagebuch gesprochen?«
Kurzes Zögern Gillas, dann: »Klar.«
»Ich meine nicht die kleinen Dinge, die ihr Mädchen so notiert. Nicht das normale Tagebuch.«
»Hatte Melanie denn noch ein anderes?«
»Ja, ich habe es erst neulich entdeckt, in einem Wust von Schulhef-

ten, die mein Großvater noch im Keller in einer Kiste aufbewahrt.«
»Über ein geheimes Tagebuch weiß ich nichts.« Gilla wurde seltsam zumute. Nicht wieder unheimlich oder gruselig, nur seltsam.
»Hast du kein geheimes Tagebuch?«, fragte der junge Mann.
»Nee, und wenn, dann wär´s ja geheim ... Dann wüsste es eh keiner.«
Jürgen Bechtel lächelte. Er hatte die ganze Zeit nach vorn zu Boden gesehen. Jetzt hob er den Kopf und sah Gilla an.
»Melanies geheimes Tagebuch hat fünfzig Seiten. So ein Schulheft mit Schriftlinien. Aber beschrieben hat sie nur vier Seiten.«
»Aha!« Gilla wollte noch nicht mehr sagen. Denn sie war vorsichtig geworden, fast misstrauisch.
»Es handelt nur von den letzten zwei Tagen, bevor wir an den Bodensee gefahren sind.«
»Aha!«
»Und du weißt wirklich nichts davon?«
»Wir haben uns zwar noch gesehen, bevor ihr abgefahren seid, aber ... nee, von dem Tagebuch weiß ich nichts.«
»He, Gilla, ich will dich hier nicht unter Druck setzen, oder so, mir ist es nur wichtig, dass du mir die Wahrheit sagst.«
Das klang sehr warm und freundlich. So, wie sie Jürgen von früher her kannte. Wie oft war sie mit ihm und Melanie in Alzey in die Disco gegangen. Er war zeitweise eine Art großer Bruder für beide Mädchen gewesen. Sie hatte immer Vertrauen zu ihm gehabt. Nie hatte er sich irgendwie an sie heran gemacht. Manchmal glaubte sie sogar, dass er mehr auf Jungs stand, aber dafür gab es keine Beweise. Ralf, der frühere Freund ihrer Mutter, hatte Melanie, Jürgen und sie selbst oft nach Alzey chauffiert und auch wieder zurückgebracht. Gilla erinnerte sich plötzlich an den Tag, an dem Ralf nicht da war und ihre Mutter mit ihnen nach Alzey gefahren war. An den Tag des Unfalls. Sie hatten um 23.00 Uhr an der verabredeten Stelle auf dem Parkplatz vergeblich auf ihre Mutter gewartet. Jürgen hatte dann von einer Telefonzelle aus zunächst bei Gilla zu Hause angerufen, aber da hob niemand ab. Schließlich hatte er es mit der Handynummer versucht, aber die war gesperrt. Sie waren sehr beunruhigt zurück

zur Disco gegangen, und ein Freund Jürgens hatte sie um 1.00 Uhr nach Eppelsheim gefahren. Jürgen und Melanie waren beide mit ins Haus gegangen, und kurz darauf hatte Ralf angerufen, dessen Telefonnummer die Polizei in dem VW Bus gefunden hatte.
»He, Kleines, woran denkst du?«
»An nichts.«
»Bist du sicher?«
»Ja, und nenn mich nicht Kleines!« Das hatte sie sich schon früher verbeten.
»Sorry!«
»Schon gut! Äh, ich hab an den Abend gedacht, als meine Mutter den Unfall hatte.«
»Okay! Ist schon okay!«
Gilla hielt sich an ihrer Tasche fest. »Das ist doch kein Zufall, dass wir uns hier getroffen haben, oder?«
Jürgen blickte zu Boden. »Nein, ist es nicht!«
»Warst du bei mir zu Hause und hast meine Mutter gefragt, wo ich bin? Und die hat dir gesagt, mit welchem Bus ich komme?«
»Ich gestehe, Miss Marple!«
»Wolltest du mich in letzter Zeit schon mal sprechen?«
»Ja!«
»Am ersten Kerwetag?«
»Ja!«
»Und bist du dem Wagen von Herrn Mai von Westhofen aus nachgefahren?
»Herr Mai? Wer ist Herr Mai?«
»Der Vater von einem Mitschüler. Ich hab dringesessen.«
Jürgen Bechtel atmete tief ein und gleich wieder aus. Der Helm drehte sich jetzt in seiner Hand wie ein Karussell.
»Ach so, ja!«
»Du hast mir einen Höllenschreck eingejagt mit deinem Helm!« Da war wieder so ein Wort. ›Hölle‹!
»Sorry, das wollte ich nicht. Und ich habe auch nicht geahnt, dass du gleich den Horror kriegst. Ich habe gesehen wie du hinten aus dem Auto rausgeguckt hast. Aber da hast du nicht gewusst, dass ich

es war, oder?«
»Wolltest du mich an dem Abend auch sprechen?«
Jürgen bremste die Rotation des Helmes ab, hielt ihn jetzt ruhig. »Ja, das war kurz nachdem ich Melanies Tagebuch gefunden hatte.«
»Aber du hast nicht mit mir gesprochen.«
»Mir kam es auf einmal dumm vor. Ich habe plötzlich nicht mehr geglaubt, dass du was von dem Tagebuch weißt. Ich glaubte, ich hätte mich da in was verrannt.«
»Und darum hast du uns am Ortseingang überholt und bist die Bahnhofsstraße runter gefahren?«
»Ja!«
Gilla, die etwas forscher geworden war, als sie eigentlich vorgehabt hatte, wartete einen Moment, bevor sie weiterfragte. Eigentlich war es blöd, das zu fragen, denn sie glaubte ja selbst nicht daran, aber es musste raus. Allerdings vermied sie es, Jürgen dabei anzusehen. »Du ... bist nicht zu unserem Haus gefahren?«
»Ich bin rüber nach Ober-Flörsheim, da war eine Fete, zu der ich sowieso wollte. Die Kerwe hat mich nie so interessiert. Moment mal ...« Jürgen unterbrach sich und blickte in Gillas Richtung. Sie beobachtete ihn aus den Augenwinkeln.
»Mädchen, du denkst doch nicht etwa, dass ich ...«
»Nee, nicht wirklich. Aber ich muss dich fragen. Um ganz sicher zu gehen.«
Jürgen sagte nichts. Dann hörte sie ein unfrohes, kurzes Lachen. »Wie willst du sicher gehen? Wenn ich dir am Tor aufgelauert hätte, würde ich es dir jetzt sicher nicht auf die Nase binden. Ich würde sagen: ›He, Mädchen, du denkst doch nicht etwa, dass ich ...‹, und dann würde ich abbrechen, eine lange Pause machen und sagen: ›Ich bin enttäuscht, dass du mir so etwas zutraust.‹ Und in Wirklichkeit wüsste ich genau, dass ich´s war.«
Eigentlich hätte Gilla jetzt total verunsichert sein müssen. Und man konnte sie leicht verunsichern, das wusste niemand so gut wie sie selbst. Aber hier war es anders. Sie war plötzlich in der Lage, klar zu sehen. »Gut, wenn du´s warst, was hast du zu mir gesagt, ganz schnell, ohne Nachzudenken.« Sie sah ihn an, er blickte hoch.

»Los, was?« Gillas Stimme war atemlos.
Jürgen sagte: »So, Kleines, jetzt biste dran!« Gilla lachte. »Er hat was anderes gesagt.«
»Was denn?«
»Willkommen zu Hause! Sprich es nach!«
»Also komm, jetzt langt´s!«
»Sag es!«
»Also gut: Willkommen zu Hause!«
»Sag es, als wenn du heiser wärst.«
Jürgen versuchte sich zu wehren. »Gilla, lass gut sein.«
»Ich glaube ja gar nicht, dass du es warst. Ich will es nur noch mal hören. Denn ich kenne die wirkliche Stimme. Ich weiß nur noch nicht, zu wem sie gehört. Und er war heiser. Tu mir den Gefallen. Bitte!«
»Also gut. Heiser, ja?«
»Ja!«
»Willkommen zu Hause!«
Es war perfekt. So hatte die Stimme geklungen. Jürgen hatte es hervorragend hingekriegt. Und spätestens jetzt wusste Gilla, dass er es nicht gewesen war. Aber er hatte seine Sache so gut gemacht, dass es ihr weiterhalf, sich die Stimme des echten Täters vorzustellen. Auch der hatte die Heiserkeit nur vorgetäuscht. Wie Jürgen eben gerade. Sie versuchte, sich das Heisere wegzudenken.
»Na, war ich´s?« Jürgen sah sie verunsichert an.
»Nein, du warst es nicht.«
»Na Gott sei Dank, dann ist diese Kuh vom Eis. Biste sicher?«
»Ja!«
»Du glaubst mir also?«
»Ja, ja, ja!«
»Aber ich glaube dir nicht!«
Gilla blickte ihn empört an. »Was? Wieso, was glaubst du mir nicht?«
»Dass du Melanies Tagebuch nicht kennst.«
»Wenn ich dir doch sage ...«
»Und warum hast du dann solchen Schiss vor dem da?« Jürgen hielt

ihr den Helm direkt vor die Nase.
»Was hat das denn mit dem Tagebuch von Melanie zu tun?«
Jürgen legte den Helm zwischen sie beide auf die Bank, griff dann blitzschnell in eine Innentasche seiner Montur und brachte ein Schulheft zum Vorschein. Er blätterte über drei eng beschriebene Seite hinweg auf die vierte Seite und hielt das aufgeschlagene Heft neben den Helm.
Über die gesamte Seite, über alle Linien hinweg, hatte Melanie etwas mit Bleistift gezeichnet. Sie hatte immer eine Zwei in Kunsterziehung gehabt, deshalb war sie in der Lage gewesen, nur mit Bleistift eindrucksvoll das Gleiche wiederzugeben, was Gilla in Farbe auf dem Helm sah.

17
Worms
26. September, abends

Fischer hatte Besuch gehabt. Zweimal schon an diesem Tag, zwei potenzielle Kunden nicht mitgerechnet. Privaten Besuch. Allerdings im Büro. Zuerst, am Vormittag, war Angela Brüll erschienen, selbstverständlich mit einer Flasche Wein, und hatte ihn unverblümt gefragt, was er von ihrem Verhältnis mit Alfons Koop hielte. Nachdem sie geklärt hatten, dass die Frage nicht auf irgendeine moralische Bewertung abzielte, sondern eine realistische Einschätzung gewünscht wurde, hatte Fischer Folgendes erklärt: »Eine Liebesbeziehung realistisch einzuschätzen, kann nicht gelingen. Ich halte Liebesbeziehungen per se für unrealistisch. Sie gehorchen eigenen Gesetzen, die nicht mal von den Betroffenen selbst beurteilt werden können, ganz zu schweigen von Außenstehenden. Es gibt Liebesbeziehungen, die alle Stürme überstehen, welche, die bei der kleinsten Schwierigkeit knicken, und einige, die nicht mehr sein wollen als vorübergehende Liebeleien. Es gibt welche, die nicht auf Sex aufgebaut sind, welche, die nur auf Sex aufgebaut sind, und solche, für die Sex nur eine von mehreren Kommunikationsmöglichkeiten ist. Erschwerend kommt nicht selten hinzu, dass die Partner in einer Liebesbeziehung nicht immer einer Meinung über die Wichtigkeit von Sex sind. Das führt dann zu Komplikationen, die wiederum zu Kompromissen führen, und es entstehen oft skurrile Formen des Zusammenlebens. Für jede Form von Beziehung gibt es Negativ- und

Positivbeispiele. Mit anderen Worten: Alles kann klappen und nichts kann klappen. Das war´s!«
Fischer hatte diese Binsenweisheiten mit Absicht in der Form eines Vortrages von sich gegeben. Denn er hatte eine Ahnung, dass Frau Brüll nicht ohne Hintergedanken zu ihm gekommen war. Er vermutete, dass sie einen Weg suchte, ihn ein bisschen aktiv an ihrem Liebesleben teilnehmen zu lassen. Vielleicht hatte sie Koop schon satt, vielleicht war er ihr zu eindimensional. Fischer konnte sich vorstellen, dass da auf der einen Seite ein omnipotenter Liebhaber und auf der anderen Seite ein weniger potenter, aber wohlhabender Ehemann war, und dass Frau Brüll einfach nach etwas für Dazwischen suchte. Er hatte nicht die Absicht, sich von Koop verprügeln oder von Dr. Brüll verklagen zu lassen. Nicht dass Angela Brüll nicht eine Sünde wert gewesen wäre, wie man so sagt, aber ... die Nachteile würden wohl überwiegen. Und trotz seiner Abstinenz, die mit ziemlicher Sicherheit auch von Claudia Müller nicht beendet werden würde, war er nicht bereit, sich auf ein mögliches Techtelmechtel mit Frau Brüll einzulassen.
Deshalb hatte er die Vortragsform gewählt. Er hatte schon oft erlebt, dass Frauen diesen Umgang mit Liebesdingen für total abtörnend hielten. Fischer hätte seine Vorsichtsmaßnahme aber gar nicht nötig gehabt, denn im weiteren Verlauf des Besuches stellte sich heraus, dass Frau Brüll keineswegs mit ihm schlafen wollte. Sie hatte dreierlei vor. Erstens wollte sie wirklich wissen, ob Fischer ihrer Beziehung mit Koop eine echte Chance gab, denn sie wollte sich endgültig von Dr. Brüll scheiden lassen und Koop heiraten. Ihr Noch-Gatte sei sogar einverstanden, unter etwas eigenwilligen Bedingungen allerdings, die sie aber bereit war zu erfüllen. Darüber hinaus verkündete sie Fischer, dass Koop ihn zum Trauzeugen wünsche, ihn, Fischer, und keinen Anderen. Aber das würde sich noch ein Weilchen hinziehen, denn schließlich müsste sie erst mal geschieden werden. Zweitens wollte sie sich entschuldigen, dass ihre Einladung zum Motorradrennen an der Teufelsrutsch nicht mehr galt. Das Rennen war schlicht und einfach abgesagt worden.
Der dritte Grund ihres Besuches verwunderte Fischer am meisten.

Und während er hinterher darüber nachdachte, ob da irgendein Haken dran sein könnte, musste er sich eingestehen, dass er die Idee gar nicht so schlecht fand.
Angela Brüll bot sich ihm als freie Mitarbeiterin an, ohne Bezahlung oder Ansprüche irgendwelcher Art, sondern einfach aus Abenteuerlust und der Absicht, ihren Horizont zu erweitern. Alfons Koop wäre auch dafür.
Fischer lehnte nicht rundweg ab, gab aber zu Bedenken, dass das nicht so einfach wäre, wie sie glaubte, und bat sie zu warten, bis er sich das durch den Kopf hatte gehen lassen.
Nachdem er mit der Dame tatsächlich die Flasche Wein geleert hatte, war sie wieder gegangen.
Er konnte es einem Mann besser abschlagen, Wein zu trinken, als einer Frau. Allerdings genehmigte er sich hinterher ein Dosenbier, obwohl ihm im Hinterkopf das Sprichwort herumspukte: ›Bier auf Wein, das lass´ sein.‹
Am Nachmittag war dann der nächste Besuch erschienen. Edgar und Susanne kamen vorbei. Sie waren zum Einkaufen in Worms und hatten zwangsläufig die Baustelle am Ludwigsplatz und an der Kämmererstraße besichtigt. Dort sollte eine sogenannte Shopping Mall entstehen, nachdem an dieser Stelle viele Häuser abgerissen worden waren. Unter anderem auch die Hauptpost. Überhaupt war Worms zurzeit eine einzige Baustelle. Und das gerade im Jahr der *Nibelungenfestspiele*. Vielleicht versprach man sich zusätzlich eine Art Baustellentourismus wie in Berlin. Nur dass es hier erstaunlich wenig Regierungsgebäude gab.
Beim Verlassen der Stadt hatten Edgar und Susanne spontan beschlossen, Fischer heimzusuchen. Sie hatten sich zunächst über das Kind unterhalten, das im November erwartet wurde. Susannes Vorschlag, den erwarteten Jungen Ludwig zu nennen, lehnte Fischer ab.
»Ich nenne mich in meinen Selbstgesprächen meistens mit meinem Nachnamen, ganz selten Ludwig oder Lui. Wenn also das arme Kind an mich erinnern soll, müsst ihr es *Fischer* nennen.«
Damit war der Vorschlag vom Tisch, und Edgar schien auch ganz froh darüber. Susanne hatte noch genügend andere Namen parat und

schließlich votierten alle drei für Edgar junior. Allerdings wurde Fischer dazu vergattert, Patenonkel zu werden.
Welch ein Tag. Trauzeuge und Patenonkel, und da beschwerte er sich über mangelnde soziale Kontakte!?
Nachdem sie genug über Geschäftliches gesprochen hatten, berichtete Fischer von Claudia Müller, Veronica und Melinda Delling, Dr. Kirch und natürlich auch von Stephan Delling, zunächst natürlich ohne Einzelheiten zu nennen und ohne seine Erkenntnisse zu erwähnen, die er aus dem Text gezogen hatte, der sich auf dem Diktiergerät befand.
Edgar kannte Dr. Stephan Delling. Beide waren relativ prominente Bürger der Stadt Alzey, und da lief man sich bei der einen oder anderen kulturellen Veranstaltung schon mal über den Weg.
»Interessanter Mann«, hatte Edgar ausgerufen. »Noch interessanter ist aber, dass du ihn gerade heute erwähnst, Lui.«
»Wieso?«
»Weil er mich nach dir gefragt hat!«
»Ach, wann?«
»Er hat mich gestern Abend angerufen.«
»Na das ist ein Knaller. Was wollte er denn?«
»Na, er hat doch damals diese Gänge in Oppenheim erforscht, die von den *Wingertschützen* entdeckt worden sind. Und da hat er schon mal von dir gehört. Auch wenn du nicht groß in den Medien warst, aber intern warst du ja damals so eine Art Berühmtheit. Die Sache hier in Worms hat dich noch ein bisschen bekannter gemacht, so was geht auch an Alzey nicht spurlos vorüber...und die Zeitungen haben damals auch davon geschrieben, dass wir zwei miteinander verwandt sind und du in meinem Geschäft mit drin steckst. Jedenfalls wusste er, dass er mich nach dir befragen kann, wenn er etwas über dich wissen will.«
»Und, Edgar, Neffe meines Vertrauens, was wollte er denn nun wissen?«
»Ob ich dich empfehlen kann.«
»Als Detektiv?«
»Als Detektiv und als Mensch.«

»Da bist du doch befangen. Da kann er doch nicht ausgerechnet dich fragen.«
»Er wollte unter Anderem wissen, was du trinkst.«
»Hast du ihm auch erzählt, welche Zahnpaste ich bevorzuge?«
»Quatsch, ich weiß gar nicht, warum du dich so aufregst, ich habe den Eindruck, dass er vielleicht einen Auftrag für dich hat.«
»Vielleicht?«
»Na, er hat es nicht direkt gesagt ...«
Fischer hatte das so stehen lassen und das Gespräch geschickt in andere Bahnen gelenkt.
Später hatte er seinem Neffen den Septemberweinkasten Alfons Koops in die Hand gedrückt und die beiden verabschiedet. Nachdem sie ihn verlassen hatten, war er sehr nervös geworden. Um sich zu beruhigen, war er etwa eine Stunde später aus dem Haus gegangen, die Treppe an der Obergasse hinunter zur Berggasse und hinüber zur Bergkirche St. Peter. Diesmal war er nicht zu faul dazu. Es beunruhigte ihn ein wenig, dass er in dieser Situation einen religiösen Ort aufsuchte.
Jetzt war es Abend geworden, und Fischer befand sich seit einer halben Stunde in dem dämmrigen Kirchenraum und starrte, ohne ihn bewusst zu sehen, auf den Flügelaltar.
Zunächst war er die enge Treppe zur Krypta hinuntergestiegen. Dann hatte er oben, im leeren Hauptraum, der aus irgendwelchen Gründen im Moment nur im hinteren Teil, unter der Orgel, bestuhlt war, in einer Broschüre über die Bergkirche geblättert. Nun saß er auf einem dieser Stühle und versuchte gar nichts zu denken. Er nannte solche Übungen *Nullmeditation*, das machte er öfter, aber er erinnerte sich nicht, jemals eine Kirche dafür benutzt zu haben.
Er nahm die junge Frau, die den Raum des Gotteshauses betrat und hoch zur Orgel stieg, nur im Unterbewusstsein wahr, obwohl er nur wenige Meter von der Treppe, die zur Empore hochführte, entfernt saß. Als er dann plötzlich die ersten Töne hörte, erschrak er und beendete seine Übung. Die Orgel spielte etwas von Bach.
Als er aus dem Südportal, seitlich am Kirchenschiff, trat, sah er, dass es dunkel geworden war. Die Kirche wurde durch Scheinwerfer

in ein gelbliches Licht getaucht. Er ging nach rechts, am Kirchenschiff entlang, zu dem Weg, der schräg hinunter zur Berggasse führte. Jetzt war er am Turm angekommen, wo dieser Weg begann. In gleicher Höhe, gegenüber in der Obergasse, sah er das kleine Haus, in dem sich sein Büro befand. Dort parkte ein dunkelblauer Mercedes, der vorhin noch nicht da gestanden hatte. Jemand saß hinter dem Lenkrad. Fischer ging den beleuchteten Weg hinunter und überquerte die Berggasse, die wie immer stark befahren war. Dann kletterte er die ersten Stufen der Steintreppe Richtung Obergasse hoch, blieb einen Moment auf dem Podest stehen, von dem aus die Treppe abknickte und deren kürzerer Teil nach oben führte. Er fühlte sich genötigt, ein paar Mal tief durchzuatmen, aber nicht aus physischer Anstrengung, sondern weil er ahnte, was auf ihn zukommen würde.

Die Situation hatte etwas Unwirkliches. Nichts, gar nichts war geschehen, außer dass er wahrscheinlich heute noch einen Besucher empfangen würde. Aber ihm war, als trete ab sofort eine Entwicklung in seinem Leben ein, die vieles auf den Kopf stellen könnte, deren Ausmaße aber noch hinter einem Schleier verborgen waren.

Fischer war sich geradezu sicher, dass der Besucher Stephan Delling war. Und plötzlich verspürte er eine Art grimmiger Vorfreude. Er würde den Mann kennen lernen, von dem er bisher nur gehört hatte. Es ärgerte ihn lediglich, dass er Delling den ersten Schritt machen ließ. Er hatte sich heute Morgen, noch bevor Angela Brüll gekommen war, entschlossen, ihn zu beschatten, ohne bezahlten Auftrag, aus purer Intuition heraus.

Als Edgar ihn heute Nachmittag über Dellings Anruf informiert hatte, war Fischer allerdings klar geworden, dass das Spiel nicht nach seinen Regeln lief. Aber das konnte er ja noch ändern. Hoffte er.

Fischer stieg die restlichen Stufen zur Obergasse hinauf. Er holte seinen Schlüssel aus der Jackentasche und ging an dem blauen Mercedes vorbei zur Bürotür.

Er sah aus den Augenwinkeln, dass niemand mehr hinter dem Lenkrad saß. Aus dem Gebüsch neben der Tür hörte er eine klare und fast fröhliche Männerstimme: »Willkommen zu Hause!«

18
Nackenheim
26. September, abends

Sie konnte es nicht mehr für sich behalten, musste es jemandem mitteilen. Aber das durfte niemand sein, der sich mit esoterischem Eifer auf sie stürzen würde, um seine Gier nach Mystik zu befriedigen. Kerstin Flöter brauchte jemanden, der sie beruhigen konnte, der in der Lage war, sie mit Hilfe rationaler Argumente von ihren Ängsten abzubringen.
Ihr Vater und ihre Schwestern waren dabei die denkbar unpassendsten Kandidaten, denn die spielten wichtige Rollen in den Träumen. Keine Freundin stand ihr so nahe, dass sie ihr etwas derart Intimes anvertrauen würde. Und die Leute ihrer Band *Zerogram* würden sie auslachen. Wer also blieb übrig?
Eines stand jedenfalls fest: Für sie allein war die Belastung zu groß. Denn der Traum hatte sich in der vergangenen Nacht wiederholt, in abgewandelter Form, aber doch sehr ähnlich.
Sie war wieder aufgewacht. Der Traum war ihr besonders lang erschienen. Sie hatte sich trocken gerubbelt und umgezogen. Dieses Mal hatte sie sich nach dem Erwachen nicht gleich geduscht. Ihre Schwestern würden nachfragen. Sie war froh, dass die beim ersten Mal nichts mitbekommen hatten.
Jetzt saß Kerstin an ihrem kleinen Schreibtisch in ihrem Jugendzimmer und tippte beide Träume in die Tastatur ihres Computers ein. Auf dem Bildschirm stand quasi als Überschrift: ›Albträume 24.

und 25. September!‹ Kerstin beschrieb dann ihren ersten Traum und schließlich den zweiten. Sie stockte kurz, dann schrieb sie weiter: ›Die Farben, Formen und Geräusche am Anfang sind diesmal deutlicher voneinander abgegrenzt. Es fängt jetzt früher mit der Melodie an, und ich bin zuerst an den Stuhl gefesselt, danach sitze ich nur so auf ihm, kann aber trotzdem nicht weg. Mein Vater wird noch kleiner, meine Schwestern größer. Wenn ich dann durch die Gänge renne, gibt es immer mehr Stellen mit Fliesen, mehr als im Traum von gestern Nacht. Der Mann, der mich zum Singen auffordert, ist genauso gut gekleidet, es sieht sogar aus, als würde seine Kleidung wertvoller und teurer. Dass sein Gesicht nicht zu erkennen ist, macht mich allerdings wahnsinnig, schon während ich träume. Ich habe einen Horror davor, was passiert, wenn ich es erkenne.‹

An dieser Stelle fiel Kerstin ein, wem sie von der ganzen Angelegenheit erzählen konnte. Frau Schock, ihrer Gesangslehrerin. Die war vernünftig genug. Sie war einerseits nicht so borniert, alles, was etwas übersinnlich klang, gleich für ein Hirngespinst zu halten, suchte aber andererseits stets eine natürliche Erklärung dafür, was ihr meistens auch gelang. Ja, das war die Richtige. Kerstin schrieb mit neuem Elan weiter:

›Um noch mal auf den Mann ohne Gesicht zu kommen. Ist der vielleicht ein Symbol für die Männer ganz allgemein, oder ist er ein Fremder? Ein Monster? Ein Typ, den ich schon lange kenne? Oder eine verkleidete Frau? Oder bin ich das am Ende selbst? Ich kenne mich mit Traumsymbolen nicht so aus. Vielleicht sind das Träume, die mir irgendeinen neuen Lebensweg zeigen sollen, so wie Horoskope oder Psychiaterbesuche. Einfach so Leitfäden halt. Aber ich muss zugeben, dass das eine bloße Hoffnung ist. Denn wenn ich wirklich darüber nachdenke, hab ich ganz schönen Schiss. Obwohl die Träume nicht richtig realistisch sind, kommen sie mir doch sehr echt vor. Das ist schon so, als würden die mal wahr werden. Ich glaube, wenn das nur einmal gewesen wäre, dann könnte ich sagen: Naja, ein Albtraum halt. Kommt vor. Aber jetzt zum zweiten Mal!? Und sehr ähnlich!

Ich muss noch mal ein paar Einzelheiten aus dem zweiten Traum beschreiben. Da ist die Melodie. Ich bin beim Träumen ganz sicher, dass ich sie kenne, und ich weiß dann auch, dass sie ein bestimmtes Symbol ist, ich meine, dass sie mir was sagen will, mich warnen, bedrohen oder vielleicht auch trösten. Die Atemgeräusche als Rhythmusmaschine, die sind nicht mehr da. Ich glaube, da ist jetzt ein richtiges Schlagzeug. Oder wenigstens eines, das vom Sequenzer kommt. Die Anfangstöne sind noch höher, über 4.000 Hz, oder so. Aber die verschwinden schnell wieder. Ich hoffe zwar, dass ich das nie wieder träumen muss, aber wenn, will ich rauskriegen, was das für eine Melodie ist.

Ich wundere mich, warum mein Vater noch kleiner geworden ist und meine Schwestern größer. Die sind sogar im Traum gewachsen. Die sind schon zwei Köpfe größer als ich, und die haben plötzlich so schräge Augen, mit denen sie mich ansehen ... also ich kann nur ein Wort dafür finden: Grausam! So, als würden sie mir was ganz Schlimmes wünschen.

Und dann noch mal zu dem Mann mit dem braunen Anzug. Ich musste heute Nacht an das Phantom der Oper denken. Wo das Phantom immer zu der Sängerin sagt: »Sing für mich, sing, mein Engel der Muse.«

Ich hab auch diesmal wieder gesungen. Und bin prompt wieder schreiend aufgewacht. Aber ich hatte den Schrei schneller im Griff. Es hat wieder keiner was gemerkt.‹

Kerstin hörte auf zu schreiben. Sie hatte den Eindruck, als wäre alles, was sie schriftlich festhielt, nicht genug. Sie las es sich noch einmal durch. Es war unzureichend. Kein Mensch würde diese Notizen für bedeutend halten. Aber sie konnte es doch nicht besser.

Sie beschloss, das Geschriebene bei der nächsten Gelegenheit Frau Schock zu geben, aber sie würde es ihr auch erzählen. Es musste jemand wissen. Unbedingt!

Kerstin erschrak darüber, dass ihr das so wichtig war.

19
Worms
26. September, abends

Willkommen zu Hause! Welch ein Satz! Und wie fehl war er hier am Platz!
Solche Worte rief man Verwandten und geliebten Menschen zu, wenn sie nach langer Abwesenheit in die Heimat zurückkehrten. Ein Fremder, dazu noch einer, der einem vor der eigenen Haustür auflauerte, hatte wahrhaftig nicht das Recht dazu.
Dellings Begrüßung ging Fischer so sehr gegen den Strich, weil er sich diesen Satz im Grunde wünschte, aber von jemandem, der ihn mochte und der sich freute, ihn wieder zu Hause zu haben.
Während sie gemeinsam von dem Bier tranken, das Delling mitgebracht hatte, beschloss Fischer allerdings, dass er sich nichts anmerken lassen wollte, weder seine Abneigung gegen die Begrüßungsworte noch den Teil seiner Abneigung, der von seinem Wissen herrührte.
Wissen? Was bedeutete das in diesem Zusammenhang eigentlich? Eine psychisch kranke Nochminderjährige hatte behauptet, dass eigentlich ihr erwachsener Bruder in die Klapsmühle gehörte. Dass er geneigt war, ihr zu glauben, bevor er die Gegenseite gehört hatte, machte ihn sich selbst gegenüber misstrauisch. Was war es, das ihn von Anfang an gegen diesen Mann eingenommen hatte? Schon seit dem ersten Anruf von Claudia Müller vor einigen Wochen, in dem Lokal in Alzey, wo er noch nichts erfahren hatte, war eine Grundbe-

reitschaft vorhanden, diesen Mann nicht zu mögen. Nun, zur Analyse war immer noch Zeit. Jetzt galt es, erst mal zu erfahren, was Delling von ihm wollte.
Es war ruhig draußen. Die Autos unten in der Berggasse hörte man hier oben bei geschlossenem Fenster kaum. Das Licht im Raum war gedimmt. Fischer blickte Delling über den Tisch hinweg an.
Dieser hatte eine schmale Mappe vor sich auf der Tischplatte liegen. Der Gast trug einen braunen Anzug mit weißem Hemd und roter Krawatte. Er hatte gestrubbeltes, kurz geschnittenes blondes Haar und sehr gleichmäßige Gesichtszüge. Sein Teint war beinahe noch brauner als sein Anzug. Kein Wunder, der Mann arbeitete oft in frischer Luft, zumindest wenn es um Außenausgrabungen ging. Unter der Erde, in Höhlen, Stollen oder ähnlich sonnenarmen Gegenden schien er sich nicht lange genug aufzuhalten, um die Bräune loszuwerden. Trotz des niedrigen Lichtanteils im Raum vermochte Fischer die Augenfarbe Dellings zu erkennen. Es war ein Blau mit einem Stich Türkis darin. Vorhin, als sie beide den Raum betreten hatten, hatte er festgestellt, dass Delling fast einen halben Kopf kleiner war als er selbst. Fischer maß 1,82 Meter.
Beide Männer stellten ihre Gläser ab, und Dr. Stephan Delling lehnte sich in dem weißen Besuchersessel zurück. Hinter ihm war die Wand mit dem Fenster, das zur Obergasse wies. Hinter Fischer befand sich die Zimmerwand, an der der Rahmen mit den Zeitungsausschnitten mit den Taten des *Reisenden* befestigt war.
Der Detektiv wollte nicht derjenige sein, der das Gespräch begann. Delling hatte die Begegnung herbeigeführt, also sollte er auch anfangen.
»Wissen Sie, wie es ist, eine Schwester zu haben?«, fragte der Archäologe mit sonorer Stimme.
»Ich weiß, wie es ist, keine Schwester zu haben«, antwortete Fischer und ärgerte sich, dass es bedauernd klang. Er wollte bei diesem Mann keine menschlichen Regungen zeigen, denn das hieße, Schwächen zu offenbaren, und das würde ihn angreifbar machen.
Delling sagte: »Ich bedauere, dass ich mich nicht angemeldet habe. Aber ich wollte heute gar nicht kommen. Ich musste allerdings aus

anderen Gründen nach Worms, und da habe ich es erst mal mit Ihrem Festnetzanschluss hier in der Agentur versucht. Ihre Privatnummer steht ja nicht im Telefonbuch.«
»Ich habe keine. Nur mein Handy!«
»Ja, aber Sie haben es nicht immer eingeschaltet, nicht wahr?«
Fischer nickte, er hatte es gar nicht in die Kirche mitgenommen.
Delling fuhr fort: »Weil ich aber nun mal in der Stadt war, bin ich einfach bei Ihnen vorbeigefahren. Mein Glück, dass ich Sie erwischt habe. Ich habe 10 Minuten gewartet. Nach weiteren 5 Minuten wäre ich weitergefahren.« Er lächelte intensiv. »Eine weitschweifige Erklärung, nicht wahr? Ich erläutere meine Pläne und Motivationen gern.«
»›Wer sich rechtfertigt, hat es nötig‹, hat mein Vater immer gesagt.«
»Sie hatten einen Vater?«
»Der Einzige, von dem ich je gehört habe, dass er das Ergebnis einer jungfräulichen Geburt gewesen ist, hieß meines Wissens nicht Fischer und schon gar nicht Lui.«
»Gut, lassen wir das. Vielleicht erkläre ich so viel, weil ich meine archäologische Arbeit immer bis ins Kleinste dokumentieren muss. Sie wissen ja wohl schon, was ich beruflich mache.«
»Ja, von Ihrer Schwester!«
Dellings Lächeln fror ein wenig ein, aber dann fuhr er mit seinen Erklärungen fort. »Wenn Sie sich fragen sollten, warum ich etwas zu trinken mitgebracht habe, nun, ich gestehe, dass ich mich gestern bei Ihrem Neffen Edgar Zimmermann nach Ihnen erkundigt habe. Unter anderem auch nach Ihren Trinkgewohnheiten.«
»Hat er Ihnen auch was über meine Kleidung erzählt? Sie haben mich draußen sofort erkannt.«
»Erstens hatten Sie Ihre Schlüssel schon in der Hand und zweitens, ich gebe es zu, habe ich heute mit Dr. Kirch von der Klinik Dr. Reichwein in Bingen gesprochen. Mit dem hatten Sie ja wohl vorgestern Nacht schon das Vergnügen.«
»Vergnügen war es keins. Aber stimmt, der kennt mein Outfit.«
Delling sah an Fischer vorbei. »Interessieren Sie sich für den Fall?«
Fischer brauchte sich nicht umzudrehen, um zu wissen, was Delling

meinte. »Den *Reisenden?«,* fragte er trotzdem.
Dellings Blick war nun gar nicht mehr heiter. »Was würden Sie tun, wenn jemand Ihrer Freundin so etwas antun würde oder Ihrer Schwester oder Ihrer Tochter?«, fragte er.
»Ist das eine ernstgemeinte Frage?«
»Mit so etwas mache ich keine Scherze.«
»Schön! Ich ebenfalls nicht. Aber ich befasse mich auch nicht hypothetisch mit dieser Frage. Und zwar, weil ich es nicht weiß!«
»Schleppt man als Ex-Polizist nicht eine gewisse Gewaltbereitschaft mit sich herum?«
Fischer schwieg. Es reichte nicht zu einer Antwort. Noch wusste er nicht, worauf Delling hinauswollte.
Der sprach weiter: »Gerade auch, weil Sie Privatdetektiv geworden sind. Sie hätten doch alle Fünfe grade sein lassen können, wo Sie im Geschäft Ihres Neffen mit drinstecken.«
»Was hat das mit meiner Gewaltbereitschaft zu tun?«
»Ich finde, dass wir beide etwas gemeinsam haben.«
»Und das wäre?«
»Wir gehen den Sachen immer auf den Grund. Ich im wörtlichen Sinn, Sie im übertragenen Sinn.«
»Macht uns das zu Blutsbrüdern?«
Jetzt lächelte Delling wieder. Aber das Lächeln geriet ihm ziemlich bitter. »Warum sind Sie so feindselig, Herr Fischer?«
»Sie haben mich noch nicht feindselig erlebt, Herr Delling!«
»Gut, dann werde ich versuchen, das zu vermeiden. Ich wollte mit meiner Bemerkung eigentlich nur auf unsere Berufe anspielen. Sie forschen, ich forsche auch. Sie graben nach, ich grabe auch nach. Sie versuchen, Licht in bestimmte Angelegenheiten zu bringen, die vor einiger Zeit geschehen sind, ich mache das ebenfalls, wenn auch die Zeiten, um die ich mich kümmere, wesentlich weiter zurückliegen. Wir sind beide Spurensucher. Wenn man da nicht von Gemeinsamkeiten sprechen kann ...«
Fischer nahm einen Schluck. Dann fragte er: »Wenn wir uns durch unsere Berufswahl schon so ähnlich sind und Sie mir berufsbedingte Gewaltbereitschaft unterstellen, wie steht es dann mit Ihrer?«

Delling legte beide Hände auf den Tisch, betrachtete sie, als suche er an ihrem Aussehen etwas Neues, und sagte dabei, ohne den Kopf zu heben: »In dem Fall, den ich angesprochen habe, könnte ich mir sehr gut vorstellen gewalttätig zu werden.«
»Das heißt: Freundin in Gefahr, Schwester, Tochter,« Fischer machte eine winzige Pause, »oder auch Mutter ... und Sie würden sie mit Krallen und Klauen verteidigen oder, im Bedarfsfall, rächen?«
»Ja, das könnte ich mir vorstellen.«
»Würden Sie das auch für Leute tun, die Ihnen nicht so nahestehen?«
Jetzt blickte Delling von seinen Händen hoch, direkt in Fischers Augen. »Ja!«
Fischer war sich bewusst, dass sie beide die Rollen getauscht hatten. Er fragte: »Sie besitzen also einen ausgeprägten Gerechtigkeitssinn?«
»Ich weiß nicht, wie ausgeprägt er ist und ob das in jedem Fall gelten würde, aber ich denke durchaus, dass man Schwächeren beistehen sollte.«
»Im akuten Fall helfen, ja, aber Sie würden doch wohl niemanden blutig rächen, dem Sie nicht verbunden sind. Oder?«
»Das kommt auf die näheren Umstände an.«
Fischer seufzte wieder einmal. »Sie würden also, unter bestimmten Umständen, jemanden töten, der einem anderen, Ihnen nahestehend oder auch nicht, Gewalt angetan hat?«
Delling antwortete: »Wie ich schon sagte, es kommt auf die Umstände an. Aber jetzt drängen Sie mich in die Ecke, in die Sie sich von mir nicht drängen lassen wollten.«
»Sie haben das gleiche Recht wie ich, die Aussage zu verweigern. Aber Sie sind doch sicher nicht hergekommen, um mit mir die alte Bundeswehr- oder Zivildienstdebatte durchzuspielen.«
»Allerdings nicht. Ich habe nur diese Zeitungssammlung da an Ihrer Wand gesehen. Darum meine Fragen.«
»Also gut, um zu beweisen, dass ich nicht so feindselig bin, wie Sie denken: Der Fall des *Reisenden* interessiert mich. Rein privat. Ich lese, was in den Zeitungen steht, mache mir meine Gedanken, aber ansonsten lasse ich die Polizei ihre Arbeit machen.«
»Und wenn Sie den Täter erwischen würden? Nicht die Polizei. *Sie!*«

»Dann würde ich ihn der Polizei übergeben.«
Die Rollen wurden allmählich wieder zurückgetauscht. Fischer begann sich unwohl zu fühlen, denn er ertappte sich dabei, dass er ernsthaft antwortete.
»Aber gesetzt den Fall«, hakte Delling nach, »dass Sie diesen *Reisenden* ertappen, kurz nachdem er eines der jungen Mädchen umgebracht hat. Wenn Sie ihn sozusagen in flagranti erwischen. Könnten Sie sich nicht vorstellen, dass Sie ihn schnappen und mit dem Kopf so lange an die Wand knallen, bis er tot ist?« Fischer wunderte sich darüber, dass sich Delling in Rage redete. Er spürte einen Fanatismus, den er dem Archäologen nicht sofort zugetraut hatte. Vor allem wollte er sich nicht weiter auf diese unselige Debatte einlassen.
»Ich könnte mir theoretisch viele Köpfe vorstellen, die ich an die Wand knallen möchte«, sagte er schließlich und bemühte sich, viel ruhiger zu sprechen, als es Delling zum Schluss getan hatte. »Das können die Stammtischstrategen auch, und dennoch tut es fast keiner. Das ist blanke Theorie, und ich sage Ihnen noch einmal, dass ich einfach nicht weiß, wie ich im Ernstfall reagieren würde.«
»Und wenn Sie es wüssten, würden Sie es mir sagen?«
»Dazu kennen wir uns nicht gut genug.« Jetzt grinste Fischer. »Auch wenn wir so viele Gemeinsamkeiten haben.«
»Danke, Herr Fischer, das reicht mir zu dem Thema.« Dellings Lächeln war wieder da, und es wirkte fast so entspannt wie zu Beginn des Gespräches. Aber nur fast.
»Wollen Sie mir jetzt sagen, warum Sie hier sind?«, fragte Fischer. Delling trank von seinem Bier und lehnte sich dann weit im Besuchersessel zurück. Er war merklich entspannter geworden. Sein braunes Gesicht verschwamm auf seltsame Weise jetzt endgültig mit der Farbe seines Anzuges, weil er sich aus dem ohnehin schwachen Kegel des Lampenlichtes entfernt hatte. Wäre nicht das Weiß des Hemdes gewesen, hätte Fischer den Übergang von Jackett und Kinn nicht mehr wahrnehmen können.
»Herr Fischer«, begann Delling in geschäftsmäßigem Ton, so als habe das Gespräch eben gar nicht stattgefunden, »wahrscheinlich denken Sie, dass ich gekommen bin, um Ihnen den Umgang mit meiner

Schwester zu verbieten, Ihnen zu drohen, Ihnen Geld zu bieten oder Ihnen zu gestehen, dass ich das Ungeheuer bin, das meine Schwester Ihnen in den glühendsten Farben geschildert hat.«
»So etwas ging mir durch den Kopf.«
»Das dachte ich mir. Wie Sie sich denken können, habe ich mich mit meiner Mutter abgesprochen. Sie weiß also, dass ich Sie aufsuchen wollte, und sie ist damit einverstanden. Was sie nicht weiß, ist, dass Veronica Dr. Kirch, außer den Wagenschlüsseln, auch sein Diktiergerät entwendet hat.
Herr Fischer, ich will Sie nicht in die Verlegenheit bringen, zugeben zu müssen, dass es sich in Ihrem Besitz befindet. Deswegen stelle ich nur die Tatsache fest, frage Sie aber nicht danach. Ich werde Dr. Kirch das Gerät ersetzen, im Gegenzug hat er mir versprochen, meiner Mutter nichts davon zu sagen. Von mir aus können Sie es behalten und sich die Stimme meiner Schwester zehn Mal am Tag anhören. Obwohl ihre Gesangsstimme bei weitem schöner ist als ihre Sprechstimme. Ich bin mir über den Inhalt dessen, was meine Schwester auf das Band gesprochen hat, ziemlich im Klaren und kann damit gut leben.«
Er machte eine kleine Pause, als wolle er Fischer dennoch die Gelegenheit geben, den Vorwurf zu dementieren.
Der Detektiv äußerte sich aber nicht dazu, ergo sprach Delling nach kurzer Zeit weiter. Dazu beugte er sich wieder vor. Sein Gesicht war jetzt besser zu sehen, selbst die türkisfarbenen Lichter im Blau seiner Augen glitzerten jetzt gut sichtbar.
»Der wahre Grund meines Besuches ist ein ganz anderer.«
Fischer war zum ersten Mal seit der Begegnung mit seinem Überraschungsgast wirklich ahnungslos. Dass ihn das ärgerte, brachte ihn nicht weiter, also versuchte er, sich auf alles einzustellen.
Der Archäologe öffnete die schmale, schwarze Mappe, die auf dem Tisch vor ihm lag. Der Detektiv bemerkte die akkurate Bewegung, die fast elegante Fingerhaltung, mit der Delling die Kopie eines Zeitungsausschnittes aus der Mappe nahm und ihm über den Tisch reichte. »Wenn Sie sich das bitte einmal durchlesen würden.«
Fischer nahm das DIN A 4 Blatt an sich. Der Ausschnitt aus der Al-

zeyer Ausgabe der Allgemeinen Zeitung war stark vergrößert und nahm deshalb das gesamte Blattformat ein. In der Zeitung mochte es lediglich ein kleiner Zweispalter gewesen sein. Fischer war froh darüber, denn so musste er nicht seine Lesebrille vom Schreibtisch holen, die er am liebsten nur in unbeobachteten Augenblicken benutzte. Er besaß sie erst seit Juni.
Während Fischer mit dem Lesen begann, lehnte sich Delling wieder zurück.

Überfall am Kerwetag
Eppelsheim, 9. September

Ein versuchter Überfall auf eine vierzehnjährige Schülerin in Eppelsheim überschattete am Freitag, dem 6. September, die Eröffnung der diesjährigen Eppelsheimer Kerwe. Ein Mann lauerte dem Mädchen am Tor des elterlichen Hauses auf und versetzte es in derartige Panik, dass es in Richtung der Freilichtbühne flüchtete. Dort weilende jugendliche Kerwebesucher und ein Archäologe aus Alzey, ebenfalls Kerwegast, verfolgten den Täter, wurden seiner aber nicht habhaft. Die Alzeyer Polizei hat die Ermittlungen aufgenommen.

Es folgten die Adresse, Telefonnummer und E-mail Anschrift der Kripo in Alzey.
Fischer reichte Delling den Zeitungsausschnitt zurück. Der packte ihn aber nicht weg, sondern ließ ihn auf dem Tisch neben der Mappe liegen. Er beugte sich wieder vor.
Fischer überlegte, was er selbst am 6. September gemacht hatte, kam aber nicht gleich darauf.
»Dieser Archäologe, waren Sie das?«, fragte er.
»In der Tat!«
›Seltsam‹, dachte Fischer, ›in der Tat‹ klingt in diesem Zusammenhang mehr als unpassend.‹ Gleichzeitig aber haderte er wieder mit sich selbst. Er legte Dellings Worte mehr auf die Goldwaage als die anderer Zeitgenossen, sich selbst nicht ausgenommen. Erst störte ihn dieses ›Willkommen zu Hause‹, jetzt das ›in der Tat!‹ Himmel, sollte der Mann doch reden, wie und was er wollte. Wenn der sich

nicht mehr zu Schulden kommen ließ, als unpassende Redewendungen von sich zu geben ... Wenn man die Leute wegen ihres Umgangs mit der Sprache verurteilen wollte, müssten die Gefängnisse des Landes mit beinahe Legasthenikern und Falschzitierern überfüllt sein.
»Gratulation, Herr Delling. Jetzt verstehe ich auch Ihre Bemerkung von vorhin, dass man den Schwachen helfen soll, wenn man kann.«
»Danke, Herr Fischer. Aber ich bin nicht gekommen, um mir Ihre Glückwünsche abzuholen. Ich habe einen Auftrag für Sie.«
»Sie haben einen Auftrag für mich?« Fischer kam sich bei der Wiederholung ziemlich blöd vor, aber er war total verblüfft.
Delling sah ihn an. »Ich nicht direkt. Eigentlich spiele ich nur den Vermittler. Die Mutter des Mädchens, von dem in dem Zeitungsbericht die Rede ist, sucht einen Privatdetektiv, der ihre Tochter überwachen soll, bis der Täter gefunden ist, und der vielleicht in Eppelsheim eigene Nachforschungen anstellen könnte.«
»Und da ist die Mutter ausgerechnet auf mich gekommen?«
»Nun, nicht so direkt«, da war wieder dieses Lächeln. Jetzt wirkte es ein wenig gönnerhaft. »Sie hat mich gefragt, und da ich nur von einem Detektiv je gehört habe, dachte ich, ich empfehle Sie. Ich bin seit jenem Abend etwas enger mit der Familie des Mädchens befreundet, das heißt mit der Mutter, Anna Herbig, einer Übersetzerin.«
Als er den Namen der Frau nannte, schwang etwas wie Zärtlichkeit in seiner Stimme mit. »Um ihre Tochter Gilla geht es. Das Mädchen ist nicht ganz glücklich damit, dass sich ein Privatdetektiv an seine Fersen heften soll. Anna hat ihr da schon mal was angedeutet, aber ich halte es für eine gute Lösung. Es handelt sich auch nicht um eine Rund-um-die-Uhr-Überwachung, aber immer, wenn Gilla das Haus abends verlassen sollte, bei längeren Aufenthalten außerhalb Eppelsheims, oder wenn sie in die Disco nach Alzey gefahren werden muss, et cetera, et cetera.«
»Also eine Art Bodyguard-Job?!«
»Sozusagen! Und«, jetzt grinste Delling breit, »da ich mich häufig bei der Familie Herbig aufhalte, können Sie ganz nebenbei den Auftrag meiner Schwester ausführen, allerdings ohne *dafür* eine Bezahlung erwarten zu dürfen. Für die finanzielle Abwicklung von Gillas

Überwachung kann ich mich verbürgen, auch wenn Frau Herbig das durchaus selbst übernehmen kann.«
Fischer hatte inzwischen sein Bierglas geleert. Delling noch nicht. Der fragte: »Nehmen Sie den Auftrag an?«
»Darf ich mich, bevor ich mich entscheide, mit Frau Herbig direkt in Verbindung setzen?«
»Ich habe nichts anderes erwartet.« Delling strahlte, als habe er im Lotto gewonnen. »Ich erzähle Ihnen mal, was an diesem Abend passiert ist.«
Während Delling begann, fiel Fischer ein, was er am 6. September gemacht hatte. Er war in der Kneipe in Alzey gewesen, hatte seinen Moralischen gehabt und den Anruf Claudia Müllers aus Bingen erhalten. An diesem Tag hatte er zum ersten Mal davon gehört, dass mit Herrn Delling etwas nicht stimmen sollte.
Sein Entschluss stand fest. Er würde den Mann zwar noch ein wenig zappeln lassen und sich auch tatsächlich mit Frau Herbig in Verbindung setzen, aber den Auftrag würde er annehmen.

20
Alzey
1. Oktober, nachmittags

Gilla war entsetzt. Wie konnte ihre Mutter ihr so etwas antun? Wie konnte sie ihr einen Detektiv vor die Nase setzen? Als sie die ersten Andeutungen in diese Richtung gemacht hatte, war es Gilla noch vorgekommen, als wolle ihre Mutter ihr nur ein wenig drohen, damit sie einen größeren Anreiz hätte, besser auf sich selbst aufzupassen.

Aber nein, sie musste ja immer auf diesen Delling hören. Der hatte den Detektiv angeschleppt. Erst hatte er Annas Mutter tagelang bequatscht, dann hatte die mit dem Schnüffler am Telefon gesprochen, schließlich war sie mit Delling nach Worms gefahren und hatte den Typen in seiner Kanzlei, oder wie man das nannte, besucht, und jetzt erwarteten sie ihn hier. Der bescheuerte Archäologe, der sich als ihr Vater aufspielte, und ihre nicht minder bescheuerte Mutter saßen ganz stolz mit ihr in einem Café am Roßmarkt in Alzey und warteten auf den komischen Heini aus Worms. Es war jetzt 16.00 Uhr. Da wollte er eigentlich da sein. Auch noch unpünktlich. Gilla schaufelte den Inhalt eines Rieseneisbechers in sich hinein, obwohl sie eigentlich keinen Hunger hatte. Aber vor lauter Wut stocherte sie in dem Glasbecher herum und schnappte wie ein Tyrannosaurus Rex nach jedem Bissen auf dem langstieligen Löffel. In dem Eis war Rum, aber das hatte ihre Mutter gar nicht gemerkt, obwohl die ihr sonst alles, was Alkohol enthielt, aus den Fingern riss. Aber nein,

sie hatte ja nur noch Augen für diesen Idioten. Gilla mochte ihn nicht, hatte ihn von Anfang an nicht gemocht, ohne genau zu wissen warum, und sie würde ihn nie mögen. Klar, irgendwie war sie ihm auch dankbar, aber nicht in dem Maße, wie es ihre Mutter von ihr verlangte. Ihre Großmutter konnte ihn zwar auch nicht leiden, aber bei der hatte das andere Gründe, die hielt es für Sünde, dass Anna überhaupt was mit einem Mann hatte. Gilla gönnte ihrer Mutter schon, dass sie einen Freund hatte, das war nicht der Grund für ihre Abneigung. Nur musste es *der* sein?
›Ich kann dich nicht leiden‹, dachte sie und funkelte Stephan Delling über ihr Eisglas und den Tisch hinweg böse an. Aber der kriegte natürlich nichts davon mit. Er turtelte mit Gillas Mutter wie ein Fünfzehnjähriger. Und die turtelte kräftig zurück.
Jetzt war es zwei Minuten nach Vier. Schöner Detektiv. Wenn der sie vor Verbrechern beschützen sollte, vielen Dank. Bis der beikam, war sie dreimal ausgeraubt und zweimal vergewaltigt worden. Gilla war selten so wütend gewesen.
Sie neigte normalerweise nicht zu aggressiven Gedanken. Sicher, da gab es mal leichten Ärger, da gab es natürlich auch Ängste, die sie grantig machen konnten, aber meistens sah sie ihre Mitmenschen durch die mildere Brille. Das hier aber, das hier war die blanke Wut. Ausgerechnet jetzt, wo sie sich hin und wieder mit Jürgen Bechtel traf, kriegte sie einen Aufpasser an die Backe geklebt. Himmelarsch!
›Und dich, du verblödetes, zu spät kommendes Detektiv - Schnüffler - Trüffelschwein, dich kann ich noch weniger leiden.‹
In diesem Moment ging die Glastüre des Cafés auf, und eine Gestalt kam herein, wie Gilla sie nur aus Filmen kannte. Ein schlanker, aber nicht dünner Typ, um die Vierzig, mit einer Jeanshose und einer schwarzen Lederjacke. Auf dem Kopf trug er eine ebenfalls schwarze Strickmütze. Man hätte ihn für eine Art Dschungelkämpfer halten können, aber mit der Jacke und der Mütze kam er Gilla mehr vor wie ein schwarz gefärbter Weihnachtsmann. War das der Schnüffler? Oh wei!
Der Mann kam an ihren Tisch. Frau Mama lachte ihn an, als wäre er tatsächlich der Weihnachtsmann und brächte lauter gute Gaben mit.

Richtig, die hatten sich ja schon kennen gelernt. Delling stand auf und schüttelte dem schwarzen Kerl die Hand.
»Ich freue mich, Herr Fischer«, begrüßte Delling ihn, und Gillas Mutter überbot das noch. »Ich freue mich auch, Herr Fischer. Und für Gilla wird das Leben wieder etwas sicherer.«
Gilla hätte am liebsten das Rumeis über den Tisch erbrochen.
»Hallo, Gilla!«, sagte der Weihnachtsmann und hielt ihr seine große Hand über den Tisch. Er war seit mindestens drei Tagen nicht rasiert. Wahrscheinlich hielt er das für schick.
Trotz seiner Wut erinnerte sich das Mädchen an seine gute Erziehung. Es hielt seine schmale Hand in die Luft über dem Tisch und überließ es dem Schwarzen, ihre Hand zu nehmen. »Tach!«
»Die meisten Leute sagen zwar Fischer zu mir, aber du kannst mich Ludwig nennen, wenn du willst, oder auch Lui!« ›So siehste auch aus‹, dachte Gilla verbittert, ›wie so´n Lui!‹ Sie nickte nur.
Die drei Erwachsenen unterhielten sich ein paar Minuten, während Gilla ihren Eisbecher bis zur Neige auslöffelte. Zum Schluss war ihr schlecht. Dann verabschiedeten sich ihre Mutter und deren Liebhaber. ›Liebhaber! Ich werde dich nie lieb haben.‹ Die beiden würden jetzt in Dellings Wohnung hier in Alzey gehen. Und sie hatte diesen Colombo am Hals.
Sie ließ die Umarmung ihrer Mutter und den freundlich gemeinten Knuff Dellings über sich ergehen. Der Archäologe zahlte die Zeche, auch Gillas Eisbecher, und schon verließen sie Arm in Arm das Lokal. Gillas Mutter hinkte nicht einmal dabei.
Dann war das Mädchen mit dem Detektiv allein. »Deine Mutter hat mir gesagt, dass du nachher zum Gesangsunterricht zu deiner Tante nach Dintesheim musst, Gilla. Wann genau sollst du da sein?«
›Frag du nicht nach Terminen, Trübnase, du hältst sie ja doch nicht ein,‹ dachte sie. Laut sagte sie: »Um halb fünf.«
»Oh, dann reicht´s nicht mehr für ein Bier.«
›Was, der trinkt, wenn er Auto fährt? Ach du Schande!‹
»Nee, ich glaube nicht. Wir müssten so in spätestens fünf Minuten wegfahren.«
»Okay, dann lass uns schon mal gehen. Mein Wagen steht oben am

Schloss.«
›Der ist nicht mal in der Lage, einen nahen Parkplatz zu finden. Wo will er parken, wenn wir in Dintesheim sind? In Eppelsheim vielleicht???‹
Sie brachen auf. Gilla hatte ihre Tasche dabei. Sie trippelte hinter dem Detektiv her durch Alzey bis zum Amtsgericht am Schloss. Er steuerte auf einen grauen Geländewagen zu, der dem Ford Explorer ihrer Mutter ähnelte. Ein Mitsubishi. Das wusste Gilla nicht auswendig, das las sie am Heck des Wagens. ›Na, wenigstens fährt der Kerl ein anständiges Auto.‹

21 Nackenheim

1. Oktober, nachmittags

Kerstin Flöter war krank. Sie hatte sich irgendeinen Grippevirus eingefangen. Deshalb musste sie Ronnie aus ihrer Band absagen, der sie immer nach Alzey zum Gesangsunterricht zu Frau Schock fuhr. Das war schlimm. Nicht, dass sie Ronnie absagen musste, und auch der Unterricht war nicht wirklich wichtig. Aber dass sie Frau Schock nicht von ihren Träumen berichten konnte, das war katastrophal.

Sie hatte weiter geträumt. Nicht jede Nacht seit dem 24. September, aber doch fast jede zweite. Die Träume waren immer konkreter geworden. Den letzten Traum hatte sie in der vorigen Nacht geträumt, das musste am frühen Morgen gewesen sein. Und da war nicht mehr September, sondern bereits Oktober. Trotz ihrer Erkrankung hatte sie heute Vormittag alles niedergeschrieben, in der Hoffnung, dass sie vielleicht doch ...

Aber es war unmöglich. Sie kam vom Klo nicht mehr runter, und sie hatte Fieber, 39 Grad. Ihr Vater war zu Hause und bemutterte sie. Sogar ihre Schwestern nahmen Rücksicht. Mozart, der schwarzweiße Hauskater, mied sie leider. Ob er ihre Krankheit fühlte?

Es war noch etwas Seltsames geschehen. Heute Vormittag, als sie nach etwas Lesbarem gesucht hatte, war ihr eine ältere Zeitschrift in die Hände gefallen, mit einem Bericht über den Serienmörder, den sie den *Reisenden* nannten. Sie erinnerte sich an viele Berichte in

den Zeitungen und im Fernsehen, und ein Teil ihres Gehirns stellte eine gedankliche Verbindung zwischen diesen Morden und ihren Träumen her. Unsinn, so etwas gab es nicht. Jeder Mensch mit halbwegs gesunder Psyche musste sich da an die Stirn tippen. Kerstin tröstete sich damit, dass sie diese Gedanken ihrem Fieber zuschrieb. Trotzdem musste etwas geschehen. Sie nutzte eine Zeitspanne, in der sie die Toilette nicht aufsuchen musste, und schrieb einen Brief an Frau Schock. Dann steckte sie ihn, zusammen mit den Blättern, auf denen sie die Träume notiert hatte, in einen Umschlag, klebte eine Briefmarke darauf, die sie trotz ihrer Unordnung in ihrem kleinen Schreibtisch fand, und bat ihren Vater, ihn zum Briefkasten mitzunehmen, wenn er nachher zur Nachtschicht ging.
Schließlich rief sie Frau Schock an und sagte die Unterrichtsstunde ab, fügte aber ohne lange Erklärung hinzu, dass sie ihr einen wichtigen Brief schicken würde. Wenn Frau Schock ihn gelesen habe, möchte sie doch bitte zurückrufen.
Im Übrigen hoffe sie, am nächsten vereinbarten Termin, am 10. Oktober, wieder fit zu sein.

22
Eppelsheim
1. Oktober, abends

Fischer stand im Flur und schüttelte Gillas Großmutter die Hand. Sie sah ihn mit einer Mischung aus Unterwürfigkeit, Misstrauen, Unbehagen und Bewunderung an. »Sie sind also der Privatdetektiv«, sagte sie. »Ja, Frau Klose«, antwortete Fischer, »der bin ich!« Er war allein mit ihr, denn Gilla war sofort, ohne große Erklärung, die helle Holztreppe in das Obergeschoss des Herbigschen Hauses hinaufgelaufen.

»Meine Tochter hat mir gesagt, dass Sie mit uns essen. Es gibt Tafelspitz mit Meerrettich.« Frau Klose sagte das, als kündige sie das Geburtstagsmenü der englischen Queen an. »Es wird noch eine Stunde dauern, Herr Fischer, vielleicht kann Ihnen Gilla ja in dieser Zeit das Haus zeigen.« Sie unterbrach sich und sah ihn etwas schräg an. »Wir haben gut geheizt, Sie können die Mütze ruhig abnehmen.« Bei diesen Worten hatte sie ein spitzbübisches Lächeln auf den schmalen Lippen. Fischer verspürte keine Lust, der Frau zu erzählen, dass er die Mütze so gut wie nur zu Hause und im Büro abnahm. Er zog sie trotzdem folgsam vom Kopf und ließ sie in der rechten Jackentasche verschwinden.

»Muss sich ein Detektiv heutzutage so anziehen, Herr Fischer? Ich meine, nehmen Sie´s mir nicht übel, aber in den Filmen laufen die Bösewichter so rum wie Sie. Ich sehe oft Krimis im Fernsehen.«

Die Frau in ihrer blau-weiß gepunkteten Kittelschürze verunsicherte ihn. Sie sah älter aus als fünfundsechzig. Eine echte Oma. Diesen Frauentyp hatte man noch bis in die siebziger Jahre hinein in den Medien als deutsche Trümmerfrau gefeiert. Diese Frauen hatten nach dem Zweiten Weltkrieg großen Anteil am Wiederaufbau des zerbombten Landes. Fischers Mutter hatte auch zu ihnen gehört. Doch Frau Klose war 1937 geboren, war also bei Kriegsende noch ein Kind gewesen. Aber sie benahm sich, bewegte sich und kleidete sich wie eine Fünfundsiebzigjährige. Es kam nicht oft vor, dass sich eine Frau zehn Jahre älter machte, als sie tatsächlich war. Nachdem Fischer die Frau eingehend gemustert hatte, ging er auf ihre Bemerkung ein.

»Wenn Sie das Gefühl haben, dass ich wie ein Gangster aussehe, dann hat sich meine Tarnung schon bewährt.« Frau Klose lachte, leise gackernd, in sich hinein. »Um eine Ausrede seid ihr jungen Leute nicht verlegen, was?«

Fischer war gerade mal dreiundzwanzig Jahre jünger. Er fragte sich, warum diese Frau so wild darauf war, die Oma zu spielen. Aber bevor er sich die Frage beantworten konnte, kam Gilla die Treppe herunter. »Ich soll Ihnen das Haus zeigen«, sagte sie mit kalter Stimme.

»Ich rufe euch dann, wenn das Essen soweit ist«, verkündete Frau Klose, schlurfte vom Flur aus nach links in die Küche und schloss die Tür. Ohne Fischer anzusehen sagte Gilla: »Es ist fast einen Monat her, können Sie mir sagen, warum die Sie jetzt erst geholt haben?«

»Nein, das weiß ich genauso wenig wie du. Ich darf doch *du* sagen ...«

»Von mir aus. Warum fragen Sie erst jetzt? Vorhin haben Sie mich doch auch schon geduzt.«

»Entschuldige, das war unhöflich von mir.«

»Na, gut!« Jetzt blickte sie zu ihm hoch. »Ich kann Sie auch duzen, haben Sie gesagt?«

»Ja, natürlich. Ludwig oder Lui!«

»Dann sage ich Lui!« Das schien ihr Spaß zu machen. Bei dieser Nennung brauchte sie am wenigsten Respekt zu zeigen. Aber sie ging sofort wieder zu dem Thema ihrer ersten Frage zurück.

»Der Delling und meine Mutter kommen jetzt erst auf den Trichter, einen Leibwächter zu holen. Ich meine, wenn der Kerl noch mal

kommen wollte, dann hätte er es doch schon getan, oder?«
»Das ist nicht gesagt. Solche Leute lassen sich manchmal lange Zeit, bis sie etwas wiederholen, was einmal nicht geklappt hat. Damit will ich aber nicht sagen, dass er jemals wiederkommt.«
»Na, Klasse, wenn das keiner weiß, bleiben Sie, ich meine, bleibst du dann mein ganzes Leben lang ...?« Der entsetzte Ton stand im Gegensatz zu Gillas Wortwahl. Fischer glaubte, sie beruhigen zu müssen. »Die Polizei sucht doch noch nach ihm, nicht wahr? Solche Leute benutzen häufig das gleiche Muster. Wenn er gefrustet war, weil es bei dir nicht funktioniert hat, dann wird er es bald bei einer anderen versuchen. Und je öfter er ...«
Sie standen beide immer noch im Flur und sahen sich an. Das Mädchen blickte von unten nach oben, der Detektiv umgekehrt. Aber plötzlich waren sie auf eine seltsame Weise auf einer Ebene.
Gilla schwieg, sah dem Detektiv noch einen winzigen Moment lang in die Augen, dann wandte sie den Blick ab. »Der hat mich nicht sooo angefasst.«
»Nun, er scheint es aber doch gewollt zu haben ...« Fischer war perplex. Gilla sah ihn wieder an. Ganz langsam rollten ihre Pupillen in den Augen in die Blickrichtung, aus der sie den Detektiv sehen konnte, dann schienen sie regelrecht einzurasten.
»Die Polizei hat zuerst auch danach gefragt. Aber jetzt denken die, glaube ich, dass der mich nur erschrecken wollte, oder mir die Tasche klauen, oder was weiß ich. Delling und meine Mutter und auch Marion behaupten, dass der ein Grabscher war. *Ich* glaube, der wollte mich entführen.«
»Hast du das nicht gesagt?«
»Nee, warum denn, ich meine, das ist mir auch logisch vorgekommen, dass der mich ... ich meine, dass der mir ... Aber eigentlich glaube ich, dass der mich kidnappen wollte. Vielleicht hatte der dann später was Schlimmeres vor, aber der wollte mich nicht so einfach am Tor ...« Sie brach ab. Fischer sah ihre Augen glänzen, bevor sie wieder zu Boden blickten. Er hätte sie gern weitergefragt. Er wollte alles über den Überfall wissen, nicht nur das, was in der Zeitung stand, oder was ihm Gillas Mutter und Delling erzählt hatten.

Noch vor wenigen Minuten hätte er nicht gewusst, wie er an sie heran kommen konnte. Ihre Ablehnung ihm gegenüber war ihm zunächst unüberwindlich erschienen. Aber wenn sie jetzt schon so weit ging, wenn schon so vieles aus ihr heraussprudelte, bevor eine wirkliche Vertrauensbasis geschaffen war, dann musste es noch viel mehr in ihr geben, was sie loswerden wollte.
Natürlich konnte er die Gunst der Stunde nutzen, aber er wollte sich durch zu viel indiskrete Fragerei nicht seine Möglichkeiten verscherzen.
Fischer dachte nach: wie wollte ein so junges Mädchen wissen, was einer von ihr wollte, der sie nachts am Tor überfiel, wenn er keine Möglichkeit hatte, sie zu berühren? Wieso kam sie auf die Idee des Kidnappings? Eine Frage stellte Fischer dann aber doch laut: »Deine Mutter hat das Haus, sie kann sich einen Privatdetektiv leisten. Ist sie vermögend?« Mit ihren Augen, in denen kleine Tränen glitzerten, sah sie ihn jetzt wieder an. Sie zog geräuschvoll die Nase hoch. »Bist du teuer?« »Wenn ich lange an einem Auftrag dran bin, kann mich ein normaler Angestellter nur noch bezahlen, wenn er was auf der hohen Kante hat.«
»Oh, dann bin ich meiner Mutter ja etwas wert!« Auch bei diesem Satz verhieß Gillas Ton etwas anderes, als die Worte vermuten ließen. Darin lag kein Stolz, sondern Spott, der offen zutage trat, als sie weitersprach: »Sie muss auf jeden Fall genug Geld haben, dass sie jemanden bezahlen kann, der auf mich aufpasst. Vielleicht gibt ja auch Delling was dazu. Damit die ihre Ruhe vor mir haben.«
»Du nennst ihn nicht mit seinem Vornamen?«
»Meine Mutter will es. Aber ich mache das nicht.« Eine trotzige Falte erschien auf ihrer Stirn.
Fischer wurde mutiger und fragte weiter: »Er hat dir das Leben gerettet. Bist du ihm nicht ein bisschen dankbar dafür?« Er bemühte sich, keinen Vorwurf in seinen Worten mitschwingen zu lassen.
Gillas Gesicht wurde rot, sie blickte weg, dann zu ihm zurück, dann wieder weg. Leise zischte sie: »Alle behaupten, sie hätten mich gerettet. Die Jungs von der Freilichtbühne, die blöde Marion und der Bennie, und besonders der Delling.«

»Hast du das nicht auch vor der Polizei ausgesagt? Das mit Delling?«
Sie sah ihn wieder an, gehetzt, mit einer Art verzweifelter Wut. »Doch, doch, ich hab´s ausgesagt. Und ich glaube es ja auch.«
»Aber?«
»Ich ... ich hab´s nur gehört, ich hab´s nicht gesehen!«
Logisch, der Täter war hinter ihr her, Delling, der Retter befand sich auch hinter ihr. Sie hatte nur nach vorn geschaut, zu den jungen Leuten an der Freilichtbühne. Sie konnte hinten gar nichts gesehen haben. Aber wieso war da diese Verzweiflung? Glaubte sie nicht, was alle Zeugen behauptet hatten, und was sie selbst der Polizei gesagt hatte?
»Wer ist denn die blöde Marion?«, fragte Fischer.
»Die hat dem Delling ihr Handy gegeben, damit der die Polizei anrufen konnte. Ich hab sie vorher nur so gekannt, wie man sich halt kennt, hier im Dorf. Die hat schon mit allen Jungs was gehabt. Aber seit dem Tag geht sie fest mit Bennie. Der ist ja zusammen mit einem anderen und Delling noch mal dahin gelaufen, wo der Kerl verschwunden sein soll.«
Fischer notierte sich routinemäßig die Adresse Marions, dann sagte er: »So, äh, wolltest du mir nicht das Haus zeigen?«
Gilla schniefte noch einmal und wischte sich mit dem rechten Ärmel über die Augen. »Ohne die doofe Mütze siehste richtig krass aus.«
»Hm, ich hab mich aber sehr an sie gewöhnt.«
»Na, im Haus wird dir das die Oma schon austreiben.«
Fischer lächelte. Da war plötzlich eine Basis zwischen seinem Schützling und ihm, schneller als er es vorhin zu Hoffen gewagt hatte. Das musste er weiter ausbauen, ohne sich bei ihr einzuschleimen. Denn Fischer glaubte, dass junge Menschen Falschheit sehr schnell durchschauten.
Na ja, das schien ja doch noch was zu werden. Er beschloss, das Wort *Schützling* ernster zu nehmen, als er es ohnehin vorgehabt hatte. Nur wusste er noch nicht genau, wovor oder vor wem er sie beschützen musste.
In diesem Moment klingelte es an der Haustür. Aus der Küche er-

klang sofort die Stimme der Großmutter: »Mach nicht auf, Kind, ich komme sofort!«
Fischer rief gedämpft zurück: »Schon gut, Frau Klose, ich bin ja da!«
Der Blick von Gilla belohnte ihn für diese Feststellung. Mit sanfter Stimme sagte sie: »Das wird Jürgen sein.«
Frau Klose erschien in der Küchentür. Der Meerrettichduft begleitete sie. »Ach so, na, an Sie werd´ ich mich auch noch gewöhnen.«
Gilla sah durch den Türspion zum Tor. Fischer tat es ihr gleich darauf nach. Dort stand ein junger Mann mit einem Motorrad.
»Es ist Jürgen«, rief Gilla ihrer Großmutter beruhigend zu. »Der arme Junge. Wenn er noch was essen will, es reicht auch für vier!«, damit verschwand sie in der Küche.
»Oma denkt immer, jeder der kommt, will mitessen.« Gilla drückte auf einen goldfarbenen Knopf. Draußen schwang das Tor auf, und der junge Mann schob seine Maschine in den Hof. Es war eine BMW der leichteren Bauart.
»Ist Jürgen dein Freund?«, fragte Fischer.
»Äh, Jürgen ... ist ... Jürgen!« Dabei lief Gillas Gesicht rot an.
Auf dem ebenfalls roten Helm, den der junge Mann gerade am Lenkrad befestigte, erblickte Fischer eine farbige Zeichnung, die ihm seltsam bekannt vorkam.

23
An der Teufelsrutsch
2. Oktober, später Nachmittag

Der alte Mann mit dem Fernglas und der Kapitänsmütze stand auf der Aussichtsplattform neben dem Schweizerhaus und begann, einen kleinen Vortrag über die Rheinhessische Schweiz zu halten. Dr. Stephan Delling und Anna Herbig hielten sich an den Händen, und beide hörten dem alten Mann aufmerksam zu.

Gilla stand etwas abseits an der Fahnenstange und blickte, an den drei Menschen vorbei, über das Halbrund der Mauer auf die hügelige Landschaft. Während der Alte von einem französischen Flugzeug erzählte, das im Zweiten Weltkrieg abgeschossen und auf einem der weiter entfernt liegenden Hügel brennend niedergegangen war, ging Gilla direkt zur Mauer, um besser sehen zu können. Das Tal war wunderschön. Jetzt im Herbst hatte das Blätterwerk der Bäume alle möglichen Rot- und Brauntöne angenommen. Gilla fühlte sich in amerikanische Filme versetzt, in den sogenannten Indian Summer. Während sie verzückt hinunter zu der sich in Schlangenlinien windenden Straße blickte und an einigen Stellen den fast parallel laufenden Wiesbach zwischen der dichten Bewachsung hervorkommen sah, hörte sie dem alten Mann zu, der in seinem breiten Dialekt weitererzählte. Auch er lobte die herbstliche Färbung des Waldes, nur hatte er ein deutsches Wort dafür: Altweibersommer. Dann erzählte er von der Höhle, die weit unter der Aussichtsplattform ins Gestein gehauen worden war. Eigentlich handele es sich

um Stollen, in denen man früher nach Quecksilber und Eisenerz gesucht habe. Es gäbe in dieser Gegend noch viel mehr davon, auch natürliche Höhlen. Eigentlich überall in dieser Gegend. Delling unterbrach ihn und erzählte, dass er bis zum April dieses Jahres noch in einer der größeren Höhlen, etwas weiter weg von hier, Richtung Nack, in der Nähe einer Siedlung mit Wochenendhäusern, eine Ausgrabung geleitet habe.
›Schade eigentlich‹, dachte Gilla, ›dass ich ihn nicht mag. Ich interessiere mich für Geschichte, für das Altertum, für Dinosauriere, für ... ja, auch für Ausgrabungen, klar! Er wäre der richtige Gesprächspartner. Aber ich will nicht, dass ich ein Thema habe, über das ich mit ihm reden kann. Das ist ja das, was er will. Er hat es schon mal versucht, mich auf seine Seite zu ziehen, als er die Bücher und alten Karten in meinem Zimmer gesehen hat. Aber nein, ich will mich nicht mit ihm abgeben müssen. Es reicht, wenn meine Mutter ständig mit ihm zusammenhängt.‹
Gilla überlegte weiter, und da fiel ihr ein, dass sie die Abneigung gegen einen anderen Mann sehr schnell überwunden hatte. Sie drehte sich um und sah hinüber zu den gelben Bänken, die der Verschönerungsverein Wendelsheim dort aufgestellt hatte. Das wusste sie von den Schildern, die auf den Rückenlehnen prangten. Dort saß Lui, *mit* seiner Mütze, und hielt den Kopf weit zurück, die Augen geschlossen, als würde er entspannen. Aber Gilla ahnte, dass er hellwach war und jedes Wort mitbekam, das gesprochen wurde. Sie wandte sich wieder der Aussicht zu, dachte aber weiter über den Detektiv nach.
Als Lui gestern ein paar Minuten zu spät in das Café am Roßmarkt in Alzey gekommen war, mit seiner Lederjacke und dieser furchtbaren Strickmütze, da hatte sie ihn abscheulich gefunden. Obwohl, eigentlich war sie nur wütend auf ihre Mutter und Delling gewesen, der arme Lui hatte es nur abbekommen. Aber später, zu Hause... selbst Jürgen hatte einen guten Eindruck von ihm. Sie hatten zu dritt eine sehr interessante Unterhaltung gehabt. Unter anderem über Melanies Tod. Gilla fühlte sich tatsächlich mit ihm ein wenig sicherer. Auch dass er heute dabei war, ging in Ordnung. Der Einzige, der

sich gewundert hatte, dass Delling ihn unbedingt dabei haben wollte, war Lui selbst. Denn er sollte hauptsächlich in Aktion treten, wenn ihre Mutter und Delling sich nicht um sie kümmern konnten. Dieser kleine *Familienausflug* war im Grunde nichts für Lui. Aber der Herr Doktor Archäologe hatte darauf bestanden, nachdem er erfahren hatte, dass weder der Detektiv noch Anna Herbig noch Gilla jemals in dieser herrlichen Gegend gewesen waren. Nun ja, hier war es wirklich nicht schlecht. Warum musste erst Delling in ihr gemeinsames Leben treten, ehe sie mit ihrer Mutter diese Landschaft besichtigen durfte? In der Zeit zwischen Mutters Unfall und dem Überfall auf sie selbst war nicht viel passiert in punkto Ausflug. Gilla hatte sich das früher öfter gewünscht. Nur sie, ihre Mutter, vielleicht noch Oma ...

Ein Rascheln hinter ihr, zwischen der Plattform und den längs stehenden Bänken, schreckte sie auf. Als sie sich umdrehte, gewahrte sie einen kleinen, pfiffig dreinschauenden Mann mit Schnauzbart und einer Videokamera, der von unten den Berg heraufkam. Es war dort sehr steil. Er grüßte laut und freundlich und empfahl den Anwesenden einen Abstieg zur Schinderhannes-Höhle. Es sei zwar mordsmäßig steil, und der Weg führe über Abräumgeröll, aber es würde sich lohnen. Dann entdeckte er Gilla und sagte: »Aber die Einzige, die wirklich rein passt, bist du.« Er setzte das Gespräch noch ein paar Minuten mit allen fort, dann grüßte er freundlich und verschwand hinter dem Schweizerhaus Richtung Parkplatz. Gilla war neugierig geworden. Sie ging zum Anfang des schmalen, steilen Pfades, der, vorbei an knorrigen Bäumen und durch überhängendes Gestrüpp, bergab führte. In regelmäßigen Abständen gab es hier metallene Haken, die in den Boden eingelassen waren und normale Stufen ersetzen sollten. Im Abstand von einigen Metern unterhalb der Plattform sah sie einen hölzernen Wegweiser: *Zur Höhle.*

Der Alte mit der Kapitänsmütze erklärte gerade, dass es zwar eine Sage gäbe, nach der jener berühmt-berüchtigte Räuberhauptmann aus dem Hunsrückgebiet, Schinderhannes, in dieser Höhle einmal mit seinem Julchen Unterschlupf gefunden habe, dass das aber wahrscheinlich wirklich nichts weiter als eine Sage sei. Gilla hatte

in der Schule Carl Zuckmayer durchgenommen, und wusste von daher etwas über diesen Räuberhauptmann namens Johann Bückler, der in der napoleonischen Zeit im Taunus und im Hunsrück reiche Kaufleute beraubt hatte und, einer weiteren Sage nach, auch gegen die französische Besatzungsmacht gekämpft hatte. Es gab sogar einen älteren deutschen Spielfilm, der mal im Fernsehen gelaufen war und den Oma noch von ihrer aktiven Kinozeit her kannte.
Also nur eine Sage, das mit der Höhle. Schade. Gilla konnte sich schon vorstellen, mit einem Geliebten vor vielen Feinden in einer Höhle unterzukriechen. Wenn man genug zu essen und trinken dabei hatte, einige wärmende Decken und Licht ... Die Liebe würde über alle weiteren Entbehrungen hinweghelfen. Oder?
Liebe! Gilla sah hinüber zu ihrer Mutter. Sollte sie ihr das nicht gönnen, was sie mit Delling verband? Sie hatte selten so glücklich ausgesehen. Nicht mal damals mit Ralf, vor ihrem Unfall. An das Verhältnis, das ihre Mutter zu Gillas leiblichem Vater gehabt hatte, konnte sie sich nicht mehr so recht erinnern. Inzwischen war er tot, und sein Bild verblasste vor Gillas innerem Auge.
Sie würde gerne runter klettern zur Höhle. Der Kapitän sprach gerade davon, warum man diesen Punkt hier Teufelsrutsch nannte. Gillas Nackenhaare sträubten sich. Der Teufel soll hier, der Sage nach, um die Hand einer Tochter des Hauses Hunolstein angehalten haben. Doch er soll sie nicht bekommen haben, da ihm die gestellte Aufgabe zu schwer war. Von ihm wurde verlangt, dass er mit dem nackten Hinterteil den Berg hinunterrutschte.
Nun wäre diese Vorstellung vor dem 6. September für Gilla durchaus zum Lachen gewesen, aber seitdem konnte sie sich nur noch gruseln. Selbst die lustige Zeichnung auf einem Schild an der Tür des Schweizerhauses, das einen fröhlichen, lachenden und ganz und gar nicht unheimlichen Teufel zeigte, umrahmt von den Worten: Verschönerungsverein Wendelsheim, konnte sie nicht umstimmen. Besonders nicht, seitdem sie wusste, was es mit der Bleistiftzeichnung in Melanie Bechtels Tagebuch auf sich hatte.
Um den Erzählungen des alten Mannes zu entkommen, musste sie erst recht weg von hier. Also hinunter zur Höhle. Und da sie sich

denken konnte, dass ihre Mutter dagegen war, musste sie Lui überreden, mit ihr zu kommen.
Sie ging zu ihm hin. Er saß immer noch auf der Bank, in der gleichen Haltung wie vorhin. »Lui!« Sie flüsterte. Er klappte das rechte Augenlied hoch und sah sie an. »Was gibt´s, Eure Hohheit?«
»Ihr seid doch mein Leibeigener, stimmt´s?«
»Was immer Ihr wünscht, ich muss es erfüllen!«
»Dann erlöst mich von der Langeweile und klettert mit mir jenen Berg hinab zur Höhle des Schinderhannes.«
Lui klappte das Auge wieder zu.
»Das ist schon deshalb nicht möglich, Eure Hoheit, weil jener Schinderhannes mit ziemlicher Sicherheit nie in dieser Höhle weilte. Ihr habt es gerade von dem wackeren Käpt´n dort vernommen.«
Gilla machte das aufgezwungene Spiel Freude. Sie wollte ihre Rolle richtig ausfüllen. »Holla, des faulen Müßiggangs wird nicht gefrönt, solange Ihr mein eigen seid.«
Gilla baute sich vor Lui auf und stemmte die Hände in die Hüften, ganz eigenwillige Prinzessin. Sie konnte dabei auch den Rücken ihrer Mutter und den von Delling sehen. Die beiden hielten immer noch Händchen. Der Kapitän erzählte, ohne einmal zu unterbrechen.
Lui Fischer öffnete diesmal das andere Auge. »Eure Hoheit beginnt mir auf den Sender zu gehen.«
Gilla wurde, rollenbedingt, etwas schrill. »So werdet Ihr frech, Geselle? Ich muss es gleich bei Hofe künden, dass nicht ein Funken von Respekt in Eurem Busen wohnt.«
Gilla hatte auf große Geste gemacht, die Arme weit ausgebreitet. Und sie war, wie gesagt, etwas laut geworden.
Bei den letzten Worten war ihr Blick, mehr zufällig, auf Dellings Nacken gefallen.
Der Kapitän reagierte nicht auf Gillas Lautstärke, ihre Mutter nicht, nur der Archäologe wandte den Kopf langsam zur Seite, so dass Gilla sein rechtes Auge sehen konnte, das in ihre Richtung starrte.
Ihr war, als blicke sie in das kalte, tote Auge eines Reptils. Der Schreck wallte in ihr auf wie überkochendes Wasser. Und dieser Schreck war nicht geringer als der, den sie fühlte, als der Mann am

Tor damals auf sie wartete.
Delling hatte sich schon wieder weggedreht, der Spuk war vorbei.
Lui hatte jetzt allerdings beide Augen offen. »Was ficht Euch an, Hoheit? Habt Ihr ein Gespenst gesehen?«
Gilla riss sich zusammen. »Mitnichten, Bursch ...« Sie brach ab. »Lui, lass uns runterklettern, ja?«
Lui beobachtete sie scharf. Aber in seinen Augen stand Besorgnis, nicht Kälte. »Okay, gehen wir!«
Er stand auf und ging zu Gillas Mutter. In eine Atempause des Kapitäns hinein fragte er: »Frau Herbig, was dagegen, wenn ich mit Gilla zur Höhle runter klettere?«
Anna Herbig wandte sich um, lächelte: »Wenn Sie gut aufpassen, habe ich nichts dagegen.« Auch Dr. Delling hatte sich voll umgedreht und sah den Detektiv und Gilla an. »Ja, geht ihr nur, ich war schon mal an der Höhle. Das ist bestimmt interessant für Laien. Und nicht besonders gefährlich.« Dabei strahlten seine Augen in fröhlicher Herzlichkeit, so dass Gilla meinte, vor einer halben Minute eine ganz andere Person gesehen zu haben.

24
Alzey
11. Oktober, morgens

Anna Herbig war bereit. Sie hatte sich geduscht, die Prothese angeschnallt und trug ein halblanges, dunkelgrünes Kleid, das ihre Figur sehr vorteilhaft zur Geltung brachte, wie Stephan es ausgedrückt hatte. Der kam gerade aus dem Schlafzimmer, trug seine Archäologenmontur und sah munter aus wie immer. Er küsste sie in die Halsbeuge. »Manchmal hasse ich meinen Beruf. Aber erst seit ich dich kenne. Vorher habe ich ihn geliebt.«
»Konntest du ihn küssen?«
»Nicht wirklich!«
Sie küssten sich mit der gleichen Innigkeit wie immer. Stephan löste sich erst nach langer Zeit von Anna. »So, du Moloch, ich lasse mich von dir zu allem verführen, aber nicht fressen. Wir müssen los.«
Anna schaffte es, den unweigerlichen Abschied noch für drei Minuten hinauszuzögern, aber dann siegte die Vernunft. Sie verließen Stephans Wohnung in der Klosterstraße. Er brachte Anna noch zu dem nahen Parkplatz, auf dem sie ihren Explorer geparkt hatte, denn dieses Mal konnte er sie nicht nach Hause bringen.
Sie küssten sich noch einmal vor ihrem Wagen, ignorierten dabei sämtliche Blicke von Passanten, und dann ging Stephan mit seinen federnden Schritten zurück in Richtung des Hauses, in dem er wohnte. Dort würde er in der Tiefgarage seinen Mercedes besteigen und auf der A 61 gen Norden fahren. Sie beobachtete ihn gern beim Gehen.

Er musste zu einer Ausgrabung in den Hunsrück. Da war er schon gestern gewesen. Als er heute Nacht in seine Wohnung kam, hatte Anna auf ihn gewartet, denn seit einer Woche besaß sie seine Wohnungsschlüssel und er ihre. Aber es würde ihr nie einfallen, unangemeldet bei ihm einzudringen. Natürlich hatten sie ihr Kommen vorher verabredet. Anna wusste zwar, dass er spät heimkommen und heute Morgen gegen zehn wieder zur Arbeit fahren musste, aber sie wollte jede Minute auskosten. Diese Liebe war ein Jungbrunnen, sie ersetzte ein ganzes Heer von Psychotherapeuten und Medizinern. Wie Stephan mit ihrer Behinderung umging, war sensationell. Er ignorierte sie nicht, er klammerte sie weder verbal noch im Liebesspiel aus, aber er gab ihr nicht den gewaltigen Stellenwert, den sie bei Anna immer gehabt hatte. »Wir haben alle unsere Handicaps«, sagte er oft. Von anderen hätte sie dies als Phrase aufgefasst, bei ihm wurde es zur gültigen Wahrheit.
Stephan hatte es sogar geschafft, Anna die Angst vor dem *ersten* Mal nicht nur zu nehmen, sondern sie gar nicht erst aufkommen zu lassen. Anna war durch ihn in diesen nur knapp fünf Wochen zu einem neuen Menschen geworden.
Er drehte sich dreimal winkend um, sie winkte zurück. Dabei fiel ihr etwas auf, was sie nur für einen Augenblick registrierte, was sofort wieder aus ihren Gedanken verschwand, an das sie sich später aber wieder erinnern würde.
Ihr fiel eine kleine, zierliche, dunkelblonde Frau, die in einigem Abstand hinter Stephan herging, auf. Anna glaubte, sie wenige Minuten zuvor schon einmal gesehen zu haben, in der Nähe von Stephans Wohnung, aber da war sie sich nicht mehr so ganz sicher. Diese Frau trug ihr Haar hochgesteckt und hatte einen auffallend trippelnden Schritt. Komisch, warum ging die erst in die eine Richtung und gleich darauf in die andere?
Na, egal. Und schon wanderten ihre Gedanken wieder zu Stephan, der vor wenigen Sekunden um die Ecke gebogen und somit aus Annas Blickfeld verschwunden war. Auch die Frau war weg.
Anna fühlte sich um Jahre jünger. Wie schön war es doch, geliebt zu werden.

Schade nur, dass sie sich immer weiter von Gilla entfernte. Oder die von ihr, das kam auf den Blickwinkel des Betrachters an. Deren Abneigung gegen Stephan war so offensichtlich, dass es keine Möglichkeit der Vermittlung zu geben schien. Sie würde auf die Zeit vertrauen müssen. Gilla war noch nie schnell in Zuneigung zu einem anderen Menschen entbrannt. Wie lange hatte Ralf damals gebraucht!? Doch halt, diese These stimmte seit einigen Tagen nicht mehr. Dieser Ludwig Fischer, auch Lui genannt, war nach wenigen Tagen ein Vertrauter für Gilla geworden.
Das beruhigte Anna. Vielleicht entwickelte sich über den Detektiv eine Brücke zwischen Gilla und Stephan. Denn Fischer war Stephans Idee gewesen, und er hatte ihm auch in ihrem Namen den Auftrag gegeben.
Sie überlegte nicht lange. Heute konnte sie sich einen freien Tag gönnen. Es gab keine dringenden Übersetzungen zu tätigen, und sie hatte Lust, nach Worms zu fahren und mit dem Detektiv über ihr Problem zu sprechen. Anna lächelte versonnen. Der Mann war ja kein Psychologe, also würde er ihr sicher nichts Zusätzliches für die Beratung berechnen.
Sie nahm ihr Handy und wählte Ludwig Fischers Nummer. Er ging rasch ans Telefon.
»Detektei Fischer, selbst am Apparat!«
Ja, wer denn sonst? Soviel Anna wusste, besaß der Mann keine Mitarbeiter. »Hier ist Anna Herbig. Ich muss heute zufällig nach Worms. Könnte ich mal rasch vorbeikommen? Ich würde mich gern kurz mit Ihnen über Gilla unterhalten.«
»Über Gilla? Gut, wann würde es Ihnen denn passen, Frau Herbig?«
»Ich fahre schon bald los. So in einer Stunde etwa? Gegen 11?«
»Okay!«
»Gut, bis dann!«
»Bis dann!«
Anna mochte kurze Telefongespräche. Sie startete ihren Wagen und schlängelte sich durch den Vormittagsverkehr aus Alzey hinaus, Richtung Autobahn.

25
Eine Höhle bei Nack
11. Oktober, mittags

Triumph! Ein Teilsieg war errungen. Oder anders ausgedrückt: Er hatte aus einer Niederlage einen Teilsieg gemacht. Der *Reisende* weigerte sich allerdings, an dieser Stelle in lautes Siegesgeheul auszubrechen. Denn zunächst einmal war er ein Verlierer.
Er hatte einem Trieb nachgegeben. Er, der Disziplinierte. Traurig! Er hatte sich geholt, was nicht nötig gewesen wäre angesichts des nahen Finales. Schlimm genug!
Aber, und dieses *aber* vollbrachte, dass er sich selbst noch im Spiegel ansehen konnte, er war nicht erneut zum Mörder geworden.
Der *Reisende* stand in seinem Versteck in der Höhle und sah sich um. Er hatte noch in der vergangenen Nacht aufgeräumt. Nichts war verunreinigt, alles war sauber und wartete auf das Finale. Der Stuhl, die Riemen, die Trage, die Vorrichtung für den Infusionstropf, das Mikrofon, die Audioanlage, der Sequenzer, die Batterien.
Selbst die Aufnahme hatte er bereits überprüft. Alles war vorbildlich, fügte sich zu einer Einheit, beruhigte ihn und befriedigte seine Ansprüche.
Jetzt galt es, alles Weitere für das Finale in die richtigen Bahnen zu lenken. Er hatte nicht mehr viel Zeit. Heute war Freitag, der 11. Oktober. Am folgenden Mittwoch, dem 16. Oktober, würde alles vorbei sein. Die Einladungen mussten raus gehen, aber es sollte auch gewährleistet sein, dass die Gäste nicht zu früh erschienen.

Nicht auszudenken ...
Konzentration!
Aber dann doch eine Abschweifung. Na, *der* Gedanke musste ja wohl erlaubt sein.
Finale! Das würde nicht nur bedeuten, dass er seine Mission abgeschlossen hatte, das bedeutete auch, dass es für ihn der Abschluss war.
Nein, Mission war nicht mehr die richtige Bezeichnung für seine Taten. Er musste das sportlicher sehen. Wie ein Spiel mit hohem Einsatz. Oder lieber wie eine wissenschaftliche Aufgabe? Oder, vielleicht die sinnvollste aller Bezeichnungen, als Kunst?!
War es richtig, dass er die Arena verließ? Im Sinne der vollendeten Aufgabe ging es wirklich in Ordnung. Aber würde er es nicht bereuen? Na, viel Zeit zum Bereuen würde er nicht haben. Er verspürte ein wenig Angst vor jenem kurzen Moment, in dem er Gelegenheit bekommen würde, Schuldgefühle zu entwickeln. Während er überlegte, ging er zum Tisch und stempelte die Karteikarte ab. *Erledigt.* Dann steckte er sie ganz hinten in den Karteikasten zu den aussortierten.

26
Worms
11. Oktober, mittags

Unmittelbar nachdem sich Angela Brüll aus Nack gemeldet hatte, rief Claudia Müller an. Fischer hatte seit der Nacht, in der er in Bingen gewesen war und ihn Veronica Delling verfolgt hatte, nichts mehr von Claudia gehört.
»Claudia Müller hier«, atemlos, gehetzt, ungeduldig.
»Hallo Claudia«, seine Antwort war ruhig, abwartend, vielleicht etwas lauernd.
»Ich hab nicht viel Zeit. Veronica ist weg!«
»Was heißt weg? Entsprungen, entführt?«
»Verlegt. In eine andere Klinik!«
»Welche?«
»Keine Ahnung. Hier sagt mir keiner mehr was, seit ich mit Veronica und Ihnen kooperiert habe. So drückt es Dr. Kirch aus. Ich soll lernen, wo die zu finden sind, die es wirklich gut mit mir meinen.«
»Kann ich Ihnen helfen?« Fischer meinte, was er sagte.
»Im Augenblick nicht. Seit unserem verunglückten Abend überlege ich, ob ich jemals wieder Kontakt zu Ihnen aufnehmen soll ..., oder ob Sie es tun ... Aber wenn ich darf, melde ich mich wieder.«
Fischer seufzte. Das erste Mal, seit er Gilla kannte. »Ja, melden Sie sich.«
Claudia seufzte auch: »Es klingt nicht begeistert, aber ich nehme Sie beim Wort.

Oh, ich muss Schluss machen.«
»Okay, ich erwarte Ihren ...«
»Stop, das Wichtigste hab ich vergessen!«
»Was?«
»Veronica hat Geburtstag!«
»Wann?«
»Am 16. Oktober. Also nächste Woche Mittwoch!«
»Und Sie glauben, dass das etwas mit der Verlegung zu tun hat?«
»Ich weiß es nicht, aber es ist doch möglich, oder?«
»Ist es. Ich versuche mich schlau zu machen.«
»Aber erzählen Sie keinem, dass Sie es von mir wissen. Sonst darf ich nie wieder raus zum Einkaufen. Ich mache jetzt wirklich Schluss.«
»Danke, Claudia!« Doch da hatte sie das Gespräch schon abgebrochen.
Fischer überlegte nicht lange. Er rief in der Klinik in Bingen an und verlangte Dr. Kirch zu sprechen. Er nannte der Dame in der Zentrale seinen vollen Namen und seinen Beruf, sowie als Grund seines Anrufes den Wunsch, etwas über Veronica Delling zu erfahren. Sekunden später war Dr. Kirch zu sprechen.
»Ah, der Herr Privatdetektiv. Hat es Frau Müller also geschafft, Sie zu benachrichtigen.« Die Höhe seiner Stimme ließ Fischer wieder erschauern.
»Frau Müller?«
Kirch schraubte die Stimme noch etwas höher: »Claudia Müller, die junge Dame, die den Kontakt zwischen Ihnen und Frau Delling junior hergestellt hat. Schon vergessen?«
»Was ist mit der?«
Kirchs Stimme klang ärgerlich. »Herr Fischer, bitte vergeuden Sie nicht Ihre und meine Zeit. Frau Müller hat herausgefunden, was mit Frau Delling ist ...«
»Junior!«
»Ja, verdammt ...«
»Was ist mit ihr?«
»Sie brauchen Frau Müller nicht zu schützen, es wird ihr nichts geschehen. Ich finde es nur äußerst albern, dass Sie so tun ...«
»Aufgemerkt, Herr Doktor. Ich rufe Sie an, weil ich etwas über Ve-

ronica Delling wissen möchte. Sie können mir vernünftig antworten oder auch nicht. Aber verschonen Sie mich mit Ihren dämlichen Verdächtigungen. Da wir schon dabei sind: Es scheint ja etwas vorgefallen zu sein, sonst würden Sie sich nicht so aufregen. Was ist passiert?«

»Also in dem Ton schon mal gar ...«

»Wir sehen uns in einer Stunde!« Fischer entfernte den Telefonhörer etwas von seinem Mund, während er sprach, damit Kirch den Eindruck bekam, er wäre bereits am Auflegen.

»Sie wollen hierher kommen?«

»Da mit Ihnen am Telefon nicht zu reden ist ...«

»Also Sie haben Methoden ...«

»Die Polizei hat noch ganz andere Methoden!«

»Polizei?« Jetzt quietschte Kirchs Stimme regelrecht. »Was wollen Sie mit der Polizei?« Fischer musste aufpassen, dass er jetzt nicht doch noch Claudia verriet. »Was mir Frau Delling Junior erzählt hat, lässt mich vermuten, dass es eine Klüngelei zwischen Ihrer Klinik, Frau Delling senior und Dr. Delling gibt, die, wenn man sie näher beleuchtet, den Tatbestand der Freiheitsberaubung mit Körperverletzung zumindest streift.«

»Das, mein Lieber, das müssen Sie uns erst mal beweisen.«

»Ach, gibt es etwas, das bewiesen werden muss?«

»Herr Fischer!«

»Also, bis gleich! Selbst wenn sich bei Ihnen alles im gesetzlichen Rahmen bewegt, Aufruhr gibt es erst mal, wenn ich mit der Polizei aufkreuze. Aber vielleicht tut es ja die Presse auch, oder beide.«

»Nein, verdammt. Was wollen Sie über Frau Delling junior wissen?«

»Ob´s ihr gut geht.«

»Wie bitte?«

»Doktor, Sie sollten mal zum Arzt gehen. Irgendwas mit Ihren Ohren ist nicht in Ordnung. Wie geht es Frau Delling junior?«

»Gut!«

»Ich möchte Sie sprechen!«

»Das geht nicht!«

»Ärztliche Gründe?«

»Frau Delling junior befindet sich zurzeit nicht im Hause!«
»Herr Dr. Kirch, Sie enttäuschen mich. Sie können als Arzt doch einfach sagen: Wir wollen nicht, dass Sie mit unserer Patientin sprechen, und ich könnte wenig dagegen machen. Aber dass Sie glauben, mich belügen zu müssen ...«
Kirch klang, als sei er nahe am Nervenzusammenbruch, und Fischer gefiel sich in seiner Rolle als Nervtöter.
»Frau Veronica Delling ist zurzeit nicht bei uns im Haus!«
»Was macht Sie? Urlaub auf den Malediven?«
»Sie ist ... also, das geht Sie wirklich nichts an.«
»Hat es mit ihrem Geburtstag zu tun?«
»Ja, Himmel, wenn Sie es schon wissen.«
»Ich zähle nur zwei und zwei zusammen. Sie hat mir im Auto auch von ihrem Geburtstag erzählt.«
»Na schön, wir waren der Meinung, dass es ihr momentaner Zustand durchaus zulässt, sie in die Obhut ihrer Mutter zu geben.«
»Und ihres Bruders?«
»Natürlich nicht. Er ist das Objekt ihrer depressiven Zustände. Wir haben die feste Zusage von Frau Delling...äh, senior, dass sie ihren Bruder während ihres Aufenthaltes zu Hause nicht sieht.«
»Danke, Herr Dr. Kirch, Sie haben mir sehr geholfen.«
Fischer wartete keine Sekunde ab. Nachdem er das Gespräch abgebrochen hatte, lehnte er sich zurück und starrte auf die Wand in seinem Büro. Dort hing besagter Rahmen, und in dem Rahmen klebten jetzt Zeitungsausschnitte seiner früheren Fälle. Ein imposantes Foto vom Geiersberg prangte neben einem Foto vom Hagendenkmal. Aber auch die Schauspielerin der Nibelungenfestspiele, deren Liebhaber er gemimt hatte, war zu sehen, mit ihm an ihrer Seite.
Jetzt versuchte er, zuerst einmal seine Gedanken zu sortieren. Dazu ging er in den Nebenraum und holte sich eine Dose Bier aus dem Kühlschrank. Er öffnete sie, nahm einen Schluck und ging langsam zurück in den Hauptraum. Er sah das Regal, das Alfons Koop wieder zusammengebastelt hatte, sah durch das Fenster die Bergkirche auf der anderen Seite der Straße und ging dann, mit seiner Bierdose, hinaus auf die Obergasse. Die Tür hinter ihm blieb offen. Es war kühl

draußen, aber diese Kühle erinnerte eher an Spätsommer als an Herbst. Er erinnerte sich an die Kletterpartie mit Gilla zur sogenannten Schinderhannes-Höhle, an die Stelle mit Abraum, die sie überqueren mussten, um zur Höhle zu kommen.
Sie hatte Angst gehabt, über die lockeren Steine zu klettern, und er hatte ihr die Hand gereicht, ihr gut zugeredet. Später, auf dem Rückweg von der Höhle, als sie wieder zur Abraumhalde gekommen waren, hatte Gilla gleich seine Hand genommen. Nach überstandener Kletterei sagte sie wörtlich zu ihm: »Das habt Ihr gut gemacht. Wenn Ihr Euch weiterhin so angenehm verhaltet, so werd´ ich Euch in mein Nachtgebet einschließen, auch wenn Ihr nur mein Leibeigner seid.«
Fischer musste sich eingestehen, dass er gerührt war. Dass er begann, für dieses Mädchen etwas zu empfinden. Aber er wollte das Gefühl in keine Schublade stecken, er wollte nicht gefragt werden und wollte sich auch selbst nichts fragen. ›Was ist mit dem Mädchen? Siehst du in ihm die junge Raupe auf dem Weg zum Schmetterling? Oder ein Bruder-Schwesterverhältnis? Oder Vater-Tochter?‹
Er verspürte nicht die geringste Lust, sich solchen Fragen zu stellen. Sein Gefühl zu ihr war unschuldig, und es war vor allem noch ganz jung. Und es lenkte ihn ungeheuer von seinem Frust ab, den er empfand, wenn er an Freundschaften dachte. Denn er merkte, dass er eine Verantwortung für dieses dünne, kleine Wesen übernommen hatte, eine Verantwortung, die über den Auftrag hinausging. Apropos Auftrag, über den würde er sich gleich ausgiebig mit Gillas Mutter unterhalten müssen.
Fischer stand jetzt, mit seiner Bierdose in der Hand, vorn am Rand der Obergasse. Unten auf der Berggasse rauschten von beiden Seiten viele Autos durch die enge Kurve auf dem Grund der Hohl.
Er dachte an Claudia Müller und daran, dass sie offensichtlich fehlinformiert war. Man schien ihr gesagt zu haben, dass man Veronica Delling in eine andere Klinik verfrachtet hatte. Die Aussage Kirchs kam ihm glaubwürdiger vor, zumal er ihn in die Enge getrieben hatte.
Aus einer imposanten alten Villa, ganz in der Nähe seines Büros, kam jetzt Frau Maus, die Postbotin. Wahrscheinlich hatte sie ein Schwätzchen mit der Hausfrau gehalten. Sie war spät dran heute.

»Ach, der Herr Fischer!«
»Ach, die Frau Maus!«
»Ich hab Ihnen die Privatpost vorhin schon in der Tafelgasse in den Kasten gesteckt. Für´s Büro war heute nichts dabei.«
»Wenn keiner was will, muss ich mich nicht krumm machen, Frau Maus. Hat doch auch sein Gutes!«
»Wenn Sie´s so sehen, Herr Fischer.« Damit wollte Frau Maus ihres Weges ziehen, aber nach zwei Schritten blieb sie stehen und drehte sich noch einmal zu Fischer um. Sie wies mit dem Kopf auf die Villa, aus der sie gekommen war. »Ich hab´s eben im Fernseh´n gesehen. Da lief gerade einer von den Nachrichtensendern.«
»Hat Prinz Charles überraschend geheiratet?«
»Wenn´s so was nur wäre, Herr Fischer. Nein, dieser Schweinehund hat sich wieder so ein junges Mädchen geschnappt.«
Fischer war alarmiert. »Der *Reisende?«*
»Ja, so haben die ihn genannt.«
»Wo denn diesmal?«
»Äh, am Rhein oben, hinter Nierstein, vor Mainz, äh, die haben´s gesagt, ich komm´ nur jetzt nicht gleich ... doch, Nackenheim. Richtig, Nackenheim. Eine Sechzehnjährige.«
»Sängerin?«
»Ja, da haben die von gesprochen. Die hat in so ´ner Band gesungen.«
»Danke, Frau Maus. Schönen Tag noch.«
Damit ließ er sie stehen, rannte zurück ins Büro, stürzte zum PC und schaltete ihn an. Dabei wäre ihm fast die Bierdose umgekippt. Er konnte sie gerade noch festhalten, bevor sich deren Inhalt über die Tastatur ergießen konnte.
Während der Computer hochfuhr, hielt draußen der Wagen Anna Herbigs.

27
Alzey
11. Oktober, mittags

Erna Schock reagierte augenblicklich. Noch während sie im Radio die Nachricht von Kerstin Flöters Ermordung hörte, holte sie den Brief aus der Ablage, wählte die Nummer der Polizeiinspektion in der Kaiserstraße in Alzey und kündigte ihr sofortiges Kommen an. Von der Georgenstraße, in der sie wohnte, hatte sie es nicht weit bis dorthin. Sie nahm ihr Fahrrad und war in wenigen Minuten am Polizeigebäude.

Ein älterer Polizist am Eingang schmeichelte ihr, indem er sie erkannte. Er sei früher ein Fan von ihr gewesen, als sie noch aktiv Musik machte. Die ehemalige Opernsängerin mit internationaler Erfahrung versprach ihm ein Autogramm, wenn sie mit seinen Kollegen von der Kriminalpolizei gesprochen habe. Dann rauschte die Sechzigjährige mit einer Energie als wäre sie nur halb so alt in einen kleinen Raum, in dem bereits zwei Beamte auf sie warteten. Sie bestand darauf, den Herren den Brief Kerstins und die Beschreibungen der Träume vorzulesen. Die beiden kapitulierten augenblicklich, als sie merkten, dass ihre Sprechstimme ihrer Gesangsstimme an Volumen nicht nachstand, und ihre Absicht, die Schriftstücke selbst zu verlesen, von keiner Staatsmacht der Welt verhindert werden konnte. Als sie geendet hatte, telefonierte einer der Kripomänner mit der zuständigen Soko, die von Beamten aus Mainz geleitet wurde, und von denen sich noch einige in Nackenheim befanden. Dieser Sonder-

kommission gehörten auch Kriminalpolizisten aus Hessen an, weil Gernsheim, Biblis und Lampertheim ebenfalls betroffen waren. Die Soko *Reisender* war aber von der rheinland-pfälzischen Polizei zusammengestellt worden, weil der erste derartige Mord in Eich/Rheinhessen begangen worden war.
Nachdem er aufgelegt hatte, fragte der Beamte Erna Schock, ob es außer den Briefen noch weitere Äußerungen von Kerstin Flöter gegeben habe, persönliche Gespräche, Telefonate, andere Briefe und so weiter.
»Wenn mir weitere Briefe zur Verfügung stünden, hätte ich sie Ihnen mit Sicherheit nicht vorenthalten, junger Mann«, antwortete sie dem Polizisten, der höchstens zwei bis drei Jahre jünger war als sie selbst. »Telefoniert haben wir zum letzten Mal am Dienstag, dem 1. Oktober, weil wir da zu einer Unterrichtsstunde verabredet waren. Sie rief mich nachmittags an, sagte, dass sie unter einer Virusinfektion leide und kündigte an, am Donnerstag, dem 10. Oktober, also gestern Abend, zur nächsten Unterrichtsstunde zu erscheinen.« Erna Schock machte an dieser Stelle eine Pause und sah die beiden Polizisten mit einem Blick an, in dem die bisher zur Schau gestellte Selbstsicherheit fehlte.
»Ich mache mir große Vorwürfe«, sagte sie dann, »denn Kirsten hat in diesem Telefongespräch den Brief erwähnt, den sie mir schicken wollte. Sie sagte, er sei wichtig. Ich dachte, dass sie mir eventuell Gründe nennen würde, um den Unterricht bei mir zu beenden, denn sie singt ja schon seit geraumer Zeit in dieser lächerlichen Neo-Rap-Gruppe namens *Zerogram*, was ihrer Stimme immens schadet. Ich gebe zu, dass ich mich etwas darüber aufgeregt habe, dass sie mir brieflich absagen wollte. Sie bat mich zwar am Telefon, sie möglichst umgehend zurückzurufen, sobald ich den Brief gelesen hätte, aber als er dann am Freitag ankam, am Donnerstag davor gab es keine Post, das war der Tag der deutschen Einheit, also als er dann schließlich ankam, da war ich zu sehr verärgert und wollte ihn einfach nicht lesen. Kerstin sollte mir ihren Grund persönlich nennen. Einen anderen Grund für den Brief als eine Absage konnte ich mir absolut nicht vorstellen. Wir hatten ja kein, wie soll ich sagen, priva-

tes oder persönliches Verhältnis. Ich habe mir gesagt, das kann bis zum Donnerstag warten.
Nun, ja, als sie dann gestern nicht erschienen ist, habe ich den Brief doch gelesen. Er hat mich seltsam berührt, obwohl ich mir nicht vorstellen konnte, warum sie so etwas Intimes ausgerechnet mir anvertrauen wollte. Und wenn ihr an meiner Meinung zu ihren Träumen so viel lag, warum hat sie nicht noch mal angerufen, als ich mich nicht gemeldet habe?
Ich habe dann gestern Abend bei ihr in Nackenheim angerufen, aber da war nur eine ihrer Schwestern da, die mir sagte, dass Kerstin seit dem späten Nachmittag nicht mehr zu Hause gewesen sei. Sie hätte aber nicht angegeben, wohin sie gehen wollte. Ich habe dann gewartet und wollte sie heute noch einmal anrufen. Nun ja, als ich dann die Nachricht im Radio hörte, wusste ich, dass ich einen Fehler begangen hatte. Ich hätte den Brief gleich lesen sollen. Ich hoffe, dass ich Ihnen wenigsten jetzt behilflich sein kann ...«
Die anfangs so stabil wirkende Frau brach ab. Der kleinere der beiden Beamten legte in seine Stimme so viel Beruhigendes, wie ihm möglich war. »Frau Schock, können Sie sich vorstellen, sozusagen aus Ihrer weiblichen Intuition heraus, dass sich die Träume von Frau Flöter fortgesetzt haben?«
»Ja, und ich kann mir auch sehr gut vorstellen, dass das arme Mädchen mir nicht mehr vertraut hat.«
»Die Kollegen vor Ort suchen bereits nach weiteren Aufzeichnungen. Machen Sie sich keine zu großen Vorwürfe. Sie konnten ja nicht ahnen, wie wichtig Frau Flöter der Brief war. Und außerdem, der Inhalt muss nicht zwingend etwas mit ihrem Tod zu tun haben.«
Das vermochte Frau Schock nun aber nicht zu glauben. Sie unterhielt sich noch eine Weile mit den Beamten, dann verließ sie das Gebäude der Polizeiinspektion, nicht ohne dem älteren Polizisten am Eingang das versprochene Autogramm gegeben zu haben.
Die Polizisten, denen Erna Schock ihre Geschichte berichtet hatte, diskutierten noch eine Weile über Sinn und Unsinn gewisser Zeugenaussagen. Der Ton, in dem sie darüber redeten, war zu zwei Dritteln humoristischer Natur.- Polizisten mögen Aussagen esoterischer

Natur nicht sonderlich. Aber etwas von der Ernsthaftigkeit der Gesangslehrerin blieb in dem kleinen Raum der Polizeiinspektion Alzey zurück.
Sobald Erna Schock in ihrer Wohnung eingetroffen war, wählte sie die Nummer einer guten Freundin und Kollegin aus früheren Zeiten, die in Dintesheim wohnte und mit dem Beruf der Sängerin abgeschlossen hatte. Die gab nur noch einer Nichte sporadisch Gesangsunterricht, aber auch nur, weil es sich um eine Verwandte handelte und ohne Bezahlung zu fordern.
Erna Schock wartete ungeduldig. Sie musste das jemandem erzählen. Ihrem Pfarrer würde sie das alles zwar auch noch beichten, aber jetzt war es nötig, mit einer Person zu sprechen, die sie gut kannte. Dann endlich meldete sich ihre alte Freundin.

28
Worms
11. Oktober, früher Nachmittag

Eine seltsame Ruhe herrschte in Fischers Büro. Der Detektiv dachte über Anna Herbig nach. Er hatte ihr die Nachricht über den Mord in Nackenheim im Internet gezeigt. »Was geht in solchen Menschen vor?« Anna Herbigs Kommentar entsprach dem, was viele von sich gaben, wenn sie mit Gewalttaten dieser Art konfrontiert wurden. Eine Phrase, die nur eines dokumentierte: Unverständnis. Aber kein Unverständnis, welches nach Aufklärung verlangte. Dieser Satz verbarg in seiner Frageform die Angst vor der Antwort. Fischer verglich es mit der Begrüßungsformel: ›Wie geht´s dir?‹ Wie oft wurde sie gebraucht, und wie oft war der Fragesteller froh, wenn er nur ein: »Danke, gut!« als Antwort erhielt. Dabei erinnerte sich der Detektiv wieder an das erste Telefongespräch mit Claudia Müller, damals in dem Alzeyer Lokal, als sein Weltschmerz über ihn hereingebrochen war. Da hatten sie sich beide über die Begrüßungsfloskel lustig gemacht.

Das war am 6. September gewesen, dem Tag, an dem, wenige Kilometer von Alzey entfernt, Gilla Herbig von einem unbekannten Täter verfolgt worden war. An diesem Tag hatte er von Claudia den Namen Delling erfahren, und später hatte ihm genau dieser Delling mittels eines Zeitungsausschnittes bewiesen, dass er Gilla vor jenem Täter gerettet hatte. Keine Verbindung zu dem *Reisenden,* der jetzt wieder zugeschlagen hatte. Aber wenn Gilla recht hatte, und sie

sollte doch entführt werden? Der *Reisende* transportierte seine Opfer vom Überfallort weg und brachte sie wieder zurück.
Fischer merkte, wie er krampfhaft versuchte, seine Gedanken zu ordnen. Halt! Eigentlich war er noch bei der Angewohnheit, Fragen zu stellen, die möglichst nicht beantwortet werden sollten.
›Was geht in solchen Menschen vor?‹
Fischer wollte, im Gegensatz zur Masse, die lediglich hilflose Kommentare zu schrecklichen Ereignissen abgab, die Antwort wissen. Aber wollte er das wirklich?
Jetzt, während er und Anna Herbig sich in seinem kleinen Büro gegenseitig anschwiegen, kehrten seine Gedanken über die Phrase ›Was geht in solchen Menschen vor?‹ doch wieder zu dem *Reisenden* zurück.
Sicher, er hatte die Zeitungsausschnitte gesammelt, hatte sie sogar in seinem Büro in einem Rahmen aufgehängt. Er hatte sie in sich aufgesogen, hatte auch ein paar Bücher über Triebtäter gelesen, aber das war alles. Hatte Alfons Koop nicht Recht gehabt, als er ihm vorwarf, diese Zurschaustellung der Zeitungsberichte im Rahmen sei nichts weiter als Angabe und Schaumschlägerei?
Fischer fürchtete, dass er sich das eingestehen musste. Darüber hinaus handelte es sich noch um eine Angabe, die jeder Grundlage entbehrte. Er hatte mit diesem Fall absolut nichts zu schaffen. Selbst als er gelesen hatte, dass Hauptkommissar Bühler, der Mann, der den Mord am Geiersberg bearbeitet hatte, der Soko *Reisender* angehörte, hatte er nicht versucht, mit ihm in Verbindung zu treten. Gut, das hätte vermutlich nichts gebracht, denn Bühler hätte einem Ex-Polizisten, den er als wenig diszipliniert kennen gelernt hatte, sicher nichts über den Fall dieses Serienmörders erzählt, aber, wie gesagt, Fischer hatte es nicht mal versucht.
Und was war jetzt? Wieso hatte er den Rahmen mit eigenen Bildern geschmückt? Wieso glaubte er auf einmal, den fremden Fall nicht mehr nötig zu haben, um vor seinen Kunden gut dazustehen?
Fischer modifizierte die Phrase in: ›Was geht in mir vor?‹
»Wir wollten doch über Gilla sprechen!« Fischer erschrak, als er plötzlich die Stimme Anna Herbigs hörte. Aber dieser eine Satz

führte ihn zu einem Stichwort, das ihn weiterbrachte.
Das Stichwort hieß: Gilla!
Ja, hier war etwas Reales in sein Leben getreten. Ein wirklicher Fall und wirkliche Menschen. Dieses kleine vierzehnjährige Mädchen, das so erschreckt worden war, ihre behinderte Mutter, die ihre Gefühle endlich ausleben konnte, was sie wahrscheinlich nicht mehr für möglich gehalten hatte, zwei junge Frauen in einer Klinik in Bingen und ein Archäologe, der mit den eben Genannten, außer mit Claudia Müller, auf enge Weise verbunden war.
Fischer hatte immer noch keine Freunde. Auch eine Partnerschaft lag in weiter Ferne. Aber es ging ihm besser als noch vor einem Monat.
»Herr Fischer?«
»Entschuldigen Sie, Frau Herbig! Natürlich, wir wollten über Gilla sprechen.«
»Sie haben über dieses Mädchen in Nackenheim nachgedacht, nicht wahr?«
»Ja!«
»Erkennen Sie da irgendeinen Zusammenhang? Ich meine, ich habe mich mit dieser Mordserie nie so intensiv beschäftigt, aber als ich mit Stephan zum ersten Mal bei Ihnen hier im Büro war, da hatten Sie in diesem Rahmen alle möglichen Bilder und Berichte darüber gesammelt.«
»Da waren die Abzüge der Bilder, die jetzt drin sind, noch nicht fertig«, log Fischer, ohne recht zu wissen warum. »Aber ich schmücke mich doch lieber mit den Dokumenten meiner eigenen Heldentaten.«
Anna Herbig lachte kurz auf, wahrscheinlich weil sie glaubte, er erwarte das. Aber dann wurde sie schnell wieder ernst. »Gibt es da vielleicht doch Parallelen?
»Wenn man davon ausgeht, was die Polizei bei Ihnen in Eppelsheim ermittelt hat und was alle Zeugen aussagen, dann wohl nicht. Es gibt nur eine Sache, die mich etwas hellhörig werden lässt.«
Anna Herbig beugte sich im Besuchersessel vor. Fischer bewunderte ihr Aussehen in dem grünen Kleid. Ihm fiel ihre Behinderung kaum auf. Man konnte sie eigentlich nur bemerken, wenn man von ihrem Vorhandensein wusste.

»Hellhörig?«
»Ja, Gilla nimmt Gesangsunterricht, wie die meisten Opfer des *Reisenden.«*
»Machen Sie mir keine Angst.«
»Das muss nichts bedeuten. Es gibt so viele Mädchen in Deutschland, die sich im Singen unterrichten lassen ...«
»Ja, ja, und da fällt mir auch ein, Gilla wird von ihrer Tante unterrichtet. Die war zwar mal Sängerin, aber sie ist keine richtige Gesangslehrerin. Gilla ist ihre einzige Schülerin.«
»Ich habe Gilla am ersten Tag nach Dintesheim gefahren. Ist die Frau Ihre Schwester?«
»Nein, Hilde ist die Schwester meines verstorbenen Exmannes. Nein, dieser Unterricht ist keine offizielle Angelegenheit.«
»Aber im Ort werden doch wohl einige wissen, dass Gilla singen kann.«
»In der Schule in Westhofen weiß man es, und ein paar Leute in Eppelsheim kennen Gillas Tante, aber sonst ...«
»Der *Reisende* könnte sich natürlich an Schulen erkundigt haben ... aber ich glaube in dem Fall nicht ... sagen Sie, Frau Herbig, die Polizei damals ...«
»Ja?«
»Wie viele Beamte waren da?«
»Na, die zwei, die in der Nacht Dienst hatten. Die waren auf Streife unterwegs und deshalb auch schnell zur Stelle.«
»Haben die selbst nach Spuren gesucht? Im Gebüsch zum Beispiel, am Tor?«
»Ja, klar!«
»Aber da wurde kein Trupp zur Spurensicherung angefordert?«
»Nein, am nächsten Tag war noch mal einer von der Kripo aus Worms da und hat uns alle befragt, und wir haben in Alzey auf der Inspektion Protokolle unterschreiben müssen, aber sonst ist nicht viel passiert.«
»Hm, wenn man einen Zusammenhang mit dem *Reisenden* vermutet hätte, wäre die Sonderkommission erschienen, und man hätte ganz Eppelsheim auf den Kopf gestellt, mit Ringalarmfahndung und al-

lem Pi, Pa, Po! Der Sokochef höchstpersönlich wäre noch in der Nacht aufgetaucht. Also gab es keinen zwingenden Grund, etwas Schlimmeres anzunehmen als einen Überfall. Es wurde nichts entwendet, es kam niemand wirklich zu Schaden ...«

»Ich bitte Sie, Herr Fischer. Die seelische Belastung meiner Tochter ...«

»Mir ist das klar, Frau Herbig, ich habe nur versucht, die Gedanken der Polizei nachzuvollziehen.«

»Schon gut, Herr Fischer!« Anna Herbig wirkte ein wenig verlegen. Fischer beneidete Delling plötzlich um diese Frau. Aber er machte sich schnell klar, dass das am trüben Licht, am grünen Kleid, an seiner Abstinenz, an Gilla und daran lag, dass er Delling prinzipiell nichts Gutes gönnte. Anna Herbig hatte durchaus einiges an sich, was ihm missfiel. Besonders die Art, wie sie mit ihrer Tochter umging. Gilla hatte erwähnt, wie es in der Zeit war, bevor Anna den Archäologen kennen gelernt hatte. Die Wehleidigkeit. Die unausgesprochenen Schuldzuweisungen, was ihren Unfall betraf. Natürlich war sie, Gilla gegenüber, seit der Beziehung zu Delling offener, liebevoller geworden. Aber das Mädchen argwöhnte, dass dahinter nur ein schlechtes Gewissen steckte, keine echte Liebe.

Fischer wusste nicht, inwieweit Gilla da Recht hatte. Jedenfalls schluckte er seinen Neid erst mal wieder runter und versuchte, objektiv zu sein. Immerhin sprach es ja für Anna Herbig, dass sie hier war, um mit ihm über ihre Tochter zu reden.

»Wissen Sie, was ich nicht verstehe?«, sagte sie leise, »ich verstehe nicht, dass Gilla Stephan Delling hasst.«

Fischer merkte, dass er vorsichtig sein musste. »Hassen«, sagte er, »ist ein sehr großes Wort.«

»Ich empfinde für Stephan Liebe, das ist auch ein großes Wort, aber ich sage das, weil es für mich wahr ist. Und jemand, der so stark fühlt, der erkennt auch, wenn jemand das Gegenteil empfindet.«

»Gilla kann sich vielleicht nicht daran gewöhnen, dass ein Fremder es fertig bringt, *Sie* so sehr zum Positiven zu verändern, Frau Herbig. Vielleicht hat sie als Tochter, mit ihren bescheidenen Mitteln, schon immer versucht, Ihnen zu helfen, Ihnen das Leben angeneh-

mer zu machen. Und das hat nicht gereicht. Jetzt kommt ein Fremder und dem gelingt das auf Anhieb. Da kann ich mir schon vorstellen ...«
»Herr Fischer, Stephan ist für Gilla kein Fremder. Er kann kein Fremder für sie sein. Er hat ihr das Leben gerettet. Das ist eine so ungeheuerliche Tat ...«
Anna Herbig brach ab. Sie wirkte absolut überzeugt von dem, was sie sagte. Fischer schluckte den Einwand runter, der ihm auf der Zunge lag. Er hatte sagen wollen: ›Vielleicht ist Gilla nicht so felsenfest wie Sie davon überzeugt, dass ihr der herzensgute Stephan das Leben gerettet hat.‹
Aber das sagte er natürlich nicht. Er wurde sich immer sicherer, dass an diesem 6. September einiges anders gelaufen sein musste, als man es ihm bisher berichtet hatte.
Anna Herbig setzte nach. »Ich begreife es wirklich nicht, Herr Fischer. Nehmen Sie es bitte nicht persönlich, aber Sie haben bisher nicht so viel für Gilla getan. Und trotzdem, nach einigen bösen Blicken beim ersten Kennen lernen, scheint sie sich mit Ihnen inzwischen bestens zu vertragen. Ich höre zu Hause nur noch: Lui hinten, Lui vorne. Von Ihnen spricht sie noch öfter als von Jürgen Bechtel, zu dem sie seit etwa zwei Wochen wieder ein festeres Verhältnis hat, na, was man so Verhältnis nennt, sie treffen sich eben ab und zu ...«
»Ich habe ihn kennen gelernt. Er ist doch der Bruder von Gillas Freundin, die im vergangenen Jahr am Bodensee umgebracht wurde?«
»Ja, so ein armes Mädchen. Ich verstehe nicht, wie ein Mensch so etwas fertigbringt.«
›Du willst es nicht verstehen, und darum wirst du es auch nicht verstehen.‹ Der Detektiv sah Anna Herbig direkt an, als er zu ihr sagte: »Frau Herbig, lieben Sie Ihre Tochter?«
Der Oberkörper der Frau streckte sich kerzengerade. Ihr ohnehin schönes Gesicht wurde noch schöner, was, laut Fischers Erfahrung, daran lag, dass es sich vor Empörung straffte und damit auch die letzte Falte glättete.
»Was ist denn das für eine Frage, Herr Fischer?«
Er blieb in seinem Sessel sitzen, hingelümmelt wie eh und je.
Er fand es bedauerlich, dass sie genau so reagierte, wie er es von ihr

erwartet hatte. Er hätte sich gern getäuscht. »Ich möchte wissen, ob Sie Ihre Tochter lieben, nicht mehr und nicht weniger.«
»Das ist eine Unver ...«
Fischer richtete sich jetzt auch auf. Sein Ton wurde rau. »Jetzt kommen Sie mal wieder runter. Ich nehme Ihnen Ihre Empörung ab. Aber geben Sie sich mal die Chance, ganz ehrlich zu sich selbst zu sein. Die Tiefe ihrer Beziehung zu Herrn Delling sollte Sie nicht blind machen für die Liebe zu Ihrer ...«
Fischer war, als sehe er nur noch das Weiße in den Augen Anna Herbigs. Sie stand auf, ihr rechtes Bein wackelte dabei. Sie tat dem Detektiv nicht einmal Leid. Sie hatte sich von ihm ihre eigenen Wahrheiten bestätigen lassen wollen. Deshalb war sie hier. Nicht weil sie über ihre Tochter sprechen wollte, nicht weil sie bereit gewesen wäre, sich selbst zu hinterfragen. Er hatte unter anderem vorgehabt, sie etwas zu verunsichern, was Delling betraf. Jetzt wusste er, dass sie auf nichts hören würde, was darauf hinauslief.
Fischer fühlte sich ihr in diesem Augenblick unendlich überlegen. Sie schwankte leicht hin und her. Die ganze Situation dauerte eine Weile. Aber er stand nicht auf, denn er wollte ihr nicht das Gefühl geben, dass er einverstanden damit wäre, wenn sie jetzt einfach aus seinem Büro hinausmarschierte.
»Herr Fischer!,« Anna Herbig bemühte sich, ihre Stimme unter Kontrolle zu bekommen, »Sie haben mich gekränkt. Und ich werde jetzt gehen. Aber ich werde Ihnen weder mein Haus noch den Umgang mit meiner Tochter verbieten. Auch den Auftrag werde ich Ihnen nicht entziehen. Ich gebe Ihnen nur einen Rat. Denken Sie mal darüber nach, mit welchem Recht ein Mann so überheblich ist, der keine Kinder hat und der anderen Leuten hinterherschnüffelt und der so rumläuft wie Sie!« Mit diesen Worten drehte sie sich um und ging hinaus auf die Obergasse.
Fischer fühlte sich ihr jetzt nicht mehr unendlich überlegen.

29
Eine Höhle bei Nack
15. Oktober, nachts

Jetzt waren auch die Sitzgelegenheiten für die Gäste aufgebaut. Alles, was zusätzlich benötigt wurde, war nun vorhanden. Man hätte sagen können: ›Das Bühnenbild ist vollendet.‹ Der *Reisende* gestand sich das Gefühl ein, das er von Auftritten in seiner Jugend her kannte, als er in Bad Kreuznach in einer Laienspielgruppe Theater gespielt hatte. Lampenfieber nannten es die Schauspieler. Das war sowohl angenehm als auch beängstigend, denn es zeigte ihm, wie nahe das Unausweichliche gekommen war.

Er sah sich in seinem Reich um. Die Polizisten würden fluchen, wenn sie mit ihrem Equipment so weit und so tief in die Höhlen vordringen mussten.

Er war sich des Hasses der gesamten Nation sicher. Doch es würde sicher auch einige Wenige geben, die das Künstlerische sahen, das er geleistet hatte. Diese würden es nicht wagen, ihre Anerkennung laut auszusprechen. Nicht mal im engsten Bekanntenkreis. Und von diesen würde es noch einmal eine Handvoll geben, die, zumindest theoretisch, überlegten, ob sie sein Werk fortsetzen sollten. Aber damit würden sie seine Motive verkennen. Das hier war etwas Persönliches, war es von Anfang an gewesen, auch wenn das Ergebnis sich sehen, pardon, hören lassen konnte.

Nein, im Grunde wollte er keine Epigonen.

Er überprüfte zum hundersten Mal alle Sitze, die Riemen, die Anlagen. Nun, er würde jetzt gehen, zuerst zu sich, in seine Wohnung, dann, um Mitternacht, würde er den ersten Gast holen. Den Wichtigsten. Die Wichtigste!

Der *Reisende* musste lächeln. Die, die ihm alles zugetraut hatten, würden Recht behalten. Die Misstrauischen, die Zweifelnden. Und die, die zu ihm standen, die ihm das angedeihen ließen, was sie mit Pathos Liebe nannten, die würden im Unrecht sein. Gut war, und darauf konnte er stolz sein, dass er alle in Schach gehalten hatte, bis heute. Dass selbst die, die ihm auf die Schliche gekommen waren, ihn nicht wirklich festnageln konnten. Ab morgen durften sie tun, was sie wollten. Nach ihm die Sintflut.

Er griff zu dem Elektroschocker auf dem Tisch neben den Karteikarten und setzte den Helm auf. Es wurde Zeit, zum letzten Mal hinauszugehen.

30
Eppelsheim
16. Oktober, nachmittags

Jürgen Bechtel rief um 16 Uhr an. Gilla war gerade mit Lui von ihrer Tante aus Dintesheim nach Hause gekommen. Beide waren aufgeregt über das, was ihnen Tante Hilde erzählt hatte. Besonders die Beschreibung der Träume des Mädchens aus Nackenheim war für Lui scheinbar sehr aufschlussreich. Gilla hatte während der kurzen Fahrt nach Eppelsheim versucht, in seinem Gesicht zu lesen. Er war angespannt wie die Sehne an einem Bogen.

Als sie das Haus betraten und das Telefon klingelte, hob Gilla ab. Sie sah, wie Lui sofort die Küche ansteuerte, in der er wohl Frau Klose vermutete.

»Gilla Herbig!«

»Himmel, ich versuch´s schon seit ´ner Stunde.«

»Jürgen?«

»Ja!«

»Du klingst so ... so aufgeregt!«

»Das kann man wohl sagen. Sie haben ihn!«

»Sie haben ihn? Wer hat wen?«

»Die Polizei! Hauptkommissar Luchs hat meinen Vater heute Mittag persönlich aus Lindau angerufen.«

»Sie haben den ... Mörder?«

»Ja, und stell dir vor. Melanie hatte Recht mit ihrer Zeichnung.«

Während Gilla diese Worte hörte, rutschte sie im Flur, mit dem Tele-

fonhörer in der Hand, ganz langsam nach unten, bis sie in der Hocke saß. Gleichzeitig kam ihre Großmutter die Treppe aus dem Obergeschoss herunter, und Lui verließ gerade die Küche. »Ach, *da* sind Sie, Frau Klose!« »Aha, der Herr Fischer! Das Mützchen auf dem Kopf, wie immer.« Sie machten sich beide seit einigen Tagen einen Spaß aus der Sache mit Luis Strickmütze. Aber Lui ging diesmal nicht drauf ein. »Wissen Sie, wo Frau Herbig ist?«
»Wo wird sie sein? Beim Herrn Doktor wahrscheinlich, wie immer.«
»Sie wissen es nicht genau?«
In diesem Moment erst entdeckten die beiden Erwachsenen die kauernde Gilla. Ihre Großmutter war die erste, die etwas dazu sagte: »Kind, warum hockst du denn da unten?«
Lui kam und ging neben dem Mädchen in die Hocke. »Wer ist denn da am Telefon?«
»Jürgen. Die Polizei hat den Mörder von Melanie gefasst.«
»Gibst du ihn mir mal bitte?« Gilla zögerte nur einen Moment, dann reichte sie Lui den Hörer. Sie musste das sowieso erst mal verkraften. Während die beiden miteinander sprachen, konnte sie durchatmen.
Sie hörte nur Lui sprechen.
»Herr Bechtel, Fischer hier. Ich gebe Ihnen Gilla gleich wieder. Die Kripo in Lindau hat den Mörder Ihrer Schwester festgenommen? Wer? - Oh! - Stimmt die Vermutung mit dem Mann im Teufelskostüm trotzdem? - Ah, ja! - Also hatte Ihre Schwester Recht mit ihrer Ahnung und mit dem Traum, den sie aufgeschrieben hat?! - Nein, dazu fällt mir auch keine Erklärung ein, jedenfalls keine einfache. Es gibt in dem Fall des *Reisenden* eine ähnliche Geschichte. Ja, das haben wir gerade eben von Gillas Tante erfahren. -Aber das erzähle ich Ihnen ein anderes Mal. Aber vielleicht wollen Sie das ja auch lieber von Gilla erfahren. - Ich geb´ sie Ihnen wieder. - Noch eins, Herr Bechtel: Es ist vielleicht die falsche Redewendung bei diesem Anlass, aber ... ich freue mich für Sie!«
Lui reichte Gilla den Hörer zurück. »Ich fahre dann nach Worms. Ich hole dich heute Abend wie besprochen ab.«

»Okay, Lui!«
Gilla richtete sich langsam auf, hielt den Hörer in der Linken und gab dem Detektiv die rechte Hand zum Abschied. Ihre Großmutter beobachtete die Szene mit neutralem Gesicht.
Nachdem Lui: »Tschüß, Frau Klose«, gesagt hatte, verließ er das Haus.
Gilla ging mit dem Mobilteil ins Wohnzimmer und setzte sich auf die Couch, während ihre Großmutter in die Küche ging.
»Sorry, Jürgen, aber Lui wollte unbedingt ...«
»Schon gut. Ich bin froh, dass er auf dich aufpasst. Ich wollte, Melanie hätte auch so einen gehabt.«
»Machst du dir immer noch Vorwürfe?«
»Ich war der große Bruder. Ich hätte sie im Auge behalten sollen.«
»Ach, Jürgen!«
»Schon gut! Musst mich nicht trösten. Aber das mit der Teufelsfratze wird mir immer unheimlicher. Als ich meinem Vater endlich von dem Tagebuch erzählt habe, einen Tag nachdem wir uns zum ersten Mal getroffen hatten, da hat er in Lindau angerufen und dem Luchs davon erzählt. Der wollte die Zeichnung sehen, und ich hab sie ihm runtergefaxt. Tja, und als dein Lui draufgekommen ist, dass er diese Art von Bildern mal in einem Katalog gesehen hat, da habe ich mich dran erinnert, dass ich den Katalog noch habe, wo ich damals das Bild für meinen Helm her hatte. Es ist komisch, dass ich mir ausgerechnet diesen Teufel ausgesucht hab´. Das war ja erst nach Melanies Tod. Ich wollte immer dran erinnert werden, wer der Letzte war, der mit Melanie getanzt hat. Und ich hab´ oft davon geträumt, dass ich irgendwann mal mit dem Motorrad nach Langenargen fahre und den Typen erwische, der es war. Aber was noch komischer ist: Als wir damals zum Bodensee gefahren sind, hatte ich den Katalog noch nicht. Melanie konnte nichts davon wissen, als sie ihre Zeichnung gemacht hat.
Jedenfalls habe ich meinem Vater alles gesagt, und der hat´s sofort an Luchs weitergegeben. Noch ein Fax, diesmal von der Zeichnung im Katalog. Die haben dann alle Nachforschungen über den ursprünglichen Teufelskerl fallen lassen, auch die Schweizer haben

sich rausgehalten, und über den Katalog sind sie auf das Kostüm gekommen, das der wirkliche Mörder getragen hat. Es war der Typ, der Melanie angeblich gefunden hat, der Besitzer von dem Boot. Den hatten sie nie in Verdacht. Es hat ihnen auch geholfen, dass Melanie von Wasser geträumt hat, wie´s im Tagebuch stand. Wasser nahe an einem großen Haus, mit Menschen, die feiern. *Im Wasser!«*

Gillas Mund war trocken. Sie musste an Lui denken, als Tante Hilde von den Träumen des Mädchens aus Nackenheim berichtet hatte. Der hatte nur das Wort *braun* gesagt und es zweimal wiederholt. Und dabei hatte er ganz merkwürdig ausgesehen.

31
Worms
16. Oktober, später Nachmittag

Angela Brüll stand schon in der Tür, fertig zum Weggehen, als Fischer auch schon das Geräusch von Alfons Koops Harley hörte. Das Dröhnen des Motors drang sogar von der Hohl herauf, in der die Berggasse lag. Gleich würde er in die Obergasse einbiegen. Er hatte seine Freundin vorhin bei Fischer abgesetzt, damit sie ihm ihren letzten Bericht geben konnte. Nach ein paar Besorgungen, die er in Worms zu erledigen hatte, wollte er sie jetzt wieder abholen.

»Also, ich fand es spannend, Herr Fischer«, sagte sie. »Wenn mal wieder was ist ...«

»Und Sie sind sicher, dass er Sie gesehen hat?«

»Beim ersten und zweiten Mal nicht, aber beim dritten Mal, heute, auf jeden Fall.«

»Und immer bei der Höhle in der Nähe der Wochenendhäuser?«

»Ja!«

»Aber heute fuhr er nicht seinen eigenen Wagen?«

»Nein, so einen großen roten Mietwagen, wie ein Bus, ein Ford.«

»Und Frau Herbig war dabei?«

»Ja, *die* hat mich ja auch entdeckt. Die hat auf mich gezeigt und auf ihn eingeredet. Vielleicht hatte sie mich beim ersten Mal in Alzey auf dem Parkplatz auch schon gesehen und denkt jetzt, ich sei eine Konkurrenz für sie.« Angela Brüll kicherte, wie Fischer es nur von Gilla kannte. Draußen knatterte Koops Maschine.

»Und Sie wollen mir nichts Genaues erzählen? Ich spioniere hier in der Gegend rum, ohne Geld zu verlangen, und der Meisterdetektiv weiht mich nicht mal ein?!«
Sie meinte es nicht so ernst, wie es klang, so gut kannte Fischer sie inzwischen schon.
»Demnächst, es dauert nicht mehr lange.«
Plötzlich klingelten das Telefon und die Türglocke gleichzeitig. Und zu allem Überfluss spielte Fischers Handy noch seine neueste Melodie: *Mothers little Helper* von den Rolling Stones.
Angela Brüll ging zur Tür und öffnete sie. Und während Fischer in den Telefonhörer: »Einen Augenblick, bitte«, rief, und er sich am Handy mit »Fischer«, meldete, sah er, dass die Umarmung zwischen Angela Brüll und Alfons Koop zwar herzlich ausfiel, aber nicht mehr so leidenschaftlich wirkte wie einst im Juni, als er die beiden zum ersten Mal in seinem Büro erlebt hatte.
»Hier Delling!«
»Ja?«
»Sie erinnern sich an den Ausflug in die Rheinhessische Schweiz?«
»Ja!«
»Und Sie erinnern sich auch daran, was wir an dem Abend besprochen haben, als ich Sie als Leibwächter engagiert habe?«
»Was davon meinen Sie?«
»Besonders unseren kleinen Disput über Rache und das Helfen, wenn es Schwächeren an den Kragen geht.«
»Ich erinnere mich gut.«
»Wir haben jetzt eine interessante Möglichkeit, Theorie und Praxis zu vergleichen. Ihre kleine blonde Assistentin weiß ja, wo Sie mich finden können. Frau Herbig ist auch hier, aber das wissen Sie sicher schon. Die Höhle ist mit einem Flatterband abgesperrt. Ein roter Kastenwagen parkt davor. Sie können sie eigentlich nicht verfehlen.«
»Jetzt gleich?«
»Wenn Sie das Leiden einiger Personen nicht verlängern wollen, ja!«
»Was haben Sie Schwein ...«
»Sehen Sie, es klappt doch mit der Wut. Bis gleich. Ach, noch eins: Keine Polizei, die können Sie immer noch rufen, wenn alles vorbei ist.

Sollte ich außer dem Grün der Bäume noch irgend etwas Grünes sehen, stirbt Gilla!«
»Gilla?«
»Ja, die habe ich mir geholt, nachdem Sie in Eppelsheim weggefahren sind. Frau Klose hat sie mir sozusagen an die Hand gegeben. Ich habe ihr gesagt, dass Gillas Mutter sie sprechen möchte. Na ja, jetzt sind sich die beiden jedenfalls so nahe wie lange nicht mehr.«
»Ich mache Sie fertig!«
»Recht so, aber ohne Polizei, ist das klar?«
Fischer zitterte. Er unterbrach das Gespräch. Angela Brüll und Alfons Koop standen dicht bei ihm und beobachteten ihn. Irgendetwas plärrte aus dem Hörer des anderen Telefons. Fischer riss ihn ans Ohr.
»Ja?!«
»Dr. Kirch hier. Herr Fischer, haben Sie irgendetwas damit zutun?«
»Womit?«
»Mit dem Verschwinden Veronica Dellings.«
»Sie hat heute Geburtstag, stimmt´s?«
»Ja, Frau Delling senior ist hier bei mir. Sie fürchtet, dass Sie ...«
»Richten Sie ihr einen schönen Gruß von ihrem Sohn aus und dann: Lecken Sie mich am Arsch!« Er legte auf.
»Wo musst du hin, Meister?« Das war Koop.
»In die Rheinhessische Schweiz nach Nack. Frau Brüll weiß, wo ...«
»Ich weiß es auch, Angie hat mir von der Höhle erzählt. Außerdem kenne ich die Gegend wie meine Nase.« Er wandte sich an seine Freundin: »Du bleibst schön hier, im Büro, bist ja schon so was wie ´ne Detektivin, gell? Wir bleiben über´s Handy in Verbindung.
Und ich gurke unseren Meister hier in die Schweiz. Keine Widerrede. Mit der Harley kommen wir besser durch als mit deiner Schüssel, Meister.«
Fischer hatte keine Lust zu widersprechen. Er steckte seine Pistole ein. »Meine Knarre hab ich auch dabei, nachdem du sie mir freundlicherweise zurückgegeben hast«, sagte Koop grinsend. Fischer sah ihn kurz an: »Dann los!«
Er vergaß, dass er sich mal vorgenommen hatte, nicht mit Koop auf dem Motorrad zu fahren.

32
Eine Höhle bei Nack
Die Zeit ist stehen geblieben

Anna Herbig begriff nichts. Sie war seit mehreren Minuten wach, aber sie begriff nichts. Weder was mit ihr geschehen war, noch wie sie in diese unbequeme körperliche Lage geraten war, noch wieso Gilla dicht neben ihr links auf einem anderen Stuhl saß, auch nicht, warum sie beide mit Riemen festgeschnallt waren.

Anna sah den Tisch mit dem kleinen roten Plastikkarteikasten, sah die Stereoanlage, die Boxen und den weiteren leeren Stuhl, der im rechten Winkel zu ihrem neben dem Tisch stand.

Wenn sie ganz langsam den Kopf bewegte, konnte sie die junge pummelige Frau mit den kurzen Haaren auf dem rechten Stuhl neben sich sehen. Und es war ihr bewusst, dass diese junge Frau auch schlief, genau wie Gilla.

Sie nahm die Situation wahr wie im Traum: es gab drei besetzte Stühle nebeneinander, den kleinen Tisch mit der Minianlage und dem Karteikasten, im rechten Winkel dazu den leeren Stuhl, an dem Riemen befestigt waren, die herunterbaumelten. Vor diesem Stuhl stand ein Mikrofongalgen mit einem Mikro. Daneben noch einer, an dem eine Infusionsflasche hing, wie im Krankenhaus. Erst jetzt bemerkte sie, dass nahe bei ihren drei Stühlen ebenfalls solche Galgen standen, zwar ohne Mikro, aber auch mit Flasche. Unterhalb des hochgekrempelten rechten Ärmels ihres lachsfarbenen Kleides erblickte sie die Infusionsnadel im Unterarm, säuberlich mit einem Pflaster verklebt.

Annas Augen wanderten weiter.
Ihr direkt gegenüber stand ein kleiner schwarzer Regiestuhl, die Sitzfläche ihr und den anderen zugewandt. Daneben gab es einen kleinen Beistelltisch, und auf dem prangte eine Geburtstagstorte. Anna vermochte die Kerzen nicht zu zählen. Es war kühl. Und klamm.
Sie begriff nichts!

Der *Reisende* nahm seinen Helm ab, als er vom Gang aus durch die getarnte Tür hinüber in sein Versteck ging. Oh, Anna war schon aufgewacht. Ob sie verstand? Wohl nicht. Dazu war es noch zu früh. Er empfand echte Gefühle für sie. Wirklich. Den Liebhaber spielte er nicht nur, der war er tatsächlich. Wenigstens ein Stück weit. Ja, er hatte wieder einmal einen Grund, stolz auf sich zu sein. Sein Körper und große Teile seiner Seele hatten vollkommen funktioniert. Er hatte seine tatsächlichen Absichten vor ihr perfekt verbergen können, musste nicht mal darauf achten, dass sich sein Leben als Liebhaber dieser Frau und als Liebhaber seiner Kunst vermischten.
Er ging auf sie zu, blickte ihr in die glasigen Augen.

Da war Stephan. Stephan. Wie schön. Er würde ihr sagen, was hier los war. Er beugte sich runter zu ihr, sah sie aus seinen lieben blauen, türkisgesprenkelten Augen an. Jetzt redete er mit seiner sanften und doch sonoren Stimme auf sie ein. »Anna«, sagte er, »Mutter Anna!« Warum sagte er Mutter? Dieses Wort war noch nie über seine wunderbaren Lippen gekommen. Doch jetzt wandte er sich ab von ihr, drehte sich nach links zu Gilla. Die schien gerade zu erwachen. »Willkommen zu Hause«, sagte er zu ihr. Und Gilla gab einen seltsamen Ton von sich, ziemlich laut, es klang fast wie ein Schrei! Jetzt war Stephans Gesicht wieder ganz nah vor ihrem. Anna hatte einen trockenen Mund. Sie wollte ihren Freund begrüßen, ihren

Liebhaber, aber es ging nicht.
»Anna! Mutter Anna! Erinnerst du dich, als du mir vor ein paar Tagen von dem Gespräch in Fischers Detektei erzählt hast? Wie empört du warst, als er dich gefragt hat: ›Lieben Sie Ihre Tochter?‹ Ich hoffe, dass du sie wirklich liebst. Denn nur dann wirst du bereit sein, mich zu töten.«

Fischer hatte Koop nicht davon abhalten können, bis zum Höhleneingang mitzukommen. Dort aber musste er stehen bleiben. Fischer wusste nicht, welche Möglichkeiten Delling hatte, herauszufinden, was sich vor der Höhle abspielte. Und außerdem sollte Koop telefonischen Kontakt mit Angela Brüll halten. Und notfalls musste er die Polizei alarmieren.
»Wenn du in einer halben Stunde nicht draußen bist, komme ich rein, Meister. Wir wissen beide, dass du nicht der große Kämpfer bist.«
Fischer nahm die gewaltige Taschenlampe, die ihm Koop übergeben hatte, in die Hand und betrat die Höhle. Der Innengang lief in leichten Windungen geradeaus. Irgendwo links kam ein Abzweig, aber der war nach wenigen Metern verschüttet. Also ging Fischer geradeaus weiter. Die Pistole in seiner rechten Jackentasche beruhigte ihn etwas. Die Lampe trug er links. Manchmal musste er gebückt gehen, dann wiederum erweiterte sich die Höhlendecke nach oben, wurde zur Miniaturausgabe einer Halle.
Fledermäuse. Da hingen Dutzende von Fledermäusen. Und sie bewegten sich. Waren die nicht nachtaktiv? Draußen war es noch nicht dunkel. Warum wurden die Tiere jetzt schon unruhig? War da noch etwas anderes? Vielleicht nahmen sie Schwingungen war. Töne! Selbst Fischer hörte jetzt leise Töne aus dem Dunkel.
Er schwenkte den Lichtkegel seiner Lampe wieder weg von der Decke, hinein in den schmaleren Gang, der vor ihm lag.
Er ging vorwärts, musste sich wieder bücken. Er hatte keine Ahnung, wie lange er schon gelaufen war und wie weit. Gut, das Zeit-

problem hätte er mit einem Blick auf seine Armbanduhr lösen können, aber das Entfernungsproblem? Waren es fünfzig Meter, hundert Meter, ein Kilometer? Er hatte keinen blassen Schimmer. Der Fels hatte ihn geschluckt wie einen menschlichen Appetithappen und verweigerte ihm jede Information.
Die Töne waren sehr hoch. Eine Melodie, die ihm bekannt vorkam, die mit jedem Schritt erkennbarer wurde. Jetzt fröstelte er. Doch es war nicht die feuchte Kälte in der Höhle, die ihn frösteln ließ. Es war das Lied. Er kannte es tatsächlich. Mondnacht, von Robert Schumann. Sehr, sehr hoch, viel höher, als er es von Veronica Delling nachts im Wagen in Alsheim gehört hatte.
Und noch etwas war anders. Diese Stimme sang zwar das bekannte Stück, aber es war kein Text zu hören. Also war es eigentlich doch kein Lied. Ein unwirklicher Gesang, der irgendwie künstlich klang. Kein Mensch konnte so singen, ohne technische Hilfe.

Gilla musste nach dem ersten Erwachen, neben ihrer Mutter, wieder weggesackt sein. Denn jetzt, wo sie erneut aufwachte, saß sie auf dem einzelnen Stuhl mit dem Mikrofon. Im rechten Winkel zu ihrem neuen Standort befand sich jetzt der leere Platz, den sie vorhin noch selbst eingenommen hatte. Sie sah die anderen, ihre Mutter, das fremde Mädchen, die Alustreifen über deren Mündern. Sie hörte den hohen Gesang aus der Musikanlage. Gleichermaßen schön und schrecklich. Sie sah die Augen ihrer Mutter: ganz groß, ganz weit aufgerissen, im Erkennen dessen, dass hier mit ihnen etwas Ungeheuerliches geschah.
Gilla selbst hatte ihren ersten großen Schreck schon hinter sich, als Delling sie, nachdem sie zum ersten Mal in dieser schrecklichen Umgebung aufgewacht war, mit jenen drei Worten begrüßt hatte, die ihre eigentliche, gute, Bedeutung nun für immer verloren hatten: »Willkommen zu Hause!« Da hatte sie gewusst, dass er sie schon einmal so begrüßt hatte, mit verstellter Stimme, damals, am Tor.
Und gleichzeitig war ihr klar geworden, dass *er* der *Reisende* war,

der Serienmörder, von dem ihr Lui erzählt hatte.
Es war seltsam, aber sie war darüber enttäuscht, dass ihr erstes Gefühl sie damals am 6. September nicht getrogen hatte, als Delling sich nach der *Rettung* bei ihr mit Namen vorgestellt hatte und sie seine ausgestreckte Hand nicht nehmen wollte. Sie war enttäuscht, dass das Gefühl der Unsicherheit nie konkreter geworden war, und besonders darüber, dass es sich jetzt und hier bestätigte.
Wie viel schöner wäre es doch gewesen, wenn alles der Wahrheit entsprochen hätte. Ein sympathischer, gut aussehender Archäologe rettet eine Vierzehnjährige vor einem Unhold, der sie verfolgt, verliebt sich in die Mutter des Mädchens, lernt die Küche der Großmutter schätzen, und alle leben glücklich und zufrieden bis an ihr weit entferntes Ende.
Statt dessen wurde alles Wirklichkeit, was die ganze Zeit diffus in ihrem Hirn und ihrer Seele herumgegeistert war. Alle Ängste stellten sich heute als berechtigt heraus.
War das Leben wirklich so? Wurden immer nur die bösen Ahnungen wahr? Und wenn es so sein sollte, kam diese Erkenntnis für eine Vierzehnjährige nicht eindeutig zu früh?
Gilla hätte sich so gerne geirrt.
Und da sah sie wieder die Augen ihrer Mutter. Die hatte sich tatsächlich geirrt. Wenn jemand einen Argwohn hegt und dessen Richtigkeit hinterher bestätigt bekommt, ist das eine Sache. Aber wenn jemand voller Vertrauen ist ... voller Liebe ...
Gilla zwang sich, zu der Frau hinzusehen, deren Augen zu schmalen Schlitzen verengt waren. In ihnen stand purer Hass. Dann streifte Gillas Blick die Torte auf dem Beistelltisch neben dem Regiestuhl. Sie zwang sich, die Kerzen zu zählen. Es waren achtzehn.

Delling betrat sein Versteck durch die verdeckte Tür, die diesen Raum von den Gängen des Höhlensystems trennte. Er lächelte.
»Es dauert nicht mehr lange«, sagte er, »wenn sich die Damen noch einen Augenblick gedulden wollen.« Er ging zum Tisch und schal-

tete die Musik aus, dann zog er hinten aus dem Karteikasten ein zusammengefaltetes Stück Papier heraus. Er ging damit zu seinem Regiestuhl und trug ihn direkt vor den Stuhl, auf dem seine Schwester saß. »Ich möchte, dass du dir das ansiehst, Veronica«, sagte er und entfaltete das Papier vor ihr. Es handelte sich um einen Zeitungsausschnitt. Er blickte kurz zu Anna und Gilla: »Pardon, ich habe euch diese junge Dame noch gar nicht vorgestellt. Sie heißt Veronica Delling, ist meine stimmlich hochbegabte kleine Schwester und wird heute volljährig.«

Dann wandte er sich wieder direkt an Veronica: »Die Polizei wird dich später Einiges fragen, und ich möchte, dass du ihnen nicht irgendwelche Hirngespinste über mich erzählst, wie das in der Vergangenheit üblich war. Hier, lies!« Er hielt seiner Schwester den Zettel mit beiden Händen so vor die Augen, dass sie ihn bequem lesen konnte.

Für die anderen erläuterte er den Inhalt. »Es geht hier um ein junges Mädchen, das mit seinen Eltern einen Kurzurlaub zum schönen Bodensee unternommen hat. Die Familie stammt aus dem nicht minder schönen Eppelsheim, wie Anna und Gilla.« Er nickte mit seinem Kopf in die Richtung der Personen, deren Namen er gerade nannte. »Dass Gilla mit diesem Mädchen befreundet war, habe ich während meiner Recherche in der Schule in Westhofen herausbekommen. Das hat meine Wahl allerdings nicht beeinflusst. Eigentlich hat diese Melanie Bechtel für mich weniger mit dir Anna«, er nickte ihr zu, »oder dir Gilla zu tun«, er wandte sich zur Seite und nickte auch Annas Tochter zu, »vielmehr war dieser Mord der Auslöser für mich, und sogar das war er gewissermaßen nur auf Umwegen.«

Delling beobachtete Veronicas Augen, die dem Text auf dem Zeitungsausschnitt folgten.

»Ich habe damals den Bericht gelesen. Ein hässlicher Mord. Vom Erdrosseln oder auch vom Erwürgen halte ich nicht viel. Es gibt Situationen, wo das vielleicht nicht zu umgehen ist, aber ...«, er brach ab, seine Stimme klang einen Moment lang unsicher, was ihn sehr ärgerte, aber seine Erinnerung hatte ihn halt übermannt. Das musste er sich zugestehen, verdammt noch mal. Er versuchte klar und deut-

lich weiterzusprechen, ohne sich vorher räuspern zu müssen.
»Ich habe alles gelesen: Von dem verdächtigen Schweizer, der sich als Batman verkleidet hatte, von dem geheimnisvollen Tänzer im Teufelskostüm und von dem Mann, in dessen Boot das Mädchen gefunden wurde.« Er blickte wieder zu Gilla, und er sah ihren Augen an, wie konzentriert sie ihm zuhörte. »Aber diese Leute haben mich nie interessiert. Mein Verdacht ging in eine ganz andere Richtung. Das heißt, ich habe es zuerst für einen Verdacht gehalten. Aber es war eigentlich kein Verdacht. Es war ein Wunsch.«

Fischer hörte die seltsame Musik schon eine Weile nicht mehr. Er war seiner Meinung nach viel zu weit in die Höhle eingedrungen. Schon seit einiger Zeit konnte er nicht mal mehr annähernd gerade gehen. Hatte er an vielen Stellen seines Weges durch den Berg nur den Kopf einziehen oder den Oberkörper lediglich etwas beugen müssen, so kam er jetzt nur noch mühsam in einer Art Hocke-Gang vorwärts. Und plötzlich fiel der Lichtkegel seiner Laterne auf eine Felswand, wenige Meter vor ihm. Ende, hier ging es definitiv nicht weiter.
Er war zu weit gegangen. Er musste den Eingang verpasst haben. Denn hier gab es so etwas wie eine Nebenhöhle, in der Delling ihn erwartete, da war er sich sicher. Immerhin musste genug Platz da sein für Anna Herbig, Gilla und für Veronica.
Inzwischen war es zum Umdrehen fast zu eng geworden. Fischer neigte normalerweise nicht zur Platzangst, aber hier, mitten im Gestein, war ihm mehr als mulmig zumute. Er erinnerte sich an eine Stelle weiter hinten, die etwas breiter gewesen war. Bis dahin musste er versuchen rückwärts zu gehen. Er schabte an beiden Wänden entlang. Seine schwarze Lederjacke würde hinterher nicht mehr wirklich gut aussehen. Es dauerte Äonen, bis er die breitere Stelle erreichte. Aber jetzt konnte er sich wenigstens umdrehen. Vorwärts, zurück! Allmählich konnte er wieder gerade gehen.
Sein Zeit- und sein Entfernungsgefühl waren noch nicht zurückge-

kehrt, als er plötzlich rechts von sich eine Stimme hörte. Sie war leise, aber dennoch hatte der Detektiv nicht das Gefühl, dass sie von weit her käme. Und sie klang auch nicht so, als käme sie direkt aus der Wand. Es war, als schalle die Stimme von oben her. Da musste es eine Verbindung geben, von diesem Gang hier zu einem weiteren Gang oder Raum.

Fischer leuchtete fieberhaft die Decke ab. Da war ein Spalt. Er lehnte sich an die Höhlenwand, lauschte nach oben zu dem Spalt hin, der mindestens einen Meter weiter hinaufreichte als das übrige Deckenniveau der Höhle. Und er hörte Dellings Stimme.

Delling sah den Augen seiner Schwester an, dass sie den Artikel zu Ende gelesen hatte. Er zeigte ihn Anna. »Kennst du ihn?« Anna nickte, ohne ihren Blick von Delling zu nehmen. Der stand auf, ging die wenigen Schritte zu Gilla und zeigte auch ihr den Zeitungsausschnitt. »Du kennst ihn bestimmt auch. Wie ich dich einschätze, hast du ihn sogar aufgehoben.« Gilla nickte.

Jetzt setzte sich Delling wieder vor seine Schwester und vor Anna. »Natürlich war der Bruder immer in der Nähe der Eltern. In einem späteren Bericht habe ich auch gelesen, dass einwandfrei erwiesen war, dass er sich nie außerhalb des Hotels aufhielt, nachdem die Tanzveranstaltung angefangen hatte. Jürgen heißt er.«

Delling sah noch einmal zu Gilla hin. »Du hast ja neuerdings wieder Kontakt zu ihm aufgenommen. Ich habe ihn mal bei euch gesehen. Netter Kerl.«

Er wandte sich zu Anna: »Ich könnte mir den theoretisch als recht brauchbaren Schwiegersohn für dich vorstellen. Wenn Gilla ein paar Jahre älter ist. Das heißt: wenn sie ein paar Jahre älter werden würde.«

Wenn Annas Augen noch größer werden konnten, als sie sowieso schon waren, dann jetzt in diesem Augenblick. »Es tut mir wirklich Leid, wirklich Leid.«

Delling sah, wie Anna versuchte, unter dem silbrig glänzenden Klebeband, ihre Lippen zu öffnen. »Streng dich nicht an. Du wirst noch

Gelegenheit bekommen, zu sprechen. Bitte, gib dir jetzt keine Mühe. Das tut doch nur weh.« Seine Stimme klang unendlich sanft. Er steckte den Artikel in die Brusttasche seines Hemdes.

Als er sich an Veronica wandte, klang er etwas rauer. »Wie schon gesagt, mein Verdacht auf diesen Jürgen war mehr ein Wunsch. Ich wünschte mir, dass er Melanie umgebracht hätte, ich hoffte es inständig.« Seine Stimme wurde höher. »Zuerst wusste ich selbst nicht, woher solche Gedanken kamen. Es konnte mir doch egal sein, wer irgendein mir fremdes Mädchen umgebracht hatte. Ob das nun ein x-beliebiger Tänzer war oder der eigene Bruder ...«

Veronicas Augen blickten ihn geradeheraus an. Voller Verachtung. Delling hielt dem Blick stand: »Und da war mir klar, warum ich mir das wünschte. Aber mir war noch etwas klar. Ich hasse dich, wie ich noch nie jemanden gehasst habe, Schwesterlein, aber ich liebe unsere Mutter. Und ich könnte niemanden töten, der von ihr geboren wurde. Auch dich nicht. Es hat nicht lange gedauert, da wusste ich, dass ich eine Stellvertreterin für dich brauchte.«

Delling stand auf und holte aus seiner Hosentasche eine Schachtel mit Streichhölzern hervor. Er ging zu dem Beistelltisch und zündete die achtzehn kleinen Kerzen an. Seine Hände zitterten. »Ich habe dir ein Opfer gebracht. Und dann noch eins und noch eins. Aber mir wurde immer klarer: Mein Hass auf dich verging nicht. Und vielleicht war es auch der falsche Weg. Denn ich habe keines von diesen Mädchen gehasst. Nur dich, dich ... dich!«

Jetzt brannten alle Kerzen. Die schwache Beleuchtung durch die Deckenbirne, die über eine Batterie gespeist wurde, erhielt durch die zuckenden, winzigen Flämmchen eine Aufwertung. »Warmes Licht. Kindergeburtstagslicht. Kindergeburtstagslieder! Wisst ihr, welche Musik ihr vorhin gehört habt?«

Er starrte den gefesselten Frauen reihum kurz in die Augen. »Das waren die Stimmen der Mädchen, die hier ihr Leben für Veronica geopfert haben, die sterben mussten, weil ich es nicht fertig gebracht habe, meine Schwester zu töten.« Er trat ganz dicht an Veronica heran, beugte sich zu ihr hinunter. »Du bist schuld«, keuchte er. Dann drehte er sich abrupt um, straffte sich und sagte mit nun wie-

der klarer Stimme: »Ich werde es auch jetzt nicht tun. Und ich will euch auch sagen, warum.« Er wandte sich erneut den Frauen zu. »Ich habe es versucht. Ich habe versucht, aus den Schreien all dieser Mädchen Musik zu machen. Ich habe sie verändert, habe sie modelliert, habe sie durch den Sequenzer gejagt, habe versucht, die Stimme meiner Schwester mit den Stimmen der Toten zu imitieren.«
Er brach ab, sprach aber sofort wieder: »Eigentlich wollte ich weitermachen. Bis zu einem ganz bestimmten Höhepunkt. Aber an einem sehr eigentümlichen Tag musste ich eines der Mädchen erwürgen. In der Höhle. Draußen im Gang, kurz vor´m Eingang. Alle anderen hatte ich bis dahin schmerzlos getötet. Ohne brutale Gewalt. Aber an diesem Tag war ich dazu gezwungen, mit meinen Händen zu töten. Und da wusste ich, dass ich den Höhepunkt schneller herbeiführen musste.«

Für Alfons Koop war es ein Leichtes, den roten Kombi zu öffnen. Er hatte seine Harley direkt neben Dellings Mietwagen geparkt und sah, als Handwerker und Mann der Tat, überhaupt nicht ein, dass er hier untätig herumstehen sollte, bis der Herr Meisterdetektiv aus der Unterwelt zurück war. Vielleicht fand sich in diesem Wagen ja irgendetwas, mit dem er Fischer nützlich sein konnte.
Aber alles, was auf der Ladefläche oder auch im Handschuhfach gewesen sein mochte, war verschwunden. Außer den Papieren des Mietwagenverleihers aus Alzey war nichts zu finden. Nicht einmal Dellings Führerschein. Koop verlegte sich jetzt auf das Spurensuchen. Er leuchtete die Ladefläche genau ab. Seine stärkere Lampe hatte er zwar Fischer mitgegeben, aber mit der, die ihm übrig gebliebenen war, konnte er auch suchen. Vielleicht gab es Blutspuren?
Es wurde allmählich dämmrig, und in der Gartenkolonie, die talwärts lag, gingen die Lichter an. Außerdem sah Koop die Scheinwerfer eines Wagens den Weg zwischen den Bäumen hochkommen. Der Wagen hielt vor dem Flatterband an, das sich etliche Meter hinter und unterhalb des Kombis befand. Fischer und er hatten es zwar

zu Boden geworfen, so dass jeder ohne Probleme darüber fahren konnte, aber die Leute hier schienen politisch korrekt zu sein. Koop versteckte sich auf der Ladefläche des Kombis und zog die Hintertüren bis auf einen Spalt zu.
Es handelte sich bei dem ankommenden Auto um einen grünen Opel Astra. Auf der Fahrerseite stieg ein junger schwarzhaariger Mann in Jeans, T-Shirt und großkarierter Jacke aus. Die Beifahrerin war groß und trug eine altmodische, blonde Turmfrisur auf dem Kopf. Schließlich kletterte vom Rücksitz her ein kleiner älterer Mann mit Anzug und einer großen schwarzrandigen Brille aus dem Astra.
Die Drei sahen sich um. »Haben Sie die Lampen dabei, Harald?«, fragte der Brillenträger. Seine Stimme war ungewöhnlich hoch. »Für jeden eine«, bestätigte der junge Mann und ging hinter den Wagen. Er öffnete die Heckklappe und brachte drei eher mickrige Taschenlampen zum Vorschein. »Haben Sie eine ungefähre Vorstellung von der Tiefe der Höhle, gnädige Frau?« Der kleine Mann nahm dabei eine Lampe in Empfang. Die blonde Dame antwortete: »Ich habe ihn im April besucht, als seine Kollegen noch dabei waren. Aber ich habe mich nur im vorderen Bereich aufgehalten.«
»Hätten wir nicht vielleicht doch die Polizei einschalten müssen?«
»Dies ist eine familiäre Angelegenheit. Mein Sohn hat seine Schwester entführt ... sonst nichts!«
»Entführt, Sie benutzen das Wort selbst, gnädige Frau ...«
Jetzt warf die Dame dem kleinen Mann einen Blick zu, der nicht strenger sein konnte. »Gehen wir!«, sagte er nur noch. Damit bewegten sich die Drei auf den Kombi zu und wollten daran vorbeigehen. Der junge Mann mit dem Namen Harald stoppte. »Herr Doktor, die Harley, die hier steht, da muss noch jemand in der Höhle sein. Jemand, der hier nicht hingehört.«
»Fischer«, stieß der kleine Mann hervor. »Ich kenne zwar nur sein Auto, aber so wie der sich kleidet, traue ich ihm auch eine solche Maschine zu.«
»Die kriegt man aber nicht für´n Appel und ´n Ei. Ob ein kleiner Privatdetektiv so viel Kohle hat ...«

Koop riss die hinteren Türen des Kombi auf und sprang aus dem Wagen. Die Frau zuckte zusammen, der kleine Mann ging einen Schritt zurück, halb hinter den jungen Mann. Nur der blieb unerschütterlich stehen.
»Schnüffler verdienen sich keine goldene Nase«, sagte Koop. »Die sind froh, wenn sie genug Bier im Kühlschrank haben. Die Maschine gehört mir.«
»Wer sind Sie?«, fragte die Frau in sehr barschem Ton.
Koop grinste: »Das geht Sie gar nichts an. Was wollen Sie denn hier?«
»Herr Dr. Kirch, lassen Sie uns diesen Menschen ignorieren. Kommen Sie!« Damit drehte sie den drei Männern den Rücken zu und näherte sich weiter dem Höhleneingang. Koop zog seine Waffe. »Keinen Schritt weiter«, befahl er und lud die Waffe hörbar durch. Die Frau drehte sich nicht um. »Machen Sie sich nicht lächerlich, junger Mann. Sie werden einer Frau nicht in den Rücken schießen.« Dann aber wandte sie ihren Kopf doch noch einmal Koop zu: »Herr Fischer ist mit Ihnen hierher gefahren?«
»Hm!«
»Er ist jetzt in der Höhle?«
»Hm!«
»Was sind Sie, eine Art Assistent für´s Grobe?«
Koop kratzte sich hinter dem Ohr. ›Gute Frage, was war er eigentlich für Fischer‹? Dann, weil ihm nichts Passenderes einfiel, sagte er: »Ein Freund!«

Es war kalt und klamm in der Höhle. Fischer musste plötzlich husten. Sofort hörte Delling auf zu sprechen. ›Mist!‹ Jetzt wusste der *Reisende* , dass er, Fischer, hier war. Aber andererseits erwartete er ihn sowieso. Welche Nachteile konnte diese Entdeckung also bringen? Er vergewisserte sich, dass seine Pistole einsatzbereit war. Er atmete so tief durch, dass er noch einmal husten musste, aber das war jetzt egal. Er begann, die Wände auf der rechten Seite des Gan-

ges abzutasten. Es dauerte nicht lange, da gab ein Teil der Wand nach.
Fischer musste an die Katakomben unter Oppenheim denken. An die Sekte der Wingertschützen. An Claudia. Aber das ging schnell vorbei.
Jetzt sah er die Wand aufschwingen wie eine Tür. Während das geschah, nahm er wahr, dass das Stück Felsen, das sich da öffnete, aus Gips oder einem ähnlichen Material sein musste. Innen befanden sich grob gezimmerte Bohlen.
»Willkommen zu Hause«, sagte Delling.
Fischer überraschte nichts mehr. Als der Archäologe den gleichen Spruch bei ihm vor dem Büro angebracht hatte, wusste er noch nicht, dass der Mann, der Gilla überfallen hatte, genau *diese* Worte zu ihr gesagt hatte. Auch in der Zeitung war nicht die Rede davon gewesen. Aber Gilla hatte später, beim Gespräch zu Dritt, mit ihm und Jürgen, die tatsächlichen Worte wiederholt. Doch selbst da hätte es noch eine reine Geschmacklosigkeit sein können.
Nun aber war alles klar. Bis auf das, was Delling von ihm wollte.
»Ich hätte Sie gern schon draußen im Gang begrüßt. Aber kommen Sie doch rein, Herr Fischer.«
Der Detektiv tat wie geheißen. Er überblickte alles mit einem einzigen Blick. Anna, Veronica, Gilla. Die Torte mit den brennenden Kerzen. Die Tische, den Karteikasten, die Anlage, die Batterien, die Klebebänder, Riemen, Infusionsflaschen, das Mikrofon!
Delling stieß die Tür mit dem Fuß zu. Dann ging er ganz schnell auf den einzelnen Stuhl zu, auf dem Gilla saß.
Er ergriff eine Spritze, setzte sie auf der Braunüle an, die an Gillas rechtem Unterarm befestigt war.
Fischer zog seine Pistole.
»Recht so, Sie dürfen, Herr Fischer. Jetzt dürfen Sie. Ich hatte Angst, Sie kommen schon mit gezückter Waffe hier rein, und ich würde es nicht rechtzeitig bis zum Stuhl schaffen.«
»Sie sind der *Reisende?«*
»Ich mag die Bezeichnung nicht besonders, aber ja, ich bin´s.«
Ein fast unhörbares, wahnsinniges Lachen kam aus Dellings Mund:

»Ich reise, also bin ich.«
»Nicht mehr lange. Gehen Sie weg von dem Stuhl.«
»Keine Sorge, in wenigen Minuten sind Sie mich los. Die jugendlichen Sängerinnen in Rheinland Pfalz und Hessen können aufatmen. Selbst meine liebe kleine Schwester hier wird auf Dauer wieder ins normale Leben zurückkehren können, denn sie war nur so verrückt, wie kleine Schwestern in jeder Familie sind. Anna ist eine tolle Frau, trotz des kleinen Handicaps. Sie wird über mich hinwegkommen.
Wie wär´s, Herr Fischer, Sie sind doch solo, oder? Abgesehen davon, dass Sie manchmal unpassend grob werden, besonders zu Müttern, sind Sie doch ein ganz netter Kerl. Mit Ihnen habe ich einiges vor. Sie könnten erstens Anna über den Verlust ihrer Tochter hinwegtrösten, zweitens könnten Sie die Welt auf meine einmalige Sammlung schöner Stimmen aufmerksam machen, obwohl das Experiment letztlich nicht gelungen ist, aber ...«, er lachte ein kurzes, leises, verrücktes Lachen, wie vorhin, »... gibt es Interessanteres als missglückte Experimente? Aber was das Wichtigste ist, Sie dürfen die Welt von mir befreien. Falls Sie nebenbei noch einen guten Manager für meine Schwester finden, wäre ich Ihnen dankbar.«
Er lächelte: »Sehen Sie, wie sauber es hier ist? Alles für meine liebe Schwester. Zum Geburtstag. Gilla wird ihr gleich ein schönes Happy Birthday singen, und dann dürfen Sie mich töten. Ich lege nur Wert darauf, dass Sie meinen Todesschrei auch aufnehmen und ins Archiv tun. Aber wenn Sie ein Gentleman sein wollen, Sie können auch Anna den Vortritt lassen. Nur meiner Schwester nicht. Das wäre ein Triumph, den ich ihr nicht gönne.«
Sein Finger bewegte sich an der Spritze.
»Haben Sie nicht gesagt, dass Gilla singen soll?« Fischers Stimme klang neutral. Er wunderte sich selbst darüber, dass keine Emotionen mitschwangen. Delling lächelte noch intensiver. »Hinterher, jetzt wird sie schreien, und dann ist sie weg. Es geht ganz schnell. Eine Überdosis ... Und dann mischen wir kurz das Band ab und dann, dann wird sie singen.«
»Haben Sie Ihre Taten schriftlich festgehalten? Ich meine, wo Sie

doch solchen Wert auf die Nachwelt legen?«
»Die Tonbänder müssen genügen. Und das, was ich den Damen hier erzählt habe, Sie haben ja draußen einiges mitbekommen, nicht wahr?«
»Ich kann mir noch kein Bild machen.«

Anna bemerkte, wie sich Stephan Delling veränderte. Die Ader an seiner Schläfe zuckte unkontrolliert, Schweiß brach aus. Er bewegte seinen Kopf mehrfach ruckartig, schließlich stieß er ihn in Fischers Richtung vor, wie ein Stier kurz vor dem Angriff. »Ach, ein Bild will er sich machen. Ein Bild! Ach was, ach was. Wollen Sie nicht ein bisschen rumrätseln? Das macht doch Spaß. Die Polizeipsychologen rätseln schon lange und werden es hinterher erst recht tun. Aber der Herr Detektiv will nicht rätseln. Er braucht ein Bild.«
Anna hätte es nie für möglich gehalten, dass die Stimme dieses Mannes so keifen könnte. Sie starrte jetzt nicht mehr in sein verzerrtes Gesicht, sie konzentrierte sich auf den Finger an der Spritze. Gleichzeitig verspürte sie einen Phantomschmerz, wie sie ihn noch nie gehabt hatte. Es war wie ein besonders übler Wadenkrampf. Im *rechten* Bein.
»Ich habe selbst kein Bild.« Delling schrie. »Es ist alles die Schuld dieser verdammten kleinen Hexe und ihrer Stimme.« Seine Brust hob und senkte sich in heftigen Kontraktionen. Anna hätte gern zu dem Detektiv hingesehen. Er war ihre einzige Hoffnung. Aber sie musste den Finger Dellings an der Spritze fixieren, so als wäre es ihr möglich, ihm zu befehlen, sich unter keinen Umständen zu bewegen.
›Gilla! Gott, wenn es dich gibt: Lass meinem Kind nichts geschehen.‹
Delling atmete langsamer. Er bemühte sich hörbar, seine Stimme in den Griff zu bekommen. »Ich hasse solche Ausbrüche«, sagte er dann, und Anna spürte, welche Kraft es ihn kostete, ruhig zu sprechen.

Jetzt erklang Fischers Stimme: »Alles muss seine Ordnung haben, nicht wahr? Wir sind uns wirklich ähnlich, Dr. Delling. Alles erforschen, alles ordnen, alles planen, alles richten. Hin ... richten!«
»Es ist ein solches Durcheinander. Das Würgen des Lampertheimer Mädchens. Der Überfall auf Gilla. Das Improvisieren. Das Verlangen, das Nackenheimer Mädchen zu töten. Und ... Anna!«
Er blickte zu ihr hinüber, und sie löste ihren Blick für einen Augenblick von seinem Finger an der Spritze und sah in seine Augen. Sie las darin etwas von einer unendlichen Traurigkeit. Und eine einzige Sekunde lang verspürte sie die auch, vermischt mit dem Wissen ihrer Liebe. Zum allerletzten Mal. Dann war da nur noch Hass!
Sie senkte den Blick wieder, blickte auf Dellings Finger. Delling. Der Name Stephan würde nie wieder über ihre Lippen kommen.
»Ich habe gedacht, ich kriege es in den Griff. Die Improvisation hatte sogar etwas ... etwas ...«
»Reizvolles?«
»So kann man es nennen, wenn man ein Kleingeist ist. Man müsste neue Begriffe für all die Gefühle erfinden. Unsere Sprache ist so arm.«
»Nennen Sie es doch einfach geisteskrank. Kleingeistig ausgedrückt.« Anna wunderte sich über die zynische Kälte, mit der Fischer das sagte. Sie blickte jetzt doch zu ihm hin. Er stand einfach so da, die Waffe, mit beiden Händen haltend, weit von sich gestreckt.
Delling sprach weiter: »Ursprünglich sollte Anna mich töten. Und das wäre auch der konsequenteste Weg gewesen. Ich töte ihre Tochter, sie tötet mich. Eine ganz klare ...«, er brach ab.
»Warum nicht Ihre Schwester?«
Jetzt wurde Delling wieder laut. »Habe ich es nicht laut und deutlich zu verstehen gegeben? *Sie* soll den Triumph nicht haben.«
»Ich glaube nicht, dass es ein Triumph sein kann, Sie umzubringen. Eine Notwendigkeit vielleicht. Aber keine Genugtuung.«
»Sie werden es tun?«
»Ja, im Namen Ihrer Opfer. Aber dazu brauchen Sie Gilla nicht zu töten.«
»Ah, Zeit für den Taktiker. Leben retten. Guter Mensch sein. Held

werden. Sie haben zu viele Fernsehkrimis gesehen, Herr Detektiv. Ohne ein letztes Opfer für Veronica gibt es auch meinen Tod nicht. So billig kriegen Sie es denn doch nicht.«

»Wie haben Sie es gemacht? Wie haben Sie die Mädchen hierher bekommen?«

»Ablenkung, Zeit gewinnen, wie?« Delling war am Ende. Anna sah wieder in sein Gesicht, und dort sah sie das Ende. Trotzdem antwortete er unerwartet auf Fischers Frage: »Mit einem Elektroschocker. Ganz schnell ins Auto ...«

»Mietwagen, wie der Kombi draußen?«

»Ja, immer andere, von verschiedenen Verleihfirmen. Also, ab ins Auto, Trage, Braunüle anlegen, Spritze, Infusion und dann hierher.«

»Und hier, wie haben Sie sie zum Schreien gekriegt? Mit der Spritze schläft man ein.«

»Mit dem Messer bedroht.«

»Die Mädchen haben geschrien und dabei die Spritze bekommen?«

»Ja, guter Plan, oder? Und dann wieder zurück an den Ort, wo ich sie aufgesammelt habe. Das ist doch ein guter Plan, oder?«

»Wenn Sie Gilla töten, werde ich Ihren eigenen Schrei nicht aufnehmen. Auch nix mit Spritze. Ich knalle Sie einfach ab.«

Anna wusste nicht, was nun vor sich ging. Was tat Fischer da? Warum provozierte er Delling so sehr?

Fischer blickte Delling direkt in die Augen. Der Mörder sah sehr unsicher aus, und der Detektiv war sich im Klaren darüber, dass er selten ein größeres Risiko eingegangen war. Denn hier ging es nicht nur darum, einen gefährlichen Verbrecher auszuschalten, oder darum, sein eigenes Leben so teuer wie möglich zu verkaufen, hier ging es um ein junges Mädchen, das ihn die ganze Zeit, während Delling die Spritze in der Hand hielt, ansah. Die Hoffnung in ihren Augen war ein Druck, dem er nicht mehr lange gewachsen war.

Delling atmete heftiger: »Das ist wieder nur Taktik. Denn wenn ich Gilla am Leben lasse, werden Sie *mich* gar nicht töten. Dann haben

Sie nämlich keinen Grund dazu. Ich glaube, es war keine so gute Idee, Sie als zweiten Henker einzuladen. Vielleicht ist Anna doch die bessere Wahl. Machen Sie sie frei, los.«

Fischer wägte die Risiken ab, die diese neue Situation bringen würde. Er blickte auf die drei Gefesselten, auf Delling, und dann entschied er sich für eine Reaktion, die keiner von ihm erwarten würde. Delling nicht, Anna nicht und Gilla schon gar nicht. Er machte einen Schritt zur Seite, als wollte er tatsächlich zu Anna gehen. Dabei sah er, wie sich Dellings bisher verkrampft an der Spritze gehaltener Finger etwas lockerte.

Fischer ging das Risiko ein, Gilla zu verletzen. Er schoss in Dellings Arm. Blut war auf Gillas Hosenanzug zu sehen, aber die Spritze fiel zu Boden. Fischer sprang zum Stuhl, riss den stöhnenden Archäologen zur Seite weg.

»Sie haben es versaut«, schrie Delling, »Sie haben es versaut.«

»Nur den Teil mit Gillas Gesang. Ihren Tod kriegen Sie.«

Gilla wunderte sich, dass Lui keinen von ihnen befreite, weder ihre Mutter noch Dellings Schwester, noch sie selbst. Er hatte Delling, kurz nachdem er ihn angeschossen hatte, verbunden und ihm dann mit dem Pistolenlauf über den Kopf geschlagen. Dann hatte er ihn an seinem Regiestuhl mit Riemen, die er irgendwo gefunden hatte, festgebunden und den Infusionsgalgen, der neben Gillas Stuhl gestanden hatte, zu ihm gerollt. Ebenso das Mikrofon.

Er hatte sich eine neue Spritze geholt und wartete jetzt neben Delling. Der kam zu sich.

»Wie war das noch mal? Wie haben Sie die Mädchen zum Schreien gebracht?«

Delling war angeschlagen, matt, aber er antwortete: »Mit dem Messer, im Tisch. Aber ich habe sie nie gestochen. Ich gab Ihnen die Spritze. Gleichzeitig!« Er stöhnte, denn immerhin hatte er eine Kugel im Arm und eine Platzwunde am Kopf.

»Wir machen das anders.« Lui sah ihn mit einem gnadenlosen Blick an, so dass Gilla Angst bekam. Eine andere Angst als vorhin, wo es um sie selbst ging, aber in Luis Gesicht war so gar nichts Menschliches mehr. Weniger als bei Delling.

»Kleine Programmänderung«, rief er. »Ohne Spritze, ohne Aufnahme und ganz schnell. Ihr Gewinsel will kein Mensch mehr hören.«

Damit lud er die Pistole neu durch und drückte sie fest an Dellings Schläfe.

Dr. Stephan Delling schrie so laut, wie Gilla noch nie jemanden schreien gehört hatte. Luis Gesicht war so voller Hass und seine Bewegung so schnell, dass Gilla jeden Moment eine Blutfontäne vom Regiestuhl her erwartete.

Aber Lui zog seine Hand zurück, steckte die Waffe in die rechte Tasche seiner Lederjacke.

»Und, Angst gehabt?«

Aus Dellings Mundwinkel tropfte Speichel auf den Boden der Höhle.

Erst jetzt befreite Fischer die Frauen von ihren Fesseln. Zuerst Gilla, dann Anna, zum Schluß Veronica. Alle drei rissen sich die Alustreifen selbst vom Mund. Gilla war Lui dankbar, aber sie konnte ihn jetzt nicht umarmen. Irgendwann später vielleicht. Jetzt, in diesem Moment, gab es nur ihre Mutter.

Veronica Delling stand wackelig auf, nachdem ihr Mund wieder frei war, und ging zu dem Regiestuhl hinüber. Dellings Kopf war immer noch gesenkt. Lui stützte sie.

Und während Gilla ihre Mutter umarmte, sah sie, wie das pummelige Mädchen seinen Bruder betrachtete. Ein paar Mal öffnete sich ihr Mund, aber es kamen keine Töne hervor. Nach einer Weile erst sprach sie, aber nicht zu ihrem Bruder, sondern zu Lui. »Es tut mir Leid, aber Sie können meine Stimme doch nicht haben, Detektiv. Ich singe nie mehr. Bringen Sie mich raus, bitte!«

Lui führte das Mädchen behutsam zum Ausgang des Raumes.

Jetzt hätte ihn Gilla doch gern umarmt. Aber sie fühlte den Körper und den Atem ihrer Mutter, und das war auch gut.

Draußen, in der Fledermaushalle, in der jetzt kein einziges Tier zu sehen war, traf Fischer auf Koop, Dr. Kirch, Harald und Frau Delling. Veronica drängte an ihrer Mutter vorbei.
»Und, Meister?«, fragte Koop. »Wir haben´s knallen hören, aber wir haben den Eingang nicht gefunden. Wir irren schon eine Zeitlang durch die Gegend. Was läuft?«
»Ist schon alles gelaufen.«
Dann unterrichtete er Koop in wenigen Sätzen von dem, was vorgefallen war. Zum Schluss sagte er: »Bring alle hier raus, Alfons. Und dann ruf bitte die Polizei. Ich setzte mich solange zu Delling.«
»Du machst doch keine Dummheiten?«
»Keine Angst. Ich will, dass er lebt. Am liebsten wäre mir, er würde ewig leben.«

Epilog

Eine Höhle bei Nack

Sie hatten ihren Ball dabei. Nicht irgendeinen, nein, *den* Ball. Und Taschenlampen. Jede eine. Richtig große, lange schwarze Dinger mit frisch aufgeladenen Batterien.
Sie wollten sowieso nicht tief rein, nur so weit, wie der Ball damals gerollt war. Caros Bruder war mit ein paar Kumpels schon mal ein Stück weit drinnen gewesen. Kurz nachdem die Polizei hier fertig gewesen war.
Inzwischen war ein halbes Jahr vergangen, und der Mordhöhlentourismus war abgeklungen. Lilli und Caro waren kleine Berühmtheiten geworden. Der Typ hatte doch tatsächlich ihre Namen gekannt und einer der Pressetanten davon erzählt. Das war die Zeitung, die den Exklusivvertrag mit ihm abgeschlossen hatte. Na, und da hatte diese Pressetante ein Interview mit ihnen beiden gemacht. Na ja, Caro hatte den Mund gehalten, schließlich war die ja auch nicht ganz allein vor der Höhle gewesen. Jedenfalls hatte der Rummel ganz schön was für´s Sparbuch gebracht. Lillis Vater hatte ihr sogar einen neuen Ball gekauft.
Aber was wollte sie denn mit dem?
Das hier war der richtige.
Angst? Na, die mussten sie ja jetzt nicht mehr haben. War ja alles vorbei.
Trotzdem wagten sie sich erst jetzt alleine hierher.

Lilli gab Caro den Ball. »Wirf ihn rein!«

»Wirklich? Ich trau mich nicht.«

»Damals haste dich getraut!«

»Na gut, gib her!«

Lilli nahm Caro den Ball wieder ab: »Nö, jetzt werf´ ich ihn selber.

»Du bist blöd!«

Und Lilli warf.

Der Ball verschwand im schwarzen Rachen der Höhle. Sie hörten ihn nicht mal aufplatschen. Sie sahen sich an, knipsten, noch im Hellen, die Lampen an und gingen vorsichtig auf den Eingang zu. Und in diesem Augenblick kam der Ball zurück. Er flog in hohem Bogen an Lilli und Caro vorbei und landete auf dem sonnenüberfluteten Platz vor der Höhle.

Die beiden Mädchen rannten los. Ohne den Ball. Den holte später Caros Bruder. Er war sich sicher, dass da zufällig einer von den vielen Neugierigen in der Höhle gewesen war, der sich einen Spaß daraus machte, die beiden zu erschrecken.

Aber Lilli und Caro erzählte er eine andere Geschichte. Denen sagte er, dass die Geister der ermordeten Mädchen den Ball hinausgeworfen hätten. Und wenn sie das einmal nicht mehr täten, wenn der Ball also in der Höhle bliebe, und wenn Lilli und Caro dann hineingehen würden, dann müssten auch sie drin bleiben!

Der Autor bedankt sich ...

bei *Fritz Brehm,* für Ton- und Auto-matisches Wissen

bei *Tom Götz,* für Mordshilfe und Inter-Nettigkeiten

bei *Wolf Iwand,* für weite Reisen, videotechnische Hilfsmittel und diverse Ortskenntnisse

bei *Volker Kemmeter,* für erdige und unter-irdische Informationen

bei *Christine Knoch,* für ihre sehr private Offenheit

bei *Yves Ozaine,* für Fahrten, Zuspruch, Kritik, Medizynisches ... und überhaupt

und zum Schluss bei *Frank Dieter Schuster,* für diverse Verhöre und heiße Ohren.